Zu diesem Buch

Dorothy Leigh Sayers, geboren am 13. Juni 1893 als Tochter eines Pfarrers und Schuldirektors aus altem englischem Landadel, war eine der ersten Frauen, die an der Universität ihres Geburtsortes Oxford Examen machten. Sie wurde Lehrerin in Hull, wechselte dann aber für zehn Jahre zu einer Werbeagentur. 1926 heiratete sie den Hauptmann Oswald Atherton Fleming. Als Schriftstellerin begann sie mit religiösen Gedichten und Geschichten. Auch ihre späteren Kriminalromane schrieb sie in der christlichen Grundanschauung von Schuld und Sühne. Schon in ihrem 1923 erschienenen Erstling «Ein Toter zuwenig» führte sie die Figur ihres eleganten, finanziell unabhängigen und vor allem äußerst scharfsinnigen Amateurdetektivs Lord Peter Wimsey ein, der aus moralischen Motiven Verbrechen aufklärt. Ihre über zwanzig Detektivromane, die sich durch psychologische Grundierung, eine Fülle bestechender Charakterstudien und eine ethische Haltung auszeichnen, sind inzwischen in die Literaturgeschichte eingegangen. Dorothy L. Sayers gehört mit Agatha Christie und P. D. James zur Trias der großen englischen Kriminalautorinnen. 1950 erhielt sie in Anerkennung ihrer literarischen Verdienste um den Kriminalroman den Ehrendoktortitel der Universität Durham. Dorothy L. Sayers starb am 17. Dezember 1957 in Witham/Essex.

Als rororo-Taschenbücher erschienen von Dorothy L. Sayers: «Der Glocken Schlag» (Nr. 4547), «Fünf falsche Fährten» (Nr. 4614), «Keines natürlichen Todes» (Nr. 4703), «Diskrete Zeugen» (Nr. 4783), «Mord braucht Reklame» (Nr. 4895), «Starkes Gift» (Nr. 4962), «Zur fraglichen Stunde» (Nr. 5077), «Ärger im Bellona-Club» (Nr. 5179), «Aufruhr in Oxford» (Nr. 5271), «Die Akte Harrison» (Nr. 5418), «Hochzeit kommt vor dem Fall» (Nr. 5599), «Der Mann mit den Kupferfingern» (Nr. 5647), «Das Bild im Spiegel» (Nr. 5783) und «Figaros Eingebung» (Nr. 5840).

Dorothy L. Sayers

Ein Toter zuwenig

«Whose Body?»
Kriminalroman

Deutsch von
Otto Bayer

Rowohlt

Die Originalausgabe erschien 1930 unter dem Titel «Whose Body?»
im Verlag Victor Gollancz Ltd., London
Die erste deutsche Übersetzung erschien 1952
unter dem Titel «Der Tote in der Badewanne»
im Scherz Verlag, Bern / München
Umschlagentwurf Manfred Waller
(Foto aus der Fernsehverfilmung der BBC mit Ian Carmichael
als Lord Peter Wimsey und Glyn Houston
als Bunter / BBC Copyright photographs)

64.–69. Tausend November 1990

Veröffentlicht im Rowohlt Taschenbuch Verlag GmbH,
Reinbek bei Hamburg, März 1985
«Whose Body?» Copyright © 1923 by Anthony Fleming
Copyright © der neuen Übersetzung 1981
by Rowohlt Verlag GmbH, Reinbek bei Hamburg
Satz Garamond (Digiset)
SCS Schwarz Computersatz, Stuttgart
Gesamtherstellung Clausen & Bosse, Leck
Printed in Germany
880-ISBN 3 499 15496 x

An M. J.

Lieber Jim,
an diesem Buch sind nur Sie schuld. Ohne Ihr unbarm-
herziges Drängen hätte Lord Peter nie und nimmer bis
zum Ende dieses Falles durchgehalten. Nehmen Sie bitte
seinen mit gewohnter Artigkeit formulierten Dank ent-
gegen.

Ihre
D. L. S.

Biographische Notiz

Mitgeteilt von Paul Austin Delagardie

Wimsey, Peter Death Bredon, Kriegsverdienstorden D.S.O.;
geboren 1890 als zweiter Sohn des Mortimer Gerald Bredon
Wimsey, 15. Herzog von Denver, und seiner Ehefrau Honoria
Lucasta geb. Delagardie, Tochter des Francis Delagardie von
Bellingham Manor, Hampshire.

Schulen: Eton College und Balliol College, Oxford (Fakultät für neuere Geschichte, Abschluß 1912 summa cum laude);
Militärdienst im Königlichen Heer 1914–18 (Major, Schützenbrigade). *Autor* von: *Bemerkungen über das Sammeln von
Inkunabeln; Das Mörder-Vademecum* u. a.; *Hobbies:* Kriminologie, Bibliophilie, Musik, Cricket.

Clubs: Marlborough, Egotist. *Wohnsitze:* 110 A Piccadilly,
London; Bredon Hall, Duke's Denver, Norfolk.

Wappen: Drei Mäuse, laufend, Silber auf schwarzem
Schild; Krone: eine zum Sprung geduckte Hauskatze in natürlichen Farben; Wahlspruch: *As my Whimsy takes me* (Wie mich
die Laune lenkt).

Miss Sayers hat mich gebeten, einige Lücken in dem von ihr
beschriebenen Lebenslauf meines Neffen Peter zu füllen und
ein paar kleine Irrtümer zu berichtigen. Ich tue dies mit Vergnügen. Einmal gedruckt zu werden ist jedermanns Ehrgeiz,
und indem ich zu meines Neffen Triumph diesen Kärrnerdienst leiste, stelle ich nur die meinem fortgeschrittenen Alter
zukommende Bescheidenheit unter Beweis.

Die Wimseys sind eine alte Familie – zu alt, wenn Sie mich
fragen. Das einzig Vernünftige, das Peters Vater je getan hat,
war die Liierung seines ausgelaugten Stammbaums mit dem
lebensvollen französisch-englischen Zweig der Delagardies.
Dessenungeachtet ist mein Neffe Gerald, der jetzige Herzog

von Denver, doch nichts als ein engstirniger englischer Landjunker, und meine Nichte Mary war, bevor sie diesen Polizisten heiratete und häuslich wurde, die Flatterhaftigkeit und Albernheit in Person. Peter aber schlägt, wie ich mit Genugtuung sagen darf, mehr nach seiner Mutter und mir. Gewiß, er besteht vorwiegend aus Nerven und Nase – aber das ist immer noch besser als Muskeln ohne Hirn, wie sein Vater und Bruder, oder ein Gefühlsbündel wie Geralds Sohn Saint George. Er hat wenigstens den Verstand der Delagardies geerbt, sozusagen als Schutzvorrichtung gegen das unglückselige Wimsey-Temperament.

Peter kam 1890 zur Welt. Seiner Mutter bereitete damals das Betragen ihres Gatten großen Kummer (Denver war schon immer ziemlich unausstehlich gewesen; zu dem großen Skandal kam es jedoch erst im Jubiläumsjahr der Königin), und ihre Sorgen mögen sich auf den Jungen übertragen haben. Er war ein farbloser kleiner Wicht, sehr unruhig und boshaft und stets viel zu schlau für sein Alter. Von Geralds robuster körperlicher Schönheit besaß er nichts, aber das glich er durch etwas aus, was ich am besten als physische Schläue bezeichne – mehr Geschicklichkeit als Kraft. Er hatte ein flinkes Auge für den Ball und eine glückliche Hand mit Pferden. Und er besaß des Teufels eigenen Schneid: diesen intelligenten Schneid, der das Risiko sieht, bevor er es eingeht. Als Kind hatte er sehr unter Alpträumen zu leiden. Und sehr zum Leidwesen seines Vaters entwickelte er eine leidenschaftliche Liebe zu Büchern und Musik.

Seine Schulzeit war anfangs gar nicht glücklich. Er war ein verwöhntes Kind, und es konnte wohl nicht ausbleiben, daß seine Mitschüler ihn bald nur noch «Flimsy» – Zimperliese – nannten und mehr eine Witzfigur in ihm sahen. Vielleicht hätte er aus reinem Selbstschutz diese Rolle auch angenommen und wäre zum Hofnarren verkommen, hätte ein Sportlehrer am Eton College nicht seine Naturbegabung für das Cricketspiel entdeckt. Von da an galten alle seine Verschrobenheiten natürlich als geistreich, und es war ein heilsamer Schock für Gerald, mit ansehen zu müssen, wie sein verachteter jüngerer Bruder ihn im Ansehen weit überflügelte. Mit Erreichen der sechsten Klasse war Peter dann endlich alles das, was von ihm erwartet wurde – Sportler, Musterschüler, *arbiter elegantiarum – nec pluribus impar.* Cricket spielte dabei sicher eine große Rolle – viele ehemalige Eton-Schüler werden sich noch an den «Großen Flim» und sein Spiel gegen Harrow erinnern –, aber ich schmeichle mir, daß ich es war, der ihn zu einem guten Schneider brachte, ihn in die Gesellschaft einführte und ihn lehrte, zwischen gutem und schlechtem Wein zu unterscheiden. Denver kümmerte sich herzlich wenig um ihn – er war zu sehr mit seinen eigenen Affären und mit Gerald beschäftigt, der sich um diese Zeit gerade in Oxford nach Kräften blamierte. Peter hat sich mit seinem Vater überhaupt nie verstanden; er war ein erbarmungsloser Kritiker der väterlichen Eskapaden, und sein Mitgefühl für seine Mutter wirkte sich auf seinen Humor verheerend aus.

Es versteht sich von selbst, daß Denver der Letzte gewesen wäre, der die eigenen Fehler bei seinen Sprößlingen geduldet hätte. Es kostete ihn ein hübsches Sümmchen, Gerald aus der Oxford-Affäre herauszupauken, und er war nur zu gern bereit, seinen zweiten Sohn mir anzuvertrauen. Mit siebzehn Jahren kam Peter sogar aus eigenem Antrieb zu mir. Ich habe ihn in vertrauenswürdige Hände in Paris gegeben und ihn angewiesen, seine Affären stets auf eine gesunde, geschäftliche Grundlage zu stellen und immer dafür zu sorgen, daß sie in gutem, gegenseitigem Einvernehmen und mit Großzügigkeit seinerseits endeten. Er hat mein Vertrauen voll gerechtfertigt. Ich glaube, daß nie eine Frau Anlaß hatte, sich über Peters Verhalten ihr gegenüber zu beklagen; mindestens zwei von ihnen haben später irgendwelche königlichen Hoheiten geheiratet (obskure Hoheiten, zugegeben, aber immerhin Hoheiten). Und auch hier nehme ich wieder einen Teil des Verdienstes für mich in Anspruch; mag das Material, mit dem man zu arbeiten hat, noch so gut sein, so wäre es doch lächerlich, die gesellschaftliche Erziehung eines jungen Mannes dem Zufall zu überlassen.

Der Peter aus dieser Zeit war wirklich bezaubernd: von

offenem Wesen, bescheiden, wohlerzogen und auf angenehme Art geistreich. 1909 nahm er am Balliol College das Studium der Geschichte auf, und hier wurde er nun eingestandenermaßen recht unausstehlich. Die Welt lag ihm zu Füßen, und das stieg ihm in den Kopf. Er entwickelte Allüren, legte sich ein übertriebenes Oxford-Gehabe und ein Monokel zu und posaunte seine Ansichten in die Welt hinaus, und das nicht nur im Debattierclub, aber ich muß zu seiner Ehre sagen, daß er nie versuchte, seine Mutter oder mich von oben herab zu behandeln. Er studierte im zweiten Jahr, als Denver sich bei der Jagd das Genick brach und der Herzogstitel auf Gerald überging. Gerald zeigte bei der Verwaltung seiner Güter mehr Verantwortungsgefühl, als ich ihm je zugetraut hätte; sein ärgster Fehler war die Heirat mit seiner Kusine Helen, einer knochigen, überzüchteten Puritanerin, Gräfin vom Scheitel bis zu den Zehen. Sie und Peter waren einander in herzlicher Abneigung verbunden, aber er konnte ja jederzeit bei seiner Mutter Zuflucht suchen.

Doch dann, im letzten Oxford-Jahr, verliebte Peter sich in ein siebzehnjähriges Gänschen und vergaß schlagartig alles, was er je gelernt hatte. Er behandelte das Mädchen, als ob es zerbrechlich wäre, und in mir sah er ein gefühlloses Ungeheuer an Verderbtheit, das ihn ihrer zarten Reinheit unwürdig gemacht hatte. Ich leugne nicht, daß die beiden ein wunderschönes Paar waren, zwei Königskinder – Mondprinz und Mondprinzessin, wie die Leute sagten; Mondkälber wäre allerdings treffender gewesen. Was Peter in zwanzig Jahren noch mit einer Frau anfangen sollte, die weder Verstand noch Charakter besaß, das zu fragen schien niemandem außer seiner Mutter und mir der Mühe wert zu sein, und er selbst war natürlich hoffnungslos vernarrt. Zum Glück fanden Barbaras Eltern, sie sei noch zu jung zum Heiraten, und Peter nahm sein Examen in Angriff wie Sir Eglamore seinen ersten Drachen, legte der Dame sein *summa cum laude* zu Füßen wie ein Drachenhaupt und richtete sich auf eine tugendhafte Probezeit ein.

Dann kam der Krieg. Natürlich wollte der junge Tölpel

unbedingt heiraten, bevor er einrückte, aber seine eigene Ehrpusseligkeit machte ihn zu Wachs in anderer Leute Händen. Man machte ihm klar, daß es unfair gegenüber dem Mädchen wäre, wenn er womöglich als Krüppel zurückkäme. Daran hatte er nicht gedacht, und so beeilte er sich nun in einem Rausch der Selbstverleugnung, sie von ihrem Treueversprechen zu entbinden. Ich hatte damit allerdings nichts zu tun; so sehr mich das Ergebnis freute, so wenig gefielen mir die Mittel.

In Frankreich machte er sich ganz ordentlich; er wurde ein guter Offizier, den seine Leute liebten. Und als er 1916 als frischgebackener Hauptmann in Urlaub kam, bitte sehr, da war das Mädchen verheiratet – mit irgendeinem Wüstling von einem Major, den sie im Lazarett gepflegt hatte und der im Umgang mit Frauen dem Motto huldigte: entschlossen zupacken und schlecht behandeln. Es war eine Roßkur für Peter, denn sie hatte nicht einmal den Mut gehabt, ihm vorher etwas mitzuteilen. Sie hatten in aller Eile geheiratet, als sie hörten, daß er nach Hause kommen sollte, und bei der Landung erwartete ihn nur ein Brief, der ihn vor die vollendete Tatsache stellte und darauf verwies, daß er sie ja selbst freigegeben habe.

Ich will zu Peters Ehre sagen, daß er schnurstracks zu mir kam und zugab, ein Trottel gewesen zu sein. «Na schön», sagte ich, «du hast deine Lektion bekommen, und nun geh nicht hin und mach dich auf anderen Gebieten zum Narren.» Er kehrte also zur Truppe zurück, und ich bin überzeugt, daß er fest entschlossen war, den Heldentod zu sterben. Statt dessen wurde er zum Major befördert und erhielt den Kriegsverdienstorden für irgendein waghalsiges Geheimdienstunternehmen hinter den deutschen Linien. 1918 wurde er bei Caudry in einem Bombentrichter verschüttet, was einen bösen Nervenzusammenbruch zur Folge hatte, der ihm zwei Jahre lang immer wieder zu schaffen machte. Danach nahm er sich eine Wohnung am Piccadilly und machte sich mit Hilfe seines Dieners Bunter, der als Sergeant unter ihm gedient hatte und ihm sehr zugetan ist, an seine allmähliche Wiederherstellung.

Ich will gern zugeben, daß ich auf nahezu alles gefaßt war. Seine ganze schöne Offenheit war dahin, und er ließ niemanden in sein Vertrauen ein, nicht einmal seine Mutter und mich; er legte sich eine undurchdringliche Frivolität und eine dilettantische Pose zu und wurde zum vollendeten Clown. Da er reich war, konnte er tun und lassen, was er wollte, und es bereitete mir ein boshaftes Vergnügen, zu beobachten, welche Anstrengungen die Nachkriegs-Londoner Damenwelt unternahm, um ihn einzufangen. «Es kann doch», sagte eine selbstlos besorgte Matrone einmal, «sicher nicht gut für den armen Peter sein, wenn er wie ein Eremit lebt.» – «Madam», antwortete ich, «wenn er das täte, wäre es wirklich nicht gut.» Nein, in dieser Hinsicht brauchte ich mich nicht um ihn zu sorgen. Aber ich mußte es wohl oder übel als gefährlich ansehen, daß ein Mann von seinen Gaben nichts zu tun hatte, was seinen Geist beschäftigte, und das habe ich ihm auch gesagt.

Dann passierte 1921 die Geschichte mit den Attenbury-Smaragden. Über diesen Vorfall wurde nie geschrieben, aber er sorgte für beträchtlichen Lärm, selbst in dieser lärmendsten aller Zeiten. Der Prozeß gegen den Dieb war eine Kette heißester Sensationen, und die größte Sensation war Lord Peter Wimseys Auftritt vor Gericht als Hauptzeuge der Anklage.

Das Aufsehen war ungeheuer. Im Grunde glaube ich, daß die Aufklärung des Falles für einen erfahrenen Geheimdienstoffizier nichts Besonderes war, aber ein adliger Detektiv war eben etwas Neues. Denver raste vor Wut; mir persönlich war es gleich, was Peter tat, Hauptsache, er tat überhaupt etwas. Ich fand, daß diese Arbeit ihn glücklicher machte, und der Kriminalinspektor von Scotland Yard, den er dabei kennenlernte, gefiel mir. Charles Parker ist ein stiller, vernünftiger und gesitteter junger Mann und war Peter stets ein guter Freund und Schwager. Er hat die angenehme Eigenschaft, jemanden gern haben zu können, ohne ihn umkrempeln zu wollen.

Das einzige, was an Peters neuem Steckenpferd störte, war, daß es mehr als ein Steckenpferd sein müßte, um als Steckenpferd für einen Gentleman zu genügen. Man kann Mörder nicht zu seinem Privatvergnügen an den Galgen bringen. Peters Intellekt zog ihn in die eine Richtung, seine Nerven in die andere, bis ich allmählich fürchtete, sie würden ihn noch in Stücke reißen. Nach Abschluß eines jeden Falles fingen die Alpträume und diese Schützengrabenneurose wieder von vorn an. Und dann mußte Denver – ausgerechnet Denver, dieser Obertölpel, der stets am lautesten gegen Peters entehrende Detektivspielerei gewettert hatte – sich eine Anklage wegen Mordes einhandeln und sich in einem Prozeß vor dem Oberhaus rechtfertigen, und gegen den öffentlichen Feuerzauber, den das gab, waren Peters sämtliche bisherigen Bemühungen in dieser Richtung nur nasse Knallfrösche.

Peter paukte seinen Bruder aus dieser Bedrängnis heraus und war zu meiner großen Erleichterung menschlich genug, sich danach einen anzutrinken. Inzwischen räumt er ein, daß sein «Steckenpferd» ein legitimer Dienst an der Allgemeinheit ist, und er zeigt immerhin wieder so viel Interesse am öffentlichen Wohl, daß er dann und wann für das Außenministerium kleine diplomatische Missionen unternimmt. In jüngster Zeit ist er auch eher bereit, Gefühle zu zeigen, und scheint nicht mehr solche Angst davor zu haben, welche zeigen zu müssen.

Zuletzt hatte er den exzentrischen Einfall, sich in diese Frau zu verlieben, die er von dem Verdacht befreite, ihren Geliebten vergiftet zu haben. Sie hat als Frau von Charakter seinen Heiratsantrag abgelehnt. Dankbarkeit und ein demütigender Minderwertigkeitskomplex sind kein Fundament für eine Ehe; die Ausgangslage war von vornherein falsch. Diesmal hatte Peter aber soviel Verstand, meinen Rat anzunehmen. «Mein Junge», habe ich zu ihm gesagt, «was vor zwanzig Jahren falsch von dir war, ist heute genau richtig. Nicht die unschuldigen jungen Dinger muß man behutsam anfassen – wohl aber die, denen angst gemacht und weh getan wurde. Fang doch einmal ganz von vorn an – aber laß dir sagen, daß du dazu alle Selbstdisziplin brauchen wirst, die du je gelernt hast.»

Nun, er hat es versucht. Ich glaube, ich habe noch nie so etwas von Geduld erlebt. Die Frau hat Verstand und Charakter und ist aufrichtig; aber er muß sie lehren, zu Nehmen, was ungleich schwerer zu lernen ist als Geben. Ich glaube, eines Tages werden sie zueinander finden, wenn sie es vermeiden können, daß ihre Gefühle ihrem Wollen davonlaufen. Ich weiß, er hat verstanden, daß ein Ja hier nur aus freiem Willen kommen darf oder gar nicht.

Peter ist jetzt 45 Jahre alt und sollte langsam seßhaft werden. Wie Sie sehen, war ich einer der wichtigen formenden Einflüsse für seinen Werdegang, und alles in allem finde ich, daß ich stolz auf ihn sein kann. Er ist ein echter Delagardie und hat kaum etwas von den Wimseys an sich, außer (um gerecht zu sein) diesem tief wurzelnden Gefühl der Verantwortung für die Allgemeinheit, das dem englischen Landadel als einziges noch eine gewisse Daseinsberechtigung gibt (bildlich gesprochen). Detektiv oder nicht, Peter ist jedenfalls ein Gentleman und Gelehrter, und ich werde amüsiert zusehen, wie er seine Rolle als Ehemann und Vater spielt. Ich bin ein alter Mann und habe keinen eigenen Sohn (soviel ich weiß); ich würde mich freuen, Peter glücklich zu sehen. Aber wie seine Mutter sagt: «Peter hatte immer alles, nur nicht das, was er wirklich wollte.» Und ich glaube, er ist besser daran als die meisten.

1. Kapitel

«O verflixt!» rief Lord Peter Wimsey am Piccadilly Circus. «He, Fahrer!»

Der Taxifahrer, der sich bei dem schwierigen Manöver, zum Abbiegen in die Lower Regent Street die Wege eines Omnibusses der Linie 19, einer Straßenbahn der Linie 38 B und eines Fahrrads zu kreuzen, durch diesen Anruf irritiert fühlte, lieh ein unwilliges Ohr.

«Ich habe meinen Katalog vergessen», sagte Lord Peter abbittend. «So etwas Liederliches! Könnten Sie wohl noch einmal umkehren?»

«Zum *Savile Club,* Sir?»

«Nein – 110 A Piccadilly – gleich dahinter – danke.»

«Ich dachte, Sie hätten's eilig», antwortete der Fahrer leicht gekränkt.

«Ein bißchen schwierig zum Wenden hier», entschuldigte sich Lord Peter, mehr auf die Gedanken des Fahrers als auf seine Worte eingehend. Sein langes, liebenswürdiges Gesicht wirkte wie von selbst aus dem Zylinder gewachsen, gleich den weißen Maden im Gorgonzola.

Das Taxi wendete mit langsamen, ruckartigen Bewegungen, und es klang, als knirschte es mit den Zähnen.

Der große Neubau, in dem Lord Peter im zweiten Stock eine der vollkommenen, teuren Wohnungen innehatte, stand unmittelbar gegenüber dem Green Park an der Stelle, wo sich jahrelang das Gerippe eines bankrotten Unternehmens befunden hatte. Als Lord Peter die Wohnungstür aufschloß, hörte er in der Bibliothek seinen Diener in jenem gedämpft durchdringenden Ton reden, der gut geschulten Menschen beim Telefonieren eigen ist.

«Ich glaube, da kommt Seine Lordschaft soeben zurück –

wenn Euer Gnaden freundlicherweise einen Augenblick am Apparat bleiben wollen.»

«Was gibt's, Bunter?»

«Ihre Gnaden ruft gerade aus Denver an, Mylord. Ich sagte ihr schon, daß Eure Lordschaft zur Auktion gegangen seien, da hörte ich Eurer Lordschaft Schlüssel im Schloß.»

«Danke», sagte Lord Peter. «Sie könnten mir derweil meinen Katalog suchen. Ich muß ihn im Schlafzimmer oder auf dem Schreibtisch liegengelassen haben.»

Er setzte sich mit einer Miene lässiger Höflichkeit ans Telefon, als ob ein Bekannter auf ein Schwätzchen zu ihm gekommen wäre.

«Hallo, Mutter – bist du's?»

«Ah, da bist du ja, mein Junge», antwortete die Stimme der Herzoginwitwe. «Ich dachte schon, ich hätte dich um ein Haar verpaßt.»

«Nun, das hattest du eigentlich auch. Ich war gerade auf dem Weg zur Brocklebury-Auktion, um das eine oder andere Buch zu ergattern, aber dann mußte ich noch einmal zurückkommen, um den Katalog zu holen. Was gibt's denn?»

«Eine recht merkwürdige Geschichte», sagte die Herzogin. «Die wollte ich dir lieber mal erzählen. Du kennst doch den kleinen Mr. Thipps?»

«Thipps?» fragte Lord Peter. «Thipps? Ach ja, der kleine Architekt, der unser Kirchendach macht. Ja. Was ist mit ihm?»

«Mrs. Throgmorton war gerade hier, ganz außer sich.»

«Entschuldige, Mutter, ich höre dich schlecht. Mrs. Wer?»

«Throgmorton – Throgmorton – die Frau des Vikars.»

«Ah, Throgmorton! Ja?»

«Mr. Thipps hat sie heute morgen angerufen. Er sollte nämlich heute kommen.»

«Ja?»

«Er rief an, um zu sagen, daß er nicht kann. Er war so aufgeregt, der Arme. Er hatte nämlich in seinem Bad eine Leiche gefunden.»

«Entschuldige, Mutter, ich habe nicht richtig gehört; was hat er gefunden? Und wo?»

16

«Eine Leiche, Peter. Im Bad.»

«Was? – Nein, nein, wir sind noch nicht fertig. Bitte nicht trennen. Hallo! Hallo! Bist du noch da, Mutter? Hallo! Mutter! – Ach ja – entschuldige, die Vermittlung wollte uns trennen. Was für eine Leiche?»

«Die Leiche eines Mannes, und nur mit einem Kneifer bekleidet. Mrs. Throgmorton wurde richtig rot, als sie es mir erzählte. Ich fürchte, in diesen ländlichen Pfarreien werden die Leute ein bißchen engstirnig.»

«Na ja, es klingt auch etwas ungewöhnlich. War es jemand, den er kannte?»

«Nein, ich glaube nicht, Peter, aber er konnte ihr natürlich auch nicht alle Einzelheiten erzählen. Sie sagt, seine Stimme klang sehr verstört. Er ist doch so ein wohlanständiger kleiner Mann – und daß er nun die Polizei im Haus hat und so weiter, das setzt ihm arg zu.»

«Armer Thipps! Muß ihm ausgesprochen peinlich sein. Mal sehen – er wohnt in Battersea, nicht?»

«Ja, mein Lieber: Queen Caroline Mansions 59; gleich gegenüber dem Park. Dieser große Häuserblock, vom Krankenhaus gleich um die Ecke. Ich dachte, du könntest vielleicht mal hinfahren und sehen, ob wir etwas für ihn tun können. Ich fand ihn immer so nett.»

«O ja, gewiß», sagte Lord Peter und grinste das Telefon an. Die Herzogin unterstützte sein kriminalistisches Hobby immer so schön, obwohl sie es nie mit einem Wort erwähnte und höflicherweise stets so tat, als gäbe es das gar nicht.

«Wann ist es passiert, Mutter?»

«Ich glaube, er hat die Leiche am frühen Morgen gefunden, aber zuerst hat er natürlich gar nicht daran gedacht, den Throgmortons das zu sagen. Sie kam kurz vor dem Mittagessen damit zu mir – so lästig, denn nun mußte ich sie bitten, zu bleiben. Zum Glück war ich allein. Mir persönlich macht es ja nichts aus, mich langweilen zu lassen, aber ich lasse ungern meine Gäste langweilen.»

«Du Ärmste! Na ja, schönen Dank jedenfalls, daß du mir das gesagt hast. Ich glaube, ich schicke Bunter zur Auktion und wackle selbst mal gleich zum Battersea Park, um das arme Kerlchen zu trösten. Mach's gut.»

«Auf Wiedersehen, mein Junge.»

«Bunter!»

«Ja, Mylord?»

«Ihre Gnaden erzählt mir soeben, daß ein angesehener Architekt aus Battersea eine Leiche in seinem Bad gefunden hat.»

«Wahrhaftig, Mylord? Wie überaus erfreulich.»

«Überaus, Bunter! Ihre Wortwahl ist unfehlbar. Hätten Eton und Balliol mir das doch auch beigebracht! Haben Sie den Katalog gefunden?»

«Hier ist er, Mylord.»

«Danke. Ich begebe mich sofort nach Battersea. Gehen Sie für mich zur Auktion. Und verlieren Sie keine Zeit – ich möchte nicht, daß mir der Folio-Dante* entgeht, oder der de Voragine – hier stehen sie – ja? *Golden Legend* – Wynkyn de Worde, 1493 – haben Sie das? Und nun passen Sie auf, bemühen Sie sich ganz besonders um das Caxton-Folio von den *Four Sons of Aymon* – das ist der Folioband von 1489, der existiert nur einmal. Sehen Sie! Ich habe alles angestrichen, was ich haben will, und gehen Sie jedesmal bis zu meinem Höchstgebot. Tun Sie, was Sie können. Ich bin zum Abendessen wieder da.»

«Sehr wohl, Mylord.»

«Nehmen Sie mein Taxi und sagen Sie dem Mann, er soll sich beeilen. Für Sie tut er's vielleicht, mich kann er nicht besonders leiden.» Ob ich, dachte Lord Peter bei sich, indem er sich in dem Spiegel aus dem 18. Jahrhundert, der über dem

---

* Das ist die erste Florentiner Ausgabe von 1481 von Niccolò di Lorenzo. Lord Peters Sammlung von Dante-Werken ist des Ansehens wert. Sie enthält außer dem berühmten achtbändigen Aldine von 1502 den Neapolitaner Folioband von 1477 – laut Colomb eine «edizione rarissima». Diese Ausgabe hat keine Vorgeschichte, und Mr. Parker ist privat der Ansicht, daß ihr derzeitiger Besitzer sich irgendwo durch Diebstahl in ihren Besitz gebracht hat. Nach Lord Peters eigener Darstellung hat er sie während eines Wanderurlaubs in Italien «in irgendeinem Nest in den Bergen ergattert».

18

Kamin hing, betrachtete, ob ich wohl so herzlos sein und den verdatterten Thipps noch mehr in Verlegenheit bringen kann – das ist in der Eile sehr schwer zu sagen –, indem ich in Frack und Zylinder erscheine? Ich glaube nicht. Möchte zehn gegen eins wetten, daß er meine Hose übersieht und mich für den Bestattungsunternehmer hält. Ein ordentlicher und unauffälliger grauer Anzug mit passendem Hut ist meinem anderen Ich wahrscheinlich besser angemessen. Büchernarr geht ab; neues Grundmotiv, eingeführt von Fagottsolo; Auftritt Sherlock Holmes, als Spaziergänger verkleidet. Da geht Bunter. Unbezahlbar, der Mann – beruft sich nie auf seine Arbeit, wenn man ihm etwas anderes zu tun gibt. Hoffentlich läßt er sich die *Four Sons of Aymon* nicht entgehen. Und es gibt *doch* noch eine andere Ausgabe davon – im Vatikan.* Vielleicht ist sie eines Tages zu haben, wer weiß – wenn die römische Kirche bankrott geht oder die Schweiz nach Italien einmarschiert – dagegen findet man höchstens einmal im Leben in einem Londoner Vorort eine fremde Leiche im Badezimmer – glaube ich zumindest – aber daß sie auch noch einen *Kneifer* auf der Nase hat, dies kann man bestimmt an den Fingern einer Hand abzählen. Meine Güte, ich glaube, es ist doch ein Fehler, zwei Steckenpferde auf einmal zu haben!

Er war über den Flur in sein Schlafzimmer gehuscht und zog sich mit einer Behendigkeit um, die man einem Mann von seinem gekünstelten Auftreten gar nicht zugetraut hätte. Er wählte eine dunkelgrüne Krawatte passend zu den Socken aus und knotete sie akkurat, ohne eine Sekunde zu zögern oder auch nur die Lippen zusammenzupressen; die schwarzen Schuhe tauschte er gegen ein Paar braune, dann steckte er sich ein Monokel in die Brusttasche und nahm seinen schönen Malakka mit schwerem Silberknauf zur Hand.

«Das wär's, glaube ich», sagte er leise bei sich. «Halt – dich

---

* Hier sind Lord Peters Gedanken nicht ganz bei der Sache. Das Buch ist in Earl Spencers Besitz. Die Brockleberry-Ausgabe ist unvollständig, insgesamt fehlen die letzten fünf Signaturen, aber einzigartig ist sie durch den darin enthaltenen Kolophon.

kann ich auch noch mitnehmen, vielleicht brauche ich dich –
man kann nie wissen.» Er vervollständigte seine Ausstattung
mit einem flachen silbernen Streichholzdöschen, und als er
sah, daß es schon Viertel vor drei war, eilte er rasch nach unten,
winkte ein Taxi herbei und ließ sich zum Battersea Park
bringen.

Mr. Alfred Thipps war ein kleiner, nervöser Mann, dessen
flachsblondes Haar den ungleichen Kampf mit dem Lauf der
Zeit aufzugeben begonnen hatte. Man könnte sagen, daß der
einzige bemerkenswerte Zug an ihm eine dicke Beule über der
linken Augenbraue war, die ihm ein etwas liederliches, zu
seiner übrigen Erscheinung wenig passendes Aussehen gab.
Fast in einem Atemzug mit der Begrüßung entschuldigte er
sich verlegen dafür und murmelte etwas davon, daß er im
Dunkeln gegen die Eßzimmertür gelaufen sei. Er war ob Lord
Peters Aufmerksamkeit und der Herablassung, die er durch
seinen Besuch bewies, fast zu Tränen gerührt.

«Es ist ja so liebenswürdig von Eurer Lordschaft», wieder-
holte er zum dutzendstenmal, wobei er nervös mit den un-
scheinbaren Lidern zwinkerte. «Ich weiß das wirklich sehr zu
schätzen, wirklich sehr, und meine Mutter würde es ebenso zu
würdigen wissen, aber sie ist so schwerhörig, daß ich Ihnen
nicht zumuten möchte, sich ihr verständlich zu machen. Es war
ein sehr schlimmer Tag», fügte er hinzu, «mit der Polizei im
Haus und all der Aufregung. So etwas sind meine Mutter und
ich nicht gewöhnt, wo wir immer so zurückgezogen leben; es
ist wirklich sehr bedrückend für einen Menschen, der ein
geregeltes Leben führt, Mylord, und ich bin fast dankbar
dafür, daß meine Mutter nichts hört, denn es würde sie
bestimmt furchtbar aufregen, wenn sie etwas davon wüßte. Sie
war zuerst sehr aufgebracht, aber inzwischen hat sie sich eine
eigene Erklärung zurechtgelegt, und das ist gewiß am besten
so.»

Die alte Dame, die strickend beim Feuer saß, erwiderte den
Blick ihres Sohnes mit einem kurzen, grimmigen Nicken.

«Ich hab dir ja schon immer gesagt, du sollst dich mal wegen des Badezimmers beschweren, Alfred», sagte sie plötzlich mit hoher, schriller Stimme, wie sie für Schwerhörige so charakteristisch ist, «und jetzt soll sich der Hauswirt mal endlich darum kümmern; ich finde zwar, es wäre auch ohne die Polizei gegangen, aber bitte sehr! Du hast ja schon immer wegen Kleinigkeiten ein großes Theater gemacht, das war schon bei den Windpocken so.»

«Na bitte», sagte Mr. Thipps entschuldigend, «da sehen Sie, wie es steht. Es ist natürlich gut, daß sie auf diese Erklärung verfallen ist, denn jetzt begreift sie wenigstens, daß wir das Bad zugesperrt haben, und versucht nicht mehr hineinzugehen. Aber für mich war es ein furchtbarer Schock, Sir – Mylord sollte ich wohl sagen, aber da sehen Sie, wie ich mit den Nerven am Ende bin. So was ist mir mein Leben – mein Lebtag noch nicht passiert. Ich war heute morgen völlig fertig – wußte gar nicht mehr, wo oben und unten war – wirklich nicht, und da mein Herz ja auch nicht das stärkste ist, weiß ich gar nicht mehr, wie ich aus diesem schrecklichen Bad herausgekommen bin und die Polizei angerufen habe. Es hat mich sehr mitgenommen, wirklich sehr mitgenommen, Sir – ich habe zum Frühstück keinen Bissen hinuntergebracht, zum Mittagessen auch nicht, und dann die ganze Telefoniererei, und ich mußte Kunden absagen und den ganzen Morgen mit Leuten reden – ich wußte kaum noch, wo mir der Kopf stand.»

«Es muß wirklich sehr bedrückend für Sie gewesen sein», sagte Lord Peter mitfühlend, «vor allem, wenn so etwas vor dem Frühstück passiert. Ich hasse Unannehmlichkeiten vor dem Frühstück. Da trifft es einen genau im falschen Augenblick, nicht?»

«So ist es, so ist es ganz genau», pflichtete Mr. Thipps ihm eifrig bei. «Als ich dieses abscheuliche Ding da in meiner Badewanne liegen sah, splitternackt dazu, bis auf den Kneifer auf der Nase – ich kann Ihnen versichern, Mylord, da hat es mir regelrecht den Magen umgedreht, wenn Sie den Ausdruck entschuldigen wollen. Ich bin nicht sehr stark, Sir, und habe morgens manchmal so ein Schwächegefühl, und als nun das noch hinzukam, mußte ich doch tatsächlich das Mädchen nach

einem kräftigen Schluck Brandy schicken, Sir – Mylord, sonst
wüßte ich nicht, wie es mir ergangen wäre. Mir war so
komisch, und dabei halte ich normalerweise ja nichts von
Alkohol. Aber ich habe es mir zur Regel gemacht, nie ohne
Brandy im Haus zu sein, falls mal etwas passiert, Sie verstehen?»

«Sehr weise», sagte Lord Peter gutgelaunt, «Sie sind ein
weitblickender Mann, Mr. Thipps. Ein Schlückchen wirkt im
Notfall Wunder, und je weniger man daran gewöhnt ist, desto
besser tut es einem. Ihr Mädchen ist hoffentlich eine vernünftige Person, ja? Es ist so ärgerlich, wenn einem Frauen dauernd
in Ohnmacht fallen und immerzu herumkreischen.»

«Oh, Gladys ist ein gutes Mädchen», sagte Mr. Thipps, «und
wirklich sehr vernünftig. Sie war natürlich schockiert, das ist
nur zu verständlich. Ich war ja selbst schockiert, und es wäre
geradezu ungehörig für ein junges Mädchen, unter solchen
Umständen nicht schockiert zu sein, aber wenn Not am Mann
ist, kann sie sehr stark sein und ist mir eine große Hilfe, wenn
Sie verstehen. Ich schätze mich glücklich, heutzutage so ein
braves, anständiges Mädchen für meine Mutter und mich zu
haben, obwohl sie in Kleinigkeiten manchmal etwas nachlässig
und vergeßlich ist, aber das ist nur natürlich. Es hat ihr sehr leid
getan, daß sie das Badezimmerfenster offen gelassen hatte,
wirklich, und wenn ich zuerst auch böse deswegen war, nachdem ich sah, was dabei herausgekommen war, hätte man doch
normalerweise kein Wort darüber zu verlieren brauchen,
meine ich. Junge Mädchen vergessen eben manchmal etwas,
Mylord, und sie war dann derart außer sich, daß ich ihr keine
großen Vorhaltungen mehr machen wollte. Ich habe nur
gesagt: ‹Es hätten auch Einbrecher sein können, denken Sie
daran, wenn Sie das nächste Mal ein Fenster die ganze Nacht
offenstehen lassen›, habe ich gesagt. ‹Diesmal war es ein Toter,
und das ist schon unangenehm genug, aber das nächste Mal
könnten es Einbrecher sein›, habe ich gesagt, ‹und dann liegen
wir womöglich alle ermordet in unseren Betten.› Aber der
Polizeiinspektor – Inspektor Sugg nannten sie ihn, von Scotland Yard, der hat sie sehr hart angefaßt, das arme Ding.

Richtig erschreckt hat er sie und ihr das Gefühl gegeben, daß er sie für irgendwas verdächtigt, obwohl ich mir nun wirklich nicht vorstellen kann, was ein Mädchen wie sie von einem Toten haben soll, und das habe ich dem Inspektor auch gesagt. Er war auch zu mir sehr ungezogen, Mylord – ich muß sagen, seine Art gefiel mir gar nicht. ‹Wenn Sie Gladys oder mir etwas Konkretes vorzuwerfen haben, Inspektor›, habe ich gesagt, ‹dann sprechen Sie es aus, das ist Ihre Pflicht, aber ich wüßte nicht, daß Sie dafür bezahlt werden, gegenüber einem Menschen in seinem eigenen Haus ungezogen zu sein›, habe ich gesagt. Wirklich», sagte Mr. Thipps und wurde ganz rot auf dem Kopf, «er hat mich richtig in Wut gebracht, richtig in Wut gebracht, Mylord, und ich bin eigentlich ein friedfertiger Mensch.»

«Das ist Sugg wie er leibt und lebt», sagte Lord Peter. «Ich kenne ihn. Wenn er nichts anderes mehr zu sagen weiß, wird er unverschämt. Man kann sich doch denken, daß Sie und Ihr Mädchen nicht in der Gegend herumlaufen und Leichen zusammentragen. Wer lädt sich schon gern eine Leiche auf? Normalerweise ist es schwierig genug, sie loszuwerden. Sind Sie diese Leiche übrigens schon losgeworden?»

«Sie liegt noch im Bad», sagte Mr. Thipps. «Inspektor Sugg hat gesagt, es darf nichts angerührt werden, bevor seine Leute hier waren, um sie abzuholen. Ich erwarte sie jeden Augenblick. Falls Eure Lordschaft sich dafür interessieren, einmal einen Blick darauf zu werfen –»

«Herzlichen Dank», sagte Lord Peter, «das täte ich sehr gern, wenn es Ihnen keine Umstände macht.»

«Keineswegs», antwortete Mr. Thipps. Seine ganze Haltung, wie er über den Korridor voranging, überzeugte Lord Peter von zweierlei – erstens, daß er bei aller Schaurigkeit dessen, was er zu zeigen hatte, durchaus die Wichtigkeit genoß, die ihm und seiner Wohnung dadurch zukam, und zweitens, daß Inspektor Sugg ihm strikt verboten hatte, die Leiche jemandem zu zeigen. Letztere Annahme bestätigte Mr. Thipps selbst, indem er rasch noch den Schlüssel aus dem Schlafzimmer holen ging und dabei erklärte, die Polizei habe den andern mitgenommen, doch er habe es sich zur Regel gemacht, zu jeder Tür immer zwei Schlüssel im Haus zu haben, falls einmal etwas passierte.

Das Bad war in keiner Weise bemerkenswert. Es war lang und schmal, und das Fenster befand sich genau über dem Kopfende der Badewanne. Die Scheibe war aus Milchglas, der Rahmen weit genug, daß ein Männerkörper hindurchpaßte. Lord Peter ging rasch hin, öffnete es und sah hinaus.

Die Wohnung lag in der obersten Etage und etwa in der Mitte des Blocks. Das Badezimmerfenster blickte auf die Hinterhöfe hinaus, die ein paar Geräte- und Kohleschuppen, Garagen und dergleichen beherbergten. Dahinter schlossen sich die Hinterhöfe eines parallelen Häuserblocks an. Rechts erhob sich der ausgedehnte Bau des St. Luke's-Krankenhauses von Battersea mit dazugehörigem Gelände, und von dort führte ein überdachter Verbindungsgang zur Residenz des berühmten Chirurgen Sir Julian Freke, der die Chirurgie in diesem prächtigen neuen Krankenhaus unter sich hatte und außerdem in der Harley Street als hervorragender Neurologe mit höchst eigenen Ansichten bekannt war.

Diese Informationen bekam Lord Peter ausführlich von Mr. Thipps ins Ohr geblasen, der von der Nachbarschaft so eines berühmten Mannes offenbar den Abglanz eines Heiligenscheins auf die Queen Caroline Mansions fallen sah.

«Wir hatten ihn heute morgen hier», sagte er, «wegen dieser scheußlichen Geschichte. Inspektor Sugg meinte, einer der jungen Krankenhausärzte könnte die Leiche zum Scherz hierhergebracht haben, denn die haben doch immer Leichen im Seziersaal. Darum ist Inspektor Sugg heute morgen zu Sir Julian gegangen, um ihn zu fragen, ob ihm eine Leiche fehlte. Sir Julian war sehr freundlich, wirklich sehr freundlich, obwohl er doch im Seziersaal mitten in der Arbeit steckte, als sie hinkamen. Er hat in den Büchern nachgesehen, ob dort alle Leichen nachgewiesen waren, und ist dann sehr entgegenkommenderweise sogar noch hierhergekommen, um sich das da –» er deutete auf die Badewanne – «anzusehen, und dann hat er gesagt, er kann uns leider nicht helfen – im Krankenhaus fehle keine Leiche, und die hier sähe auch keiner der Leichen, die sie dort hätten, ähnlich.»

«Hoffentlich auch keinem der Patienten», bemerkte Lord Peter obenhin.

Mr. Thipps erbleichte ob dieser grausigen Anspielung.

«Danach habe ich Inspektor Sugg nicht fragen hören», sagte er ziemlich erregt. «Das wäre ja ganz fürchterlich. Gott steh uns bei, Mylord, auf den Gedanken bin ich gar nicht gekommen.»

«Na ja, wenn dort ein Patient fehlte, hätte man es inzwischen wohl bemerkt», sagte Lord Peter. «Nun sehen wir uns diese Leiche hier mal an.»

Er klemmte sich sein Monokel vors Auge und fuhr fort: «Wie ich sehe, weht Ihnen hier der Ruß herein. Sehr ärgerlich, nicht? Bei mir ist das auch so – macht mir alle Bücher kaputt. Lassen Sie, bemühen Sie sich nicht, wenn Sie lieber nicht hinsehen möchten.»

Er nahm das Laken, das man über die Wanne gelegt hatte, aus Mr. Thipps' zögernder Hand, und schlug es zurück.

Der Tote in der Badewanne war ein großer, kräftiger Mann von etwa fünfzig Jahren. Sein dichtes schwarzes, natürlich gewelltes Haar war von Meisterhand geschnitten und gescheitelt und strömte einen leichten Veilchenduft aus, der in der stickigen Luft im Badezimmer deutlich wahrzunehmen war. Das Gesicht war dick, fleischig und markant; es hatte vorstehende dunkle Augen und eine lange, zu einem kräftigen Kinn hinabgebogene Nase. Die bartlosen Lippen waren voll und sinnlich, und der heruntergeklappte Unterkiefer entblößte tabakfleckige Zähne. Ein goldener Kneifer auf der Nase des Toten spottete des Todes mit seiner grotesken Eleganz; das dünne Goldkettchen lag in einem Bogen auf der nackten Brust. Die Beine lagen steif ausgestreckt nebeneinander; die Arme ruhten fest am Körper; die Finger waren ganz natürlich gekrümmt. Lord Peter hob einen Arm hoch und besah sich die Hand mit leicht gerunzelter Stirn.

«Ganz schön eitel, Ihr Besucher, wie?» brummelte er. «Parmaveilchen und Maniküre.» Er bückte sich wieder und schob seine Hand unter den Kopf des Toten. Die komischen Augengläser rutschten herunter und fielen klappernd in die Wanne, ein Geräusch, das dem immer nervöser werdenden Mr. Thipps den letzten Rest gab.

«Entschuldigen Sie mich», flüsterte er, «mir wird ganz schwach, wirklich ganz schwach.»

Er verzog sich, und kaum war er fort, hob Lord Peter flink und vorsichtig die Leiche hoch, drehte sie um und inspizierte sie mit schiefgelegtem Kopf, wobei er das Monokel ins Spiel brachte wie der selige Joseph Chamberlain bei der Begutachtung einer seltenen Orchidee. Dann schob er den Arm unter den Kopf des Toten, nahm das silberne Streichholzdöschen aus der Tasche und schob es dem Toten in den offenen Mund. Mit einer Äußerung, die man meist «Ts-ts» schreibt, legte er anschließend die Leiche wieder hin, nahm den mysteriösen Kneifer zur Hand, betrachtete ihn, setzte ihn sich auf die Nase und sah hindurch, gab erneut die oben beschriebenen Laute von sich und setzte den Kneifer wieder dem Toten auf, um nur ja keine Spuren seines unbefugten Eingreifens zu hinterlassen, über die Inspektor Sugg sich nur ärgern würde; er legte die Leiche in ihre ursprüngliche Lage zurück, dann ging er wieder ans Fenster, beugte sich hinaus und tastete mit dem unpassenderweise hierher mitgebrachten Spazierstock aufwärts und seitwärts. Nachdem dabei offenbar nichts herauskam, zog er den Kopf wieder zurück, schloß das Fenster und ging zu Mr. Thipps auf den Flur.

Mr. Thipps, den dieses teilnahmsvolle Interesse eines Herzogssohns zutiefst rührte, nahm sich die Freiheit, ihm ein Täßchen Tee anzubieten, nachdem sie wieder ins Wohnzimmer zurückgegangen waren. Lord Peter, der ans Fenster getreten war, um den Ausblick auf den Battersea Park zu bewundern, wollte schon annehmen, als plötzlich am Ende der Prince of Wales Road ein Krankenwagen in Sicht kam. Der Anblick erinnerte Lord Peter an eine wichtige Verabredung, und mit einem hastig hervorgestoßenen «Um Gottes willen!» verabschiedete er sich von Mr. Thipps.

«Meine Mutter läßt schön grüßen und so weiter», sagte er,

26

während er ihm kräftig die Hand schüttelte. «Sie hofft, daß Sie bald wieder nach Denver kommen können. Auf Wiedersehen, Mrs. Thipps!» brüllte er der alten Dame freundlich ins Ohr. «Nein, danke, mein Lieber, bemühen Sie sich nicht, mich nach unten zu begleiten.»

Er war keine Sekunde zu früh. Als er vor die Haustür trat und den Weg zum Bahnhof einschlug, kam aus der anderen Richtung der Krankenwagen vorgefahren, und Inspektor Sugg stieg mit zwei Konstablern aus. Der Inspektor sprach mit dem für dieses Viertel zuständigen Straßenpolizisten und schickte einen argwöhnischen Blick hinter Lord Peters sich entfernendem Rücken her.

«Guter alter Sugg», sagte der Gentleman liebevoll, «mein lieber, guter Alter, wie mußt du mich doch hassen!»

2. Kapitel

«Ausgezeichnet, Bunter», sagte Lord Peter und ließ sich seufzend in einen luxuriösen Sessel fallen. «Das hätte ich selbst nicht besser gekonnt. Der Gedanke an den Dante macht mir den Mund wäßrig – und die *Four Sons of Aymon*! Und dann haben Sie mir noch 60 Pfund gespart – hervorragend. Wofür wollen wir die ausgeben, Bunter? Denken Sie mal nach – sie gehören ganz uns, wir können damit machen, was wir wollen, denn wie Harold Skimpole so richtig sagt: 60 Pfund gespart sind 60 Pfund verdient, und ich hatte ja damit gerechnet, sie ausgeben zu müssen. Es ist Ihre Ersparnis, Bunter, also sind es genaugenommen Ihre 60 Pfund. Was brauchen wir? Etwas in Ihrem Metier? Möchten Sie in der Wohnung etwas verändert haben?»

«Nun, Mylord, wenn Eure Lordschaft so gütig sind –» Der Diener hielt inne, um einen alten Cognac einzuschenken.

«Los, heraus damit, Bunter, Sie undurchschaubarer Heuchler. Sie brauchen gar nicht erst in einem Ton zu reden, als ob Sie das Abendessen ankündigen wollten – Sie verschütten den Cognac. Was fehlt in Ihrer geheiligten Dunkelkammer?»

«Es gibt da jetzt einen Doppel-Anastigmat mit einem Satz Zusatzlinsen, Mylord», sagte Bunter in einem Ton beinahe religiösen Eifers. «Wenn wir zum Beispiel einen Fall von Urkundenfälschung hätten – oder Fußabdrücke –, könnte ich sie direkt in der Kamera vergrößern. Oder das Weitwinkelobjektiv wäre auch sehr nützlich. Es ist, als ob die Kamera hinten Augen hätte, Mylord. Sehen Sie – ich habe es hier.»

Er zog einen Katalog aus der Tasche und legte ihn, vor Aufregung zitternd, seinem Arbeitgeber vor.

Lord Peter las langsam die Beschreibung durch. Die Winkel seines breiten Mundes hoben sich zu einem feinen Lächeln.

«Das ist für mich Chinesisch», sagte er, «und 50 Pfund für ein paar Stückchen Glas kommen mir lächerlich viel vor. Aber Sie, Bunter, würden wahrscheinlich sagen, daß 750 Pfund für ein schmutziges altes Buch in einer toten Sprache auch ein bißchen viel sind, nicht?»

«Es stände mir nicht an, so etwas zu sagen, Mylord.»

«Nein, Bunter, ich zahle Ihnen 200 Pfund im Jahr, damit Sie Ihre Ansichten für sich behalten. Sagen Sie, Bunter, finden Sie das in diesen demokratischen Zeiten nicht ein bißchen ungerecht?»

«Nein, Mylord.»

«Nein? Dann sagen Sie mir mal ganz ehrlich, warum Sie das nicht ungerecht finden.»

«Offen gesagt, Mylord, beziehen Eure Lordschaft die Einkünfte eines Edelmannes, damit Sie Lady Worthington zum Essen einladen und es sich versagen, dabei von Eurer Lordschaft Schlagfertigkeit Gebrauch zu machen.»

Lord Peter ließ sich das durch den Kopf gehen.

«So sehen Sie das, Bunter? *Noblesse oblige* – für gutes Geld. Wahrscheinlich haben Sie recht. Dann geht es Ihnen besser als mir, denn ich müßte mich gegenüber Lady Worthington auch dann benehmen, wenn ich keinen Penny besäße. Bunter, wenn ich Sie auf der Stelle feuerte, würden Sie mir dann sagen, was Sie von mir halten?»

«Nein, Mylord.»

«Sie hätten alles Recht dazu, mein Lieber, und wenn ich Ihnen kündigte, obwohl ich Ihren Kaffee trinke, würde ich sogar alles verdienen, was Sie mir an den Kopf zu werfen hätten. Sie sind ein Kaffeezauberer, Bunter – ich will gar nicht wissen, wie Sie ihn machen, denn ich halte es für Hexerei und habe keine Lust, im ewigen Feuer zu schmoren. Also, kaufen Sie sich Ihre schielende Kamera.»

«Vielen Dank, Mylord.»

«Sind Sie im Eßzimmer schon fertig?»

«Nicht ganz, Mylord.»

«Dann kommen Sie wieder, wenn Sie fertig sind. Ich habe Ihnen viel zu erzählen. Hallo! Wer ist denn das?»

Es hatte laut an der Wohnungstür geklingelt.

«Wenn es niemand Interessantes ist, bin ich nicht zu Hause.»

«Sehr wohl, Mylord.»

Lord Peters Bibliothek war eines der hübschesten Junggesellenzimmer in ganz London. Sie war in Schwarz und Primelgelb gehalten; ihre Wände bedeckten seltene Bücher, und in den Polstern ihrer Sessel und des Chesterfield-Sofas fühlte man sich wie in Abrahams Schoß. In einer Ecke stand ein schwarzer Stutzflügel, auf einem großen, altmodischen Rost züngelte ein Holzfeuer, und die Sèvres-Vasen auf dem Kaminsims waren mit rötlichen und goldenen Chrysanthemen gefüllt. Für die Augen des jungen Mannes, der soeben aus dem kalten Novembernebel hereingeführt wurde, wirkte das alles nicht nur einmalig und unerreichbar, sondern auch freundlich und vertraut wie ein farbenfrohes und vergoldetes Paradies auf einem mittelalterlichen Gemälde.

«Mr. Parker, Mylord.»

Lord Peter sprang mit ungespielter Freude auf.

«Parker, mein Bester, wie schön, daß du kommst. Widerlich nebliger Abend, wie? Bunter, bringen Sie noch etwas von Ihrem wunderbaren Kaffee und noch ein Glas und Zigarren. Parker, du steckst hoffentlich bis obenhin voll mit schönen Verbrechen – unter Brandstiftung und Mord tun wir's heute abend nicht. ‹In solcher Nacht wie diese –› Bunter und ich wollten uns gerade zu einem Zechgelage hinsetzen. Ich habe auf Sir Ralph Brockleburys Auktion einen Dante und einen praktisch einmaligen Caxton-Folioband erstanden. Bunter, der den Handel durchgeführt hat, bekommt eine Kamera, die mit geschlossenen Augen alle möglichen Wunderdinge tun kann, und

Wir haben im Bad eine Leiche gefunden,
Wir haben im Bad eine Leiche gefunden.
Drum soll man uns verschonen
Mit billigen Sensationen,
Denn wir haben im Bad eine Leiche gefunden.

Drunter tun wir beide es nicht, Parker. Im Moment gehört sie noch mir, aber wir werden teilen. Firmeneigentum. Möchtest du nicht einsteigen? Ein *bißchen* wirst du aber in die Kasse einzahlen müssen. Vielleicht hast du auch eine Leiche? Bitte, hab eine Leiche! Uns ist jede Leiche recht.

> Jede Leiche kommt uns recht,
> Keine Leiche ist zu schlecht,
> Solange nur die Leiche weiß,
> Wer sie zur Leiche gemacht hat und daß
> der alte Sugg völlig auf dem falschen Dampfer ist.
> Doch muß sie uns das erst sagen?

Mitnichten, Sie zwinkert dir mit glasigem Auge zu, und schon kennst du die Wahrheit.»

«Aha», sagte Parker, «ich wußte schon, daß du bei den Queen Caroline Mansions warst. Ich war nämlich auch da und habe Sugg getroffen, und er hat mir erzählt, daß er dich dort gesehen hat. Und wütend war er. Spricht von unbefugter Einmischung.»

«Dachte ich mir», sagte Lord Peter. «Ich bringe den guten alten Sugg so gern auf die Palme, er wird dann so schön grob. Ich lese im *Star*, daß er sich hervorgetan und das Mädchen, diese Gladys Dingsda, in Gewahrsam genommen hat. Suggchen, du bist mein Augenstern. Aber was wolltest *du* denn dort?»

«Um ehrlich zu sein», antwortete Parker, «ich war da, um zu sehen, ob der semitisch aussehende Fremde in Mr. Thipps' Badezimmer rein zufällig Sir Reuben Levy war. Aber er war es nicht.»

«Sir Reuben Levy? Moment, darüber habe ich doch auch was gelesen. Ich weiß! Eine Schlagzeile: ‹Bekannter Finanzmann auf rätselhafte Weise verschwunden.› Worum geht's denn da? Ich hab's nicht so genau gelesen.»

«Na ja, ein bißchen komisch ist das schon, aber ich glaube eigentlich nicht, daß was dran ist – der alte Knabe hat sich vielleicht aus Gründen, die er selbst am besten kennt, davongemacht. Es ist erst heute morgen passiert, und niemand hätte sich das allermindeste dabei gedacht, wenn es nicht gerade der Tag gewesen wäre, an dem er zu einer sehr wichtigen Geschäftsbesprechung gehen und irgendeinen Millionenhandel abschließen wollte – die Einzelheiten kenne ich nicht alle. Aber ich weiß, daß er Feinde hat, denen es ganz recht wäre, wenn aus dem Geschäft nichts würde, und als ich dann von dem Kerl in der Badewanne hörte, bin ich gleich hingeflitzt und hab mir den angesehen. Es war natürlich nicht sehr wahrscheinlich, aber in unserem Gewerbe hat es schon unwahrscheinlichere Sachen gegeben. Das Komische ist, daß Sugg sich an der Vorstellung festgebissen hat, er sei es doch, und jetzt jagt er Telegramme an Lady Levy, sie soll herkommen und ihn identifizieren. Aber in Wahrheit ist der Mann in der Badewanne sowenig Sir Reuben Levy wie Adolf Beck, der arme Teufel, John Smith war. Dabei würde er, und das ist das Komische, Sir Reuben wirklich ungemein ähnlich sehen, wenn er einen Bart hätte, und da Lady Levy mit der Familie irgendwo im Ausland ist, sagt womöglich irgendwer, er ist es, und Sugg baut darauf eine wunderschöne Theorie, so hoch wie der Turm von Babel und ebenso zum Einsturz verdammt.»

«Sugg ist ein reinrassiger, brüllender Esel», stellte Lord Peter fest. «Wie im Kriminalroman. Also, über Levy weiß ich nichts, aber ich habe die Leiche gesehen und würde auf den ersten Blick sagen, daß diese Vermutung lächerlich ist. Wie findest du den Cognac?»

«Unglaublich, Wimsey – man glaubt im Himmel zu sein. Aber ich würde gern deine Meinung hören.»

«Hast du was dagegen, wenn Bunter auch zuhört? Bunter ist unbezahlbar – mit der Kamera ein wahrer Zauberer. Und komischerweise ist er immer zur Stelle, wenn ich ein Bad oder meine Schuhe haben will. Ich weiß nicht, wann er seine Bilder entwickelt – ich glaube, das macht er im Schlaf. Bunter!»

«Ja, Mylord?»

«Hören Sie auf, da drinnen herumzukramen, holen Sie sich alles Nötige zum Trinken und mischen Sie sich unters Volk.»

«Sehr wohl, Mylord.»

«Mr. Parker hat einen neuen Zaubertrick: Der verschwun-

dene Finanzier. Ohne Netz und doppelten Boden. Abrakada-
bra simsalabim – wo ist er? Möchte jemand aus dem Publikum
freundlicherweise auf die Bühne kommen und in der Kiste
nachsehen? Danke, Sir. Geschwindigkeit ist keine Hexerei.»

«Ich fürchte nur, so interessant ist meine Geschichte gar
nicht», sagte Parker. «Es ist nur einer dieser Fälle, bei denen
man nicht recht weiß, wo man anfangen soll. Sir Reuben Levy
hat gestern abend mit drei Bekannten im *Ritz* gespeist. Nach
dem Essen sind seine Freunde ins Theater gegangen. Er wollte
nicht mitgehen, weil er, wie er sagte, eine Verabredung hatte.
Ich habe noch nicht herausfinden können, mit wem er verabredet war, aber er ist jedenfalls um 24 Uhr nach Hause gekommen – Park Lane 9 A.»

«Wer hat ihn gesehen?»

«Die Köchin, die gerade auf ihr Zimmer gegangen war, hat
ihn vor der Haustür stehen sehen und hereinkommen hören.
Er ist die Treppe hinaufgegangen, hat seinen Mantel an die
Garderobe gehängt und den Schirm in den Ständer gesteckt –
du erinnerst dich, wie es gestern abend geregnet hat. Er hat sich
ausgezogen und ist zu Bett gegangen. Am nächsten Morgen
war er nicht mehr da. Das ist schon alles», schloß Parker
unvermittelt mit einer entsprechenden Handbewegung.

«Nicht alles, nicht alles! Weiter, Papi, das war erst die *halbe*
Geschichte», bettelte Lord Peter.

«Nein, es ist die *ganze*. Als sein Diener ihn wecken wollte,
war er nicht mehr da. Im Bett war geschlafen worden. Sein
Schlafanzug und seine sämtlichen Kleider waren da, und das
einzig Merkwürdige daran ist, daß sie ziemlich unordentlich
auf die Ottomane am Fußende des Betts geworfen waren, nicht
ordentlich zusammengefaltet auf einem Stuhl, wie Sir Reuben
es für gewöhnlich hält – demnach muß er ziemlich erregt
gewesen sein oder hat sich unwohl gefühlt. Es fehlte keine
frische Kleidung, kein Anzug, keine Schuhe – nichts. Die
Schuhe, die er angehabt hatte, standen wie gewöhnlich im
Ankleidezimmer. Er hatte sich gewaschen und die Zähne
geputzt und all das Übliche getan. Das Hausmädchen war um
halb sieben Uhr früh unten, um die Diele zu wischen, und kann

33

beschwören, daß seitdem niemand aus oder ein gegangen ist. Also ist man doch zu der Annahme gezwungen, daß ein geachteter, an Jahren reifer jüdischer Finanzier entweder zwischen 24 und 6 Uhr morgens verrückt geworden und in einer Novembernacht still und heimlich im Adamskostüm aus dem Haus gegangen ist, oder daß er fortgezaubert wurde wie die Dame in den Ingoldsby-Legenden, verschwunden mit Haut und Haaren, und nur ein Häufchen zerknüllter Kleider bleibt zurück.»

«War die Haustür verriegelt?»

«Das ist so eine von den Fragen, die *du* sofort stellst; mir ist sie erst nach einer Stunde eingefallen. Nein; ganz gegen alle Gepflogenheiten war die Tür nur zugezogen. Andererseits hatten einige der Mädchen den Abend frei gehabt, um ins Theater zu gehen, und Sir Reuben könnte die Tür in der Meinung unverriegelt gelassen haben, daß sie noch nicht zurück waren. So etwas ist ja schon vorgekommen.»

«Und das ist wirklich alles?»

«Wirklich alles. Bis auf eine winzige Kleinigkeit.»

«Ich liebe winzige Kleinigkeiten», sagte Lord Peter mit kindlichem Vergnügen. «So manchen hat schon eine winzige Kleinigkeit an den Galgen gebracht. Worum geht's?»

«Sir Reuben und Lady Levy, die eine sehr gute Ehe führen, schlafen immer im selben Zimmer. Lady Levy ist, wie ich schon erwähnt habe, zur Zeit in Mentone, der Gesundheit wegen. In ihrer Abwesenheit schläft Sir Reuben wie immer im Doppelbett, und zwar stets auf seiner Seite – der Außenseite. Letzte Nacht hat er beide Kissen aufeinandergelegt und in der Mitte geschlafen, eher sogar noch ein Stückchen näher zur Wand als nach außen. Das Hausmädchen, ein sehr intelligentes Ding, hat das gemerkt, als sie hinaufging, um das Bett zu machen, und daraufhin hat sie sich mit bewundernswertem kriminalistischem Gespür geweigert, das Bett anzurühren oder es von jemand anderem anrühren zu lassen, obwohl man erst einige Zeit später nach der Polizei geschickt hat.»

«War außer Sir Reuben und dem Personal niemand im Haus?»

«Nein; Lady Levy war mit Tochter und Zofe fort. Der Diener, die Köchin, das Stubenmädchen, Hausmädchen und Küchenmädchen waren die einzigen Leute im Haus und haben natürlich zuerst mal ein bis zwei Stunden mit Klatsch und Tratsch vertan. Ich war dann um 10 Uhr dort.»

«Was hast du seitdem unternommen?»

«Ich habe herauszufinden versucht, mit wem Sir Reuben gestern abend verabredet war, denn mit Ausnahme der Köchin war der Betreffende der letzte, der ihn vor seinem Verschwinden gesehen hat. Es mag eine ganz simple Erklärung für das alles geben, aber du kannst mich totschlagen, mir fällt im Augenblick keine ein. Zum Kuckuck noch mal, ein Mensch kommt doch nicht nach Hause, legt sich schlafen und geht dann mitten in der Nacht ‹mit nichts an› wieder weg.»

«Er könnte sich verkleidet haben.»

«Daran habe ich auch schon gedacht – es scheint überhaupt die einzig mögliche Erklärung zu sein. Aber es ist schon arg komisch, Wimsey. Ein bedeutender Geschäftsmann schleicht sich am Vorabend einer bedeutenden Transaktion mitten in der Nacht davon, ohne irgend jemandem ein Sterbenswörtchen zu sagen, verkleidet bis auf die Haut und unter Zurücklassung seiner Uhr, Geldbörse, seines Scheckhefts und – das ist das Rätselhafteste und Wichtigste – seiner Brille, ohne die er die Hand nicht vor Augen sieht, weil er extrem kurzsichtig ist. Er –»

«Das ist allerdings wichtig», unterbrach ihn Wimsey. «Bist du sicher, daß er keine zweite mitgenommen hat?»

«Sein Diener schwört, daß er nur zwei Brillen besitzt; die eine lag auf der Frisierkommode, die andere in der Schublade, wo sie immer liegt.»

Lord Peter stieß einen Pfiff aus.

«Jetzt siehst du mich in der Klemme, Parker. Selbst wenn er fortgegangen wäre, um sich umzubringen, hätte er seine Brille mitgenommen.»

«Sollte man meinen – sonst wäre der Selbstmord mit dem ersten Schritt auf die Straße schon passiert gewesen. Aber ich habe diese Möglichkeit nicht übersehen. Ich habe mir eine

35

Aufstellung aller Verkehrsunfälle von heute besorgt und kann die Hand dafür ins Feuer legen, daß keines der Opfer Sir Reuben war. Außerdem hat er seinen Hausschlüssel mitgenommen, woraus man schließen könnte, daß er zurückkommen wollte.»

«Hast du die Leute gesprochen, mit denen er gegessen hat?»

«Zwei von ihnen habe ich im Club angetroffen. Sie sagen, er habe gesund und munter ausgesehen und davon gesprochen, später – vielleicht zu Weihnachten – Lady Levy nachzufahren; er habe auch mit großer Befriedigung von dem Geschäft gesprochen, das er heute morgen abschließen wollte und an dem einer von ihnen – ein gewisser Anderson aus dem Hause Wyndham – selbst beteiligt war.»

«Dann hatte er also bis spätestens 21 Uhr noch nicht die Absicht oder damit gerechnet, plötzlich zu verschwinden.»

«Nein – falls er nicht ein ganz hervorragender Schauspieler ist. Das Ereignis, das ihn seine Absichten hat ändern lassen, muß also entweder während des Treffens mit dem geheimnisvollen Unbekannten nach dem Essen stattgefunden haben oder zwischen 24 und 5 Uhr 30, als er im Bett lag.»

«Nun, Bunter», sagte Lord Peter, «was halten Sie davon?»

«Das fällt nicht in mein Metier, Mylord. Es ist höchstens eigenartig, daß ein Gentleman, der zu erregt oder zu krank war, um seine Kleidung wie gewohnt zusammenzulegen, daran gedacht haben soll, sich die Zähne zu putzen und seine Schuhe hinauszustellen. Gerade diese beiden Dinge werden häufig vergessen, Mylord.»

«Wenn das persönlich gemeint war, Bunter», sagte Lord Peter, «kann ich nur sagen, daß ich Ihre Bemerkung höchst unangebracht finde. Das ist ein hübsches Problemchen, mein lieber Parker. Hör zu, ich will mich ja nicht einmischen, aber ich würde liebend gern morgen einmal dieses Schlafzimmer sehen. Ich mißtraue dir ja nicht, mein Bester, aber ich möchte es eben um mein Leben gern sehen. Sag nicht nein – trink noch ein Schlückchen Cognac und nimm dir eine Villar y Villar, aber sag bitte, bitte nicht nein!»

«Natürlich kannst du mitkommen und es dir ansehen – wahrscheinlich findest du eine Menge Dinge, die ich übersehen habe», erwiderte der andere ruhig und akzeptierte das gastfreundliche Angebot.

«Parker, mein Herzblatt, du bist die Zierde des Scotland Yard. Ich sehe dich an, und Sugg wird zu einem Mythos, einem Fabeltier, einem Hanswurst, in einer Mondnacht gezeugt von einem phantasievollen Dichterhirn. Sugg ist zu vollkommen, um wahr zu sein. Was fängt er übrigens mit der Leiche an?»

«Sugg sagt», erwiderte Parker knapp und klar, «daß der Mann an einem Schlag in den Nacken gestorben ist. Das hat ihm der Arzt gesagt. Er meint, er sei schon ein bis zwei Tage tot. Auch das hat ihm der Arzt gesagt. Er sagt, es sei die Leiche eines etwa fünfzigjährigen, wohlhabenden Juden. Das hätte ihm jeder sagen können. Er findet die Annahme lächerlich, daß die Leiche durchs Badezimmerfenster hereingekommen sei, ohne daß einer etwas davon gewußt hätte. Er sagt, der Mann sei wahrscheinlich lebend zur Tür hereingekommen und im Haus ermordet worden. Er hat das Mädchen verhaftet, weil sie klein und schwächlich ist und gar nicht in der Lage wäre, einen großen, kräftigen Mann mit einem Schürhaken zu erschlagen. Er würde Thipps verhaften, aber Thipps war den ganzen gestrigen und vorgestrigen Tag in Manchester und ist erst spätabends zurückgekommen – er wollte ihn trotzdem verhaften, bis ich ihn daran erinnerte, daß der kleine Thipps den Mann nicht erst nach gestern abend halb elf erschlagen haben kann, wenn dieser schon ein bis zwei Tage tot ist. Er wird ihn aber morgen noch als Mitwisser verhaften – und die alte Dame mit dem Strickzeug womöglich auch, mich würd's nicht wundern.»

«Da bin ich aber froh, daß unser Kleiner so ein gutes Alibi hat», meinte Lord Peter. «Wenn man sich allerdings zu sehr auf Leichenblässe, Leichenstarre und sonstige Leichendinge verläßt, muß man damit rechnen, daß ein ungläubiger Anklagevertreter einem querbeet durch das ganze medizinische Gutachten trampelt. Erinnerst du dich an Impey Biggs' Verteidigungsrede in dem Teestubenfall von Chelsea? Sechs Medizinmänner widersprechen einander lustig in ihren Gutachten, und Freund Impey zitiert aus Glaister und Dixon Mann anomale Fälle, bis den Geschworenen Hören und Sehen vergeht. ‹Sind Sie in der Lage, zu beschwören, Dr. Kieferzange, daß der Beginn des *rigor mortis* die Todeszeit ohne die Möglichkeit eines Irrtums belegt?› – ‹Soweit meine Erfahrung reicht, in der Mehrzahl der Fälle ja›, antwortet der Doktor pikiert. ‹Ah!› ruft Biggs. ‹Aber das ist hier ein Strafprozeß, keine Parlamentswahl, Doktor. Ohne Minderheitsvotum kommen wir hier nicht weiter. Das Gesetz, Dr. Kieferzange, achtet das Recht der Minderheit, ob lebend oder tot.› Irgendein Trottel lacht, und Biggs wirft sich in die Brust und macht auf eindrucksvoll. ‹Meine Herren, diese Angelegenheit ist nicht zum Lachen. Bei meinem Mandanten – einem aufrechten, ehrbaren Bürger – geht es hier um Leben oder Tod – *sein* Leben, meine Herren –, und es ist die Aufgabe der Anklagevertretung, ihm sein Verschulden – wenn sie das kann – ohne den Schatten eines Zweifels nachzuweisen. Also, Dr. Kieferzange, ich frage Sie noch einmal, können Sie feierlich und ohne den Schatten eines Zweifels – jeden möglichen, denkbaren Schatten eines Zweifels – beschwören, daß die unglückliche Frau nicht früher und nicht später als am Donnerstagabend zu Tode gekommen ist? Wahrscheinlich? Meine Herren, wir sind keine Jesuiten, wir sind aufrechte, ehrliche Engländer. Man kann von britischen Geschworenen nicht verlangen, daß sie auf Grund einer bloßen Wahrscheinlichkeit einen Menschen zum Tode verurteilen.› Beifälliges Gemurmel.»

«Biggs' Mandant war trotzdem schuldig», entgegnete Parker.

«Natürlich. Aber er wurde trotzdem freigesprochen, und was du da eben gesagt hast, ist üble Nachrede.» Wimsey ging ans Bücherregal und nahm ein gerichtsmedizinisches Werk herunter. «‹*Rigor mortis* – kann nur sehr allgemein festgestellt werden – viele Faktoren beeinflussen das Ergebnis.› Ganz schön vorsichtig der Kerl. ‹Durchschnittlich aber setzt die Starre nach fünf bis sechs Stunden an Hals und Unterkiefer ein› – hm – ‹ist aller Wahrscheinlichkeit nach in den meisten

Fällen nach 36 Stunden wieder abgeklungen. Unter gewissen Umständen kann sie jedoch ungewöhnlich früh beginnen oder ungewöhnlich lange anhalten.› Sehr hilfreich, nicht wahr, Parker? ‹Brown-Séquard hat festgestellt ... dreieinhalb Minuten nach Eintritt des Todes ... in bestimmten Fällen erst 16 Stunden nach Eintritt des Todes ... Dauer danach bis zu 21 Tagen.› Großer Gott! ‹Modifizierende Faktoren – Alter – Muskelzustand – fiebrige Erkrankungen – hohe Umgebungstemperatur –› und so weiter und so fort, man kann es sich aussuchen. Macht nichts. Du kannst das ja mal Sugg vortragen, falls es was nützt. *Er* wird es auch nicht besser wissen.» Er warf das Buch hin. «Kommen wir auf die Tatsachen zurück. Was hältst *du* von der Leiche?»

«Nun», meinte der Detektiv, «sehr viel kann ich noch nicht damit anfangen – ich war ehrlich gesagt ein bißchen ratlos. Ich würde sagen, der Mann war wohlhabend, aber ein Emporkömmling, der erst vor relativ kurzer Zeit sein Glück gemacht hat.»

«Aha, du hast also die Schwielen an den Händen nicht übersehen – hab ich mir gedacht.»

«An beiden Füßen waren dicke Blasen – er hat zu enge Schuhe getragen.»

«Und ist sehr weit darin gelaufen», sagte Lord Peter, «sonst hätte er solche Blasen nicht bekommen. Ist dir das nicht eigenartig vorgekommen – bei einem offenbar wohlhabenden Mann?»

«Nun, ich weiß nicht. Die Blasen waren zwei bis drei Tage alt. Er könnte einmal nachts in einem Vorort steckengeblieben sein – letzter Zug weg und kein Taxi – und mußte zu Fuß nach Hause gehen.»

«Möglich.»

«Auf dem ganzen Rücken und an einem Bein hatte er kleine rote Flecken, die ich nicht zu erklären weiß.»

«Die habe ich gesehen.»

«Was hältst du davon?»

«Das sage ich dir später. Mach weiter.»

«Er war sehr weitsichtig – merkwürdig weitsichtig für einen

Menschen in der Blüte seiner Jahre; die Brillengläser hätten zu einem sehr alten Mann gepaßt. Übrigens hat der Kneifer ein sehr schönes und nicht alltägliches goldenes Kettchen aus flachen Gliedern mit Ziselierungen. Ich habe mich schon gefragt, ob man daran nicht seine Identität feststellen könnte.»

«Ich habe vorhin ein entsprechendes Inserat in die *Times* gesetzt», sagte Lord Peter. «Weiter.»

«Er hatte die Brille schon länger – das Gestell war zweimal repariert.»

«Sehr schön, Parker, sehr schön. Ist dir auch klar, was das bedeutet?»

«Leider nicht ganz – warum?»

«Egal – weiter.»

«Er war vermutlich ein launischer, reizbarer Mensch – seine Fingernägel waren bis zum Nagelbett abgefeilt, als ob er sie für gewöhnlich abgeknabbert hätte, und seine Finger waren auch angeknabbert. Er hat Unmengen Zigaretten geraucht, ohne Spitze. Und seine äußere Erscheinung war ihm sehr wichtig.»

«Hast du dir das Badezimmer überhaupt angesehen? Dazu hatte ich kaum Gelegenheit.»

«An Fußabdrücken habe ich nicht viel gefunden. Sugg & Co. waren schon überall herumgetrampelt, ganz zu schweigen von Mr. Thipps und dem Mädchen, aber mir ist ein undeutlicher Fleck gleich hinter dem Kopfende der Wanne aufgefallen, als ob dort etwas Feuchtes gestanden hätte. Einen Abdruck konnte man das kaum nennen.»

«Es hat eben letzte Nacht stark geregnet.»

«Eben; und ist dir aufgefallen, daß im Ruß auf der Fensterbank irgendwelche Spuren waren?»

«Ja», sagte Wimsey, «und ich habe sie mir mit meinem Freund hier sehr genau angesehen, konnte aber nichts damit anfangen, nur daß dort irgend etwas gelegen haben muß.» Er zückte sein Monokel und reichte es Parker.

«Wahrhaftig, das ist ein starkes Glas!»

«Stimmt», sagte Wimsey, «und sehr nützlich, wenn man sich irgend etwas einmal genauer ansehen will und dabei nur wie ein eingebildeter Affe aussehen möchte. Es ist nur nicht ratsam, das Ding ständig zu tragen – wenn die Leute einen direkt von vorn sehen, sagen sie: ‹Mein Gott, muß der Mann schlechte Augen haben!› Aber nützlich ist es schon.»

«Sugg und ich haben uns den Boden an der Hinterseite des Hauses angesehen», fuhr Parker fort, «aber dort waren keine Spuren.»

«Interessant. Hast du mal auf dem Dach nachgesehen?»

«Nein.»

«Das machen wir morgen. Die Dachrinne ist nur ein kurzes Stück über der Fensteroberkante. Ich habe mit meinem Stock nachgemessen – des Gentleman-Detektivs Vademecum –, er hat nämlich eine Zolleinteilung. Ein ungemein nützlicher Begleiter mitunter. Innen steckt ein Degen, und im Knauf ist ein Kompaß untergebracht. Hab ich mir eigens anfertigen lassen. Sonst noch etwas?»

«Leider nein. Nun laß mal deine Version hören, Wimsey.»

«Na ja, ich finde, das meiste hast du schon genannt. Es gibt da nur noch ein paar kleine Widersprüche. Zum Beispiel haben wir es mit einem Mann zu tun, der einen teuren Goldrandkneifer trägt und ihn schon so lange hat, daß er zweimal repariert werden mußte. Trotzdem sind seine Zähne nicht nur fleckig, sondern auch in sehr schlechtem Zustand und sehen aus, als ob er sie noch nie im Leben geputzt hätte. Auf einer Seite fehlen vier Backenzähne, auf der anderen drei, und ein Schneidezahn ist abgebrochen. Er ist aber ein Mann, der Wert auf sein Äußeres legt, wie seine Haare und Hände beweisen. Was sagst du dazu?»

«Ach, solche neureichen Leute niedriger Herkunft machen sich über ihre Zähne meist nicht viele Gedanken und haben eine Heidenangst vor dem Zahnarzt.»

«Stimmt; aber ein Backenzahn hatte eine abgebrochene Kante, die so scharf war, daß er sich die Zunge daran wundgescheuert hat. Etwas Schmerzhafteres gibt es nicht. Willst du mir etwa sagen, das würde jemand ertragen, wenn er es sich leisten könnte, zum Zahnarzt zu gehen und die Kante abschleifen zu lassen?»

«Weißt du, die Menschen sind komisch. Ich habe schon

Dienstboten gekannt, die lieber Höllenqualen erduldet als eine Zahnarztpraxis betreten hätten. Woher weißt du das überhaupt, Wimsey?»

«Hab hineingesehen; elektrisches Taschenlämpchen», sagte Lord Peter. «Ausgesprochen praktische Erfindung. Sieht aus wie eine Streichholzdose. Also – das stimmt ja wahrscheinlich alles, ich wollte dich nur darauf aufmerksam machen. Zweiter Punkt: Ein Herr mit manikürten Händen und nach Veilchen duftendem Haar und so weiter wäscht sich nie die Ohren. Voller Schmalz. Ekelhaft.»

«Da hast du mich erwischt, Wimsey; das ist mir nicht aufgefallen. Aber – schlechte Angewohnheiten sterben schwer.»

«Stimmt auch wieder! Schieben wir's darauf. Punkt drei: Ein Herr mit manikürten Händen und Brillantine und dergleichen hat Flöhe.»

«Himmel noch mal, du hast recht! Flohbisse. Auf die Idee bin ich nicht gekommen.»

«Gar kein Zweifel möglich, mein Lieber. Die Bisse waren verblaßt und alt, aber nicht zu verkennen.»

«Natürlich, jetzt wo du's sagst. Trotzdem, das kann eigentlich jedem passieren. Ich habe vorletzte Woche erst so einen Hüpfer im besten Hotel von Lincoln springen lassen. Hoffentlich hat er den nächsten Gast gebissen!»

«Gewiß, alle diese Dinge *könnten* jedem passieren – jedes für sich allein. Punkt vier: Ein Herr mit Veilchenduft im Haar etcetera wäscht sich den Korpus mit starker Karbolseife – so stark, daß man es 24 Stunden später noch riecht.»

«Um die Flöhe loszuwerden.»

«Eines muß man dir lassen, Parker, du hast auf alles eine Antwort. Punkt fünf: Sorgfältig herausgeputzter Herr mit manikürten, wenngleich abgeknabberten Fingernägeln hat unverschämt schmutzige Zehennägel, die aussehen, als ob sie seit Jahren nicht mehr geschnitten worden wären.»

«Paßt alles zu den bereits erwähnten Angewohnheiten.»

«Ja, ich weiß, aber *was* für Angewohnheiten! Nun zum sechsten und letzten Punkt: Besagter Herr mit teilweise vornehmen Angewohnheiten kommt mitten in einer regnerischen

Nacht, nachdem er schon 24 Stunden tot ist, offenbar durchs Fenster herein und legt sich, unjahreszeitgemäß nur mit einem Kneifer bekleidet, still in Mr. Thipps' Badewanne. Seine Frisur ist kein bißchen durcheinander – die Haare wurden erst vor so kurzer Zeit geschnitten, daß an seinem Hals und in der Badewanne noch jede Menge kurzer Härchen kleben –, und er hat sich erst vor so kurzer Zeit rasiert, daß er sogar noch angetrocknete Seife an der Wange –»

«Wimsey!»

«Augenblick – und *angetrocknete Seife im Mund* hat.»

Bunter war aufgestanden und stand plötzlich, ganz der respektvolle Diener, neben dem Kriminalbeamten.

«Noch einen Cognac, Sir?» flüsterte er.

«Wimsey», sagte Parker, «du machst mir eine Gänsehaut.» Er leerte sein Glas in einem Zug – starrte es an, als wunderte er sich, wieso es leer war, stellte es hin, stand auf, ging zum Bücherschrank, drehte sich um, stellte sich mit dem Rücken davor und sagte:

«Hör mal, Wimsey – du hast Kriminalromane gelesen und faselst Unsinn.»

«Keineswegs», antwortete Lord Peter schläfrig. «Es wäre allerdings ein ungemein guter Stoff für einen Kriminalroman, wie? Wir werden einen schreiben, Bunter, und Sie illustrieren ihn mit Fotos.»

«Seife im – Quatsch!» sagte Parker. «Es muß etwas anderes gewesen sein – irgendeine Verfärbung –»

«Nein», sagte Lord Peter, «es waren sogar Haare darin. Borstige. Der Mann hatte einen Bart gehabt.»

Er zog seine Uhr aus der Tasche und entnahm ihr ein paar längere, steife Haare, die er zwischen Innen- und Außendeckel gesteckt hatte.

Parker drehte sie ein paarmal zwischen den Fingern, hielt sie gegen das Licht, begutachtete sie unter einer Lupe, reichte sie dem ungerührten Bunter und sagte:

«Willst du mir etwa erzählen, Wimsey, daß irgendein Mensch auf der Welt –» er lachte schroff – «sich mit offenem Mund den Bart rasieren und dann hingehen und sich mit dem

Mund voller Haare umbringen lassen würde? Du bist ja verrückt.»

«Ich erzähle so etwas nicht», sagte Wimsey. «Ihr Polizisten seid doch alle gleich - ihr habt nur einen Gedanken unter der Schädeldecke. Ich möchte wirklich mal wissen, wofür man euch bezahlt. Der Mann wurde rasiert, nachdem er schon tot war. Hübsch, nicht? Nette Beschäftigung für den Barbier. Komm, setz dich wieder, Mann, und trample hier nicht wie ein Esel im Zimmer herum. Im Krieg passieren schlimmere Sachen. Das hier ist doch nur ein billiges Gruselgeschichtchen. Aber ich will dir mal etwas sagen, Parker – wir haben es mit einem Verbrecher zu tun – *dem* Verbrecher –, dem wahren Künstler, einem Bösewicht mit Phantasie. Das ist echtes Kunstwerk, eine runde Sache. Ich habe meinen Spaß daran, Parker.»

3. Kapitel

Lord Peter beendete eine Sonate von Scarlatti, blieb sitzen und betrachtete nachdenklich seine Hände. Die Finger waren lang und muskulös und hatten breite, flache Gelenke und eckige Spitzen. Wenn er spielte wurden seine sonst recht harten grauen Augen weicher, dafür verhärtete sich sein breiter, unentschlossener Mund. Zu keiner anderen Zeit hätte er gutes Aussehen für sich in Anspruch genommen, und ein solcher Anspruch wäre auch durch das lange, schmale Kinn und die lange, fliehende Stirn, die durch das glatt zurückgekämmte flachsblonde Haar noch betont wurde, jederzeit zunichte gemacht worden. Sozialistische Zeitungen pflegten dieses Kinn noch etwas weicher zu machen und ihn als typischen Aristokraten zu karikieren.

«Ein wunderbares Instrument», sagte Parker.

«Nicht schlecht jedenfalls», antwortete Lord Peter, «aber Scarlatti verlangt ein Spinett. Klavier ist zu modern – zu viele Vibrationen und Obertöne. Taugt nichts für unsere Arbeit. Bist du schon zu einem Schluß gekommen?»

«Der Mann in der Badewanne», zählte Parker methodisch auf, «war *kein* wohlhabender Mann, der auf sein Äußeres bedacht war. Er war ein stellungsloser ungelernter Arbeiter, der aber seine Stelle erst vor kurzem verloren hatte. Er zog auf Arbeitssuche durch die Gegend, als ihn sein Schicksal ereilte. Jemand hat ihn getötet und dann gewaschen, parfümiert und rasiert, um ihn unkenntlich zu machen und ihn danach in Thipps' Badewanne zu deponieren, ohne eine Spur zu hinterlassen. Folgerung: Der Mörder war ein kräftiger Mann, da er ihn mit einem einzigen Schlag ins Genick getötet hat; ein Mann mit kühlem Kopf und meisterlichem Verstand, weil er dieses ganze gruslige Werk vollbracht hat, ohne eine Spur zu hinterlassen; ein Mann von Wohlstand und Bildung, da er alle notwenigen Toilettengegenstände zur Hand hatte, und ein Mann von bizarrer, fast perverser Phantasie, was man daran erkennt, daß er sein Opfer erstens in die Badewanne gelegt und zweitens noch mit einem Kneifer geschmückt hat.»

«Ein Poet unter den Verbrechern», sagte Wimsey. «Übrigens ist das Rätsel um den Kneifer gelöst. Er hat dem Toten offenbar nie gehört.»

«Das gibt uns aber nur ein neues Rätsel auf. Man kann wohl nicht davon ausgehen, daß der Mörder ihn entgegenkommenderweise als Hinweis auf seine Identität hinterlegt hat.»

«Das wohl kaum; ich fürchte, dieser Mann besitzt etwas, was den meisten Kriminellen fehlt – Humor.»

«Einen ziemlich makaberen Humor.»

«Richtig. Aber wer sich unter solchen Umständen überhaupt noch Humor leisten kann, der muß schon ein Kerl sein. Ich möchte wissen, was er mit dem Toten gemacht hat, nachdem er ihn ermordet hatte und bevor er ihn bei Thipps einquartierte. Dann ergeben sich weitere Fragen. Wie hat er ihn dorthin bekommen? Und warum? Kam er zur Tür herein, wie unser herzallerliebster Sugg meint? Oder durchs Fenster, wie wir glauben, und zwar auf Grund des recht unzulänglichen Indizes eines Schmierflecks auf der Fensterbank? Hatte der Mörder Komplicen? Steckt der kleine Thipps vielleicht wirklich mit drin, oder sein Hausmädchen? Man kann diese Möglichkeit ja nicht von vornherein ausschließen, nur weil Sugg an sie glaubt. Auch Idioten haben hin und wieder versehentlich recht. Wenn nicht, warum fiel die Wahl für diesen abscheulichen Streich ausgerechnet auf Thipps? Hat jemand etwas gegen Thipps? Wer sind die Leute in den anderen Wohnungen? Das müssen wir herausfinden. Spielt Thipps um Mitternacht über ihren Köpfen Klavier, oder bringt er das Haus in Verruf, indem er Damen von zweifelhaftem Ansehen mitbringt? Dürsten erfolglose Kollegen nach seinem Blut? Hol's der Kuckuck, Parker, es muß doch irgendwo ein Motiv geben. Ein Verbrechen ohne Motiv gibt es nun einmal nicht.»

«Ein Irrer –» meinte Parker skeptisch.

«Ein Irrer, in dessen Tollheit allerhand Methode steckt. Er hat keinen Fehler gemacht, nicht einen einzigen – sofern man es nicht als Fehler bezeichnet, daß er Haare im Mund des Toten gelassen hat. Na ja, aber Levy ist es jedenfalls nicht – da hast du vollkommen recht. Hör mal zu, altes Haus. Weder dein Mann noch meiner hat irgendeine Spur hinterlassen, nicht? Motive liegen ebenfalls keine in der Gegend herum. Und bei der ganzen Geschichte von gestern abend fehlen uns zwei Anzüge. Sir Reuben verduftet ohne auch nur ein Feigenblatt, und ein rätselhaftes Individuum tritt mit einem Kneifer auf, der für die Belange von Sitte und Anstand höchst unzureichend ist. Beim Henker! Wenn ich doch nur einen guten Vorwand hätte, diesen Fall mit der Leiche offiziell zu übernehmen –»

Das Telefon klingelte. Der schweigsame Bunter, den die beiden anderen nahezu vergessen hatten, ging hin.

«Eine ältere Dame, Mylord», sagte er. «Ich glaube, sie ist taub – ich kann mich ihr nicht verständlich machen, aber sie fragt nach Eurer Lordschaft.»

Peter schnappte sich den Hörer und schrie ein «Hallo!» hinein, von dem die Isolierungen hätten platzen können. Er hörte einige Minuten mit ungläubigem Lächeln zu, das sich nach und nach zu einem freudigen Grinsen erweiterte. Endlich brüllte er: «Ist gut! Ist gut!» und legte auf.

«Beim Zeus!» verkündete er strahlend. «Wie nett von der Alten! Das war Mrs. Thipps. Taub wie ein Laternenpfahl. Hat noch nie im Leben telefoniert. Ist aber zu allem entschlossen. Der reinste Napoleon. Unser unvergleichlicher Sugg hat etwas entdeckt und den kleinen Thipps verhaftet. Die alte Dame sitzt allein in der Wohnung. Thipps' letzter Schrei war: ‹Sag Lord Peter Wimsey Bescheid.› Alte Dame kämpft unerschrocken mit dem Telefonbuch. Weckt die Leutchen in der Vermittlung auf. Gibt sich mit einem Nein nicht zufrieden (weil sie es gar nicht hört), wird verbunden und fragt, ob ich tun will, was ich kann. Sie sagt, bei einem echten Gentleman fühlt sie sich gut aufgehoben. O Parker, Parker! Ich könnte sie küssen, wahrhaftig. Aber statt dessen werde ich ihr schreiben – ach was, hol's der Kuckuck, Parker, wir gehen hin. Bunter, holen Sie

Ihre Höllenmaschine und das Magnesium. Weißt du was, wir tun uns als Partner zusammen – schmeißen unsere beiden Fälle zusammen und lösen sie gemeinsam. Du kriegst heute abend meine Leiche zu sehen, Parker, und ich suche morgen nach deinem wanderlustigen Juden. Ich könnte platzen vor Glück. Sugg, Sugg, wie bist du so sugglich! Bunter, meine Schuhe. Hör zu, Parker, deine Schuhe haben doch Gummisohlen? Nein? Ts, ts, so solltest du nicht ausgehen. Wir werden dir ein Paar leihen. Handschuhe? Hier. Mein Stock, Taschenlampe, Lampenruß, Pinzette, Messer, Schächtelchen – alles da?»

«Selbstverständlich, Mylord.»

«Machen Sie nicht so ein beleidigtes Gesicht, Bunter! Ich mein's doch nicht böse. Ich glaube an Sie, ich vertraue Ihnen – was habe ich an Geld dabei? Das reicht. Ich habe mal einen Mann gekannt, Parker, der mußte einen weltberühmten Giftmörder entwischen lassen, weil der Automat in der U-Bahn-Station nur Pennystücke annahm. Am Schalter stand eine Schlange, und der Mann an der Sperre wollte ihn nicht durchlassen, und während sie sich noch herumstritten, ob er die Zwei-Penny-Fahrt zur Baker Street mit einer Fünf-Pfund-Note bezahlen könne (kleiner hatte er's nicht bei sich), war der Verbrecher in einen Zug der Circle-Linie gesprungen, und man hörte als nächstes von ihm aus Konstantinopel, wo er als Pfarrer posierte, der mit seiner Nichte auf Reisen war. Sind wir alle fertig? Los!»

Sie gingen hinaus und Bunter löschte gewissenhaft die Lichter hinter ihnen.

Als sie auf den Piccadilly hinaustraten, der in Glanz und Düsternis lag, hielt Wimsey mit einem leisen Schreckensruf mitten im Schritt inne.

«Augenblick», sagte er, «mir ist da etwas eingefallen. Wenn Sugg dort ist, macht er Ärger. Ich muß ihn kurzschließen.»

Er lief zurück, und die beiden anderen benutzten die paar Minuten seiner Abwesenheit, um ein Taxi anzuhalten.

Inspektor Sugg und ein ihm unterstellter Zerberus hielten vor Queen Caroline Mansions Nr. 59 Wache und zeigten wenig Neigung, die inoffiziellen Fahnder einzulassen. Parker konnten sie ja nicht so einfach zurückweisen, aber Lord Peter sah sich mit mürrischen Gesichtern und, wie Lord Beaconsfield es einmal nannte, meisterlicher Trägheit konfrontiert. Vergeblich versuchte er geltend zu machen, daß er von Mrs. Thipps im Namen ihres Sohnes beauftragt worden sei.

«Beauftragt!» schnaubte Inspektor Sugg. «Wenn sie nicht aufpaßt, wird sie bald jemanden für sich selbst beauftragen müssen. Mich würd's nicht wundern, wenn sie auch beteiligt wäre, aber sie ist ja so taub, daß gar nichts mehr mit ihr anzufangen ist.»

«Hören Sie doch, Inspektor», sagte Lord Peter, «was haben Sie davon, wenn Sie sich so querlegen? Sie sollten mich lieber hineinlassen – Sie wissen, daß ich am Ende sowieso hineinkomme. Himmel noch mal, ich nehme Ihnen und Ihren Kindern doch nicht das Brot aus dem Mund. Mir hat noch niemand etwas dafür bezahlt, daß ich für Sie Lord Attenburys Smaragde wiedergefunden habe.»

«Es ist meine Pflicht, dieses Haus für die Öffentlichkeit zu sperren», erwiderte Inspektor Sugg verdrießlich, «und es bleibt gesperrt.»

«Ich habe ja nichts dagegen, wenn Sie öffentliche Häuser sperren», meinte Lord Peter freundlich, indem er sich auf die Treppe setzte, um die Sache in aller Ruhe auszufechten, «obwohl ich finde, daß man die Enthaltsamkeit auch übertreiben kann. Die goldene Mitte, mein lieber Sugg, bewahrt Sie davor, als Esel dazustehen, wie schon Aristoteles sagt. Haben Sie schon mal als Esel dagestanden, Sugg? Ich ja. Und es hätte eines ganzen Rosengartens bedurft, mich zu heilen, Sugg –

Du bist mein Garten voll schöner Rosen,
Meine Rose, meine einzige Rose bist du!»

«Ich unterhalte mich nicht länger mit Ihnen», sagte der gequälte Inspektor, «es ist schon schlimm genug – ach, zum Teufel mit dem Telefon! He, Cawthorn, gehen Sie mal ran und sehen Sie, was das ist, falls der alte Drachen Sie ins Zimmer läßt. Schließt sich ein und schreit herum», sagte der Inspektor. «Da hätte man die größte Lust, den Beruf aufzugeben und Gärtner zu werden.»

Der Konstabler kam zurück.

«Vom Yard, Sir», sagte er mit bedauerndem Hüsteln. «Der Chef sagt, Lord Peter Wimsey sind alle Mittel zur Verfügung zu stellen, Sir. Äh!» Er trat verbindlich beiseite und setzte eine undurchdringliche Miene auf.

«Fünf Asse», sagte Lord Peter gutgelaunt. «Der Chef ist ein guter Freund meiner Mutter. Hilft alles nichts, Sugg, Sie brauchen nicht zu bluffen, als ob Sie ein volles Haus hätten. Ich mache es gleich noch etwas voller.»

Er ging mit seinem Gefolge in die Wohnung.

Die Leiche war ein paar Stunden zuvor abgeholt worden, und nachdem das Bad und die ganze Wohnung sowohl mit dem bloßen Auge als auch mit der Kamera des tüchtigen Bunter erkundet waren, zeigte sich deutlich, daß die alte Mrs. Thipps das eigentliche Problem in diesem Haus war. Sohn und Dienstmädchen waren beide fortgeholt worden, und wie sich zeigte, hatten sie keinerlei Freunde in der Stadt, nur ein paar geschäftliche Bekannte von Thipps, deren Adressen die alte Dame nicht einmal kannte. Die übrigen drei Wohnungen im Haus wurden bewohnt von einer siebenköpfigen Familie, die zur Zeit im Ausland überwinterte, einem indischen Oberst von forschem Auftreten, der allein mit einem indischen Diener hier lebte, und einer hochwohlanständigen Familie im zweiten Stock, die ob der Unruhe über ihren Köpfen aufs höchste erzürnt war. Der Haushaltsvorstand zeigte zwar, von Lord Peter angesprochen, eine gewisse menschliche Regung, doch Mrs. Appledore, die plötzlich in einem warmen Morgenmantel hinzukam, holte ihn schnell wieder aus der Schlinge, in der er sich da unvorsichtig zu verfangen drohte.

«Bedaure», sagte sie, «wir müssen uns da leider heraushalten. Es ist eine sehr unangenehme Geschichte, Mr. – ich habe Ihren Namen leider nicht verstanden, und wir haben es schon immer für besser gehalten, nichts mit der Polizei zu tun zu haben. Gewiß, wenn die Thipps unschuldig sind, was ich wirklich hoffen will, ist das Ganze für sie sehr bedauerlich, aber ich muß sagen, daß mir die Umstände höchst verdächtig vorkommen, das findet Theophilus auch, und ich möchte uns nicht gern nachsagen lassen, wir hätten Mördern geholfen. Womöglich würde man uns sogar noch für Komplicen halten. Sie sind natürlich noch jung, Mr. –»

«Das ist Lord Peter Wimsey, meine Liebe», belehrte Theophilus sie sanft.

Mrs. Appledore war keineswegs beeindruckt.

«Aha», sagte sie, «da sind Sie, glaube ich, ein entfernter Verwandter meines verstorbenen Vetters, des Bischofs von Carisbrooke. Ein armer Mann! Immer wieder ist er auf Schwindler hereingefallen; bis zu seinem Tode hat er nichts hinzugelernt. Ich könnte mir vorstellen, daß Sie nach ihm sind, Lord Peter.»

«Das bezweifle ich», antwortete Lord Peter. «Soviel ich weiß ist er nur ein angeheirateter Verwandter, obschon man ja sagt, es sei ein kluges Kind, das seinen Vater kennt. Ihnen, werte Dame, möchte ich gratulieren, daß Sie der anderen Seite der Familie nachschlagen. Sie werden mir verzeihen, daß ich mitten in der Nacht so zu Ihnen hereingeplatzt bin, aber es bleibt ja, wie Sie sagen, in der Familie, und ich bin Ihnen jedenfalls sehr verbunden, auch für die Ehre, diesen ungemein anziehenden Mantel bewundern zu dürfen, den Sie da anhaben. Also, machen Sie sich keine Sorgen, Mr. Appledore. Ich glaube, es ist das beste für die alte Dame, wenn ich sie zu meiner Mutter bringe, dann ist sie Ihnen aus dem Weg, sonst könnte es Ihnen eines Tages noch passieren, daß Ihre christlichen Gefühle die Oberhand gewinnen, und nichts kann die häusliche Gemütlichkeit so sehr stören wie christliche Gefühle. Gute Nacht, Sir – gute Nacht, verehrte Dame – es war einfach bezaubernd von Ihnen, mich so bei Ihnen hereinplatzen zu lassen.»

«Also!» sagte Mrs. Appledore, als die Tür hinter ihm ins Schloß fiel.

Und –

«Ich danke allen guten Feen,
die mir an der Wiege gelächelt»,

sagte Lord Peter, «und mich gelehrt haben, bei Bedarf auch
hübsch unverschämt zu werden. Diese Katze!»

Um zwei Uhr morgens sah man Lord Peter Wimsey im
Wagen eines Freundes vor dem Haus der Herzoginwitwe auf
Schloß Denver vorfahren, begleitet von einer tauben, betagten
Dame und einem uralten Handkoffer.

«Wie schön, dich zu sehen, mein Lieber», sagte die Herzoginwitwe freundlich. Sie war eine kleine, rundliche Frau mit
schneeweißem Haar und wunderschönen Händen. Äußerlich
war sie ihrem zweiten Sohn so unähnlich, wie sie ihm charak-
terlich ähnlich war; ihre schwarzen Augen blitzten fröhlich,
und ihr Auftreten und ihre Bewegungen sprachen von einer
klaren, raschen Entschiedenheit. Sie trug einen bezaubernden
Liberty-Umhang, und während Lord Peter sich kalten Braten
und Käse munden ließ, sah sie ihm zu, als ob sein Kommen
unter so ungewöhnlichen Umständen und in so ungewöhnli-
cher Begleitung das Normalste auf der Welt wäre – was es in
seinem Falle auch war.

«Hast du die alte Dame zu Bett gebracht?» fragte Lord
Peter.

«Aber ja, mein Lieber. Eine erstaunliche Person, nicht? Und
so tapfer. Sie sagt, sie hat in ihrem Leben noch nie in einem
Auto gesessen. Aber sie findet, daß du ein sehr netter junger
Mann bist, Peter – du hast dich so lieb um sie gekümmert, daß
du sie an ihren eigenen Sohn erinnerst. Der arme kleine Mr.
Thipps – wie kommt dein Freund, der Inspektor, nur auf die
Idee, daß er jemanden umgebracht haben könnte?»

«Mein Freund der Inspektor – nein, danke, Mutter, nichts
mehr – ist fest entschlossen, zu beweisen, daß die aufdringliche
Person in Mr. Thipps' Badewanne niemand anders als Sir
Reuben Levy ist, der gestern nacht auf geheimnisvolle Weise
aus seinem Haus verschwunden ist. Seine Logik lautet so: Uns
ist ein unbekleideter, reiferer Herr im Park Lane abhanden

gekommen, dafür haben wir in Battersea einen unbekleideten, reiferen Herrn gefunden, ergo sind sie ein und dieselbe Person, und darum sperren wir den kleinen Thipps ein.»

«Du drückst dich nicht sehr klar aus, mein Lieber», antwortete die Herzogin sanft. «Warum müßte Mr. Thipps eingesperrt werden, selbst wenn die beiden ein und dieselbe Person wären?»

«Sugg muß doch jemanden einsperren», sagte Lord Peter, «aber es hat sich eine Kleinigkeit ergeben, die Suggs Theorie weitgehend stützen würde, wenn ich nicht auf Grund eigenen Augenscheins wüßte, daß sie nicht stimmt. Gestern abend um Viertel nach neun spazierte eine junge Frau aus Gründen, die ihr selbst wohl am besten bekannt sind, die Battersea Park Road hinauf, als sie einen Herrn in Pelzmantel und Zylinder erspähte, der unter einem Schirm dahinschlenderte und nach allen Straßenschildern sah. Er wirkte ein bißchen fehl am Platz, und die junge Dame, nicht schüchtern, ging auf ihn zu und sagte: ‹Guten Abend.› – ‹Können Sie mir bitte sagen›, antwortete der geheimnisvolle Fremde, ‹ob diese Straße zur Prince of Wales Road führt?› Sie bejahte und fragte ihn scherzhaft, was er denn Schönes vorhabe und so weiter, nur hat sie diesen Teil der Unterhaltung nicht so ausführlich geschildert, denn sie schüttete ihr Herz Inspektor Sugg aus, den das dankbare Vaterland dafür bezahlt, daß er sehr reine und edle Ideale hat, nicht wahr? Jedenfalls antwortete der alte Knabe, er könne sich ihr zur Zeit nicht widmen, da er eine Verabredung habe. ‹Ich muß einen Mann treffen, meine Liebe›, lautete ihre Version seiner Antwort, und damit ging er die Alexandra Avenue hinauf in Richtung Prince of Wales Road. Sie sah ihm noch immer ziemlich erstaunt nach, als eine Freundin von ihr hinzukam und sagte: ‹Bei dem brauchst du deine Zeit nicht zu verschwenden – das ist Levy, den kenne ich noch aus der Zeit, als ich im West End wohnte; die Mädchen nannten ihn dort den ‹Meergrünen Unnahbaren› – den Namen der Freundin verschwieg sie wegen der weiteren Verflechtungen der Geschichte, aber den Inhalt des Gesprächs beschwört sie. Sie hat dann nicht weiter an den Vorfall gedacht, bis ihr der

Milchmann heute morgen von der Aufregung in den Queen Caroline Mansions erzählte; da ist sie, obwohl sie der Polizei sonst nicht sehr zugetan ist, hingegangen und hat den diensthabenden Beamten gefragt, ob der Tote einen Bart und eine Brille gehabt habe. Als sie hörte, Brille ja, Bart nein, entfuhr es ihr unbedacht: ‹Oh, dann ist er es nicht›, worauf der Beamte fragte: ‹Ist nicht wer?› und sie am Schlafittchen packte. Das ist ihre Geschichte. Sugg ist natürlich begeistert und hat daraufhin gleich Thipps verhaftet.»

«Meine Güte», sagte die Herzogin. «Hoffentlich bekommt das arme Mädchen keinen Ärger.»

«Das glaube ich nicht», meinte Lord Peter. «Thipps ist derjenige, der es wird ausbaden müssen. Außerdem hat er etwas Dummes angestellt. Das habe ich auch aus Sugg herausbekommen, obwohl er mit Informationen nicht eben freigebig war. Anscheinend hat Thipps sich in dem Zug geirrt, mit dem er aus Manchester zurückgekommen sein will. Zuerst hat er gesagt, er sei um halb elf nach Hause gekommen. Dann haben sie Gladys Horrocks ausgequetscht, die sich dahingehend ausließ, daß er erst um Viertel vor zwölf gekommen sei. Thipps wird gebeten, die Unstimmigkeit zu erklären, und verwickelt sich in Widersprüche. Zuerst will er den Zug verpaßt haben. Dann zieht Sugg am St. Pancras-Bahnhof Erkundigungen ein und entdeckt, daß er um zehn Uhr einen Koffer in der Gepäckaufbewahrung aufgegeben hat. Thipps, erneut um eine Erklärung gebeten, verhaspelt sich noch mehr und sagt, er sei ein paar Stunden herumgelaufen – habe einen Freund getroffen – könne nicht sagen wen – habe keinen Freund getroffen – könne nicht sagen, wie er die Zeit totgeschlagen habe – könne nicht erklären, warum er seinen Koffer nicht abgeholt habe – könne nicht sagen, *wann* er angekommen sei – könne nicht erklären, woher die Beule an seiner Stirn stamme. Im Grunde kann er überhaupt nichts sagen. Gladys Horrocks wird wieder verhört. Diesmal sagt sie, Thipps sei um halb elf nach Hause gekommen. Dann gibt sie zu, daß sie ihn gar nicht gehört hat. Sie kann nicht sagen, warum sie ihn nicht gehört hat. Kann nicht sagen, warum sie zuerst gesagt hat, sie *habe* ihn gehört.

Bricht in Tränen aus. Widerspricht sich. Man wird hellhörig. Beide werden eingelocht.»

«Wie du das erklärst», sagte die Herzogin, «klingt es ziemlich verwirrend und nicht sehr solide. Der arme kleine Mr. Thipps würde sich über alles Unsolide sehr ereifern.»

«Ich möchte nur wissen, was er getrieben hat», sagte Lord Peter nachdenklich. «Daß er einen Mord begangen hat, glaube ich nun wirklich nicht. Außerdem glaube ich, daß der Mann schon ein bis zwei Tage tot war, obwohl man auf die Aussage des Arztes nicht allzuviel geben darf. Es ist ein unterhaltsames Problemchen.»

«Sehr sonderbar, mein Lieber. Und so traurig, was Sir Reuben angeht. Ich muß Lady Levy ein paar Zeilen schreiben; damals in Hampshire, als sie noch ein junges Mädchen war, kannte ich sie nämlich ganz gut. Christine Ford hieß sie, und ich kann mich noch lebhaft erinnern, was für ein fürchterliches Theater es gab, als sie einen Juden heiraten wollte. Das war natürlich, bevor er mit diesen Ölgeschäften in Amerika zu seinem Geld kam. Die Familie wollte, daß sie Julian Freke heiratete, der später so gut herauskam und um ein paar Ecken mit der Familie verwandt ist, aber sie verliebte sich nun einmal in diesen Mr. Levy und brannte mit ihm durch. Er war damals nämlich ein sehr gutaussehender Mann, ein bißchen fremdländisch, besaß aber nichts, und die Familie hatte etwas gegen seine Religion. Natürlich sind wir heutzutage alle selbst Juden, und es hätte die Leute auch gar nicht so sehr gestört, wenn er sich als etwas anderes ausgegeben hätte, wie dieser Mr. Simons, den wir bei Mrs. Porchester kennengelernt haben und der allen Leuten erzählt, er habe seine Nase aus der italienischen Renaissance und stamme auf irgendeiner Linie von La Bella Simonetta ab – so etwas Albernes, als ob ihm das einer glaubte; und ich finde einige Juden ja auch sehr nett, und mir persönlich ist es lieber, die Leute glauben überhaupt etwas, obwohl es natürlich sehr unpraktisch sein muß, samstags nicht arbeiten zu dürfen und die kleinen Kinder zu beschneiden und sich immer nach dem Neumond zu richten, und dann das komische Fleisch, das sie essen, mit so einem rotwelsch klin-

genden Namen, und niemals Speck zum Frühstück. Aber so
war das nun mal, und es war doch viel besser für das Mädchen,
ihn zu heiraten, wenn sie ihn wirklich gern hatte, obwohl ich ja
glaube, daß der junge Freke ihr aufrichtig zugetan war, und sie
sind ja auch immer noch gute Freunde. Eine richtige Verlobung hat es ja auch eigentlich nie gegeben, nur so eine Art
Übereinkommen mit dem Vater, aber er hat nie geheiratet und
wohnt ganz für sich allein in diesem großen Haus neben der
Klinik, obwohl er jetzt so reich und berühmt ist, und ich kenne
viele, die ihn gern gekapert hätten – Lady Mainwaring hätte
ihn zum Beispiel gern für ihre älteste Tochter gehabt, aber ich
weiß noch, wie ich damals gesagt habe, man könne von einem
Chirurgen schlecht erwarten, daß er sich für eine Figur begeistert, die nur aus Watte besteht – in seinem Beruf hat er ja viele
Vergleichsmöglichkeiten, nicht?»

«Lady Levy scheint es verstanden zu haben, den Männern
den Kopf zu verdrehen», meinte Peter. «Man denke nur an
Levy, den ‹Meergrünen Unnahbaren›.»

«Das ist ganz richtig, mein Lieber; sie war ein sehr hübsches
Mädchen, und es heißt, ihre Tochter sei ganz nach ihr. Ich
habe sie ein wenig aus den Augen verloren, als sie heiratete,
und du weißt ja, daß dein Vater nicht viel für Geschäftsleute
übrig hatte, aber ich weiß, daß immer alle gesagt haben, sie
führten eine Musterehe. Es ging sogar das Sprichwort um, Sir
Reuben werde zu Hause so geliebt, wie er draußen in der Welt
gehaßt werde. Mit ‹draußen in der Welt› meine ich nicht ‹im
Ausland› – das ist nur so eine Redensart, wie wenn man sagt,
daß einer in der Fremde ein Engel und ein Satan daheim ist –
oder umgekehrt, jedenfalls erinnert es einen an *Des Pilgers
Wanderschaft.*»

«Ja», sagte Lord Peter, «ich könnte mir denken, daß der alte
Knabe sich ein paar Feinde gemacht hat.»

«Dutzende, mein Lieber – die City ist wirklich kein ange-
nehmes Pflaster. Alles mauschelt und schachert und ismaelt –
wobei ich nicht glaube, daß Sir Reuben es gern hören würde,
wenn man ihn Ismael nennt, nicht? Heißt das nicht soviel wie
unehelich, oder wenigstens kein richtiger Jude? Ich bringe

diese Gestalten aus dem Alten Testament immer durcheinander.»

Lord Peter mußte lachen und gähnen.

«Ich glaube, ich lege mich ein paar Stündchen aufs Ohr», sagte er. «Um acht muß ich wieder in der Stadt sein – Parker kommt zum Frühstück.»

Die Herzogin sah auf die Uhr, auf der es fünf Minuten vor drei war.

«Ich schicke dir um halb sieben dein Frühstück hinauf, mein Lieber», sagte sie. «Hoffentlich findest du alles in Ordnung. Ich habe dir eine Wärmflasche ins Bett legen lassen, diese Leinenlaken sind so kalt; du kannst sie ja wegtun, wenn sie dich stört.»

4. Kapitel

«So sieht es also aus, Parker», sagte Lord Peter, indem er seine Kaffeetasse fortschob und sich nach dem Frühstück sein Pfeifchen anzündete. «Dich bringt es am Ende vielleicht weiter, aber mir und meinem Badezimmerproblem nützt es nicht viel. Hast du dort noch etwas erreicht, nachdem ich fort war?»

«Nein, aber ich war heute früh auf dem Dach.»

«Nicht zu glauben – was bist du doch für ein Energiebündel, Parker! Hör mal, ich glaube, diese Partnerschaftsidee ist sehr gut. Es ist viel leichter, anderer Leute Aufgaben zu lösen als die eigenen – es gibt einem das schöne Gefühl, sich in Sachen einzumischen, die einen nichts angehen, und den Lehrmeister zu spielen, verbunden mit der herrlichen Vorstellung, daß jemand anders einem die eigene Arbeit voll und ganz abnimmt. Hast du etwas gefunden?»

«Nicht sehr viel. Ich habe selbstverständlich nach Fußspuren gesucht, aber bei dem Regen war nichts mehr davon zu sehen. Im Kriminalroman hätte es natürlich genau eine Stunde vor dem Verbrechen einmal kräftig geregnet, so daß eine hübsche Fußspur zurückgeblieben wäre, die nur zwischen zwei und drei Uhr früh entstanden sein konnte, aber da wir es im wirklichen Leben mit echtem Londoner Novemberwetter zu tun haben, könnte man ebensogut Fußspuren auf dem Niagarafall erwarten. Ich habe die ganzen Dächer abgesucht und bin zu dem erfreulichen Schluß gekommen, daß jeder Bewohner aus jeder dieser hübschen Wohnungen in der ganzen hübschen Häuserreihe es gewesen sein könnte. Sämtliche Treppen führen aufs Dach, das ganz flach ist; man kann darauf spazierengehen wie auf der Shaftesbury Avenue. Immerhin habe ich ein Indiz dafür gefunden, daß die Leiche tatsächlich da entlangspaziert ist.»

«Welcher Art?»

Parker zückte sein Notizbuch und entnahm ihm ein paar Stoffäden, die er vor seinen Freund hinlegte.

«Einer davon war in der Dachrinne direkt über Thipps' Badezimmerfenster hängengeblieben, ein anderer in einer Ritze in der steinernen Brüstung oberhalb davon, und die übrigen stammen vom Schornsteinkasten darüber, wo sie sich an einer eisernen Runge verfangen hatten. Was hältst du davon?»

Lord Peter betrachtete sie eingehend mit der Lupe.

«Interessant», sagte er, «hochinteressant. Haben Sie die Bilder schon entwickelt, Bunter?» fuhr er fort, als der diskrete Diener mit der Post hereinkam.

«Ja, Mylord.»

«Etwas darauf?»

«Ich weiß nicht, ob ich cs ‹ctwas› nennen soll oder nicht, Mylord», antwortete Bunter skeptisch. «Ich werde Ihnen die Abzüge bringen.»

«Bitte, ja», sagte Wimsey. «Hallo! Hier ist unsere Anzeige wegen des goldenen Kettchens in der *Times* – sieht sehr hübsch aus: ‹Melden Sie sich persönlich, schriftlich oder telefonisch im Piccadilly 110 A.› Vielleicht wäre ein Postfach sicherer gewesen, obwohl ich ja immer finde, je ehrlicher man zu den Leuten ist, desto leichter kann man sie täuschen; so ungewohnt sind der modernen Welt die offene Hand und das arglose Herz.»

«Aber du wirst doch nicht annehmen, daß der Kerl, der dieses Kettchen bei der Leiche gelassen hat, sich selbst verrät, indem er herkommt und danach fragt!»

«Natürlich nicht, du Dummkopf», erwiderte Lord Peter mit der lässigen Liebenswürdigkeit der wahren Aristokratie, «darum versuche ich ja auch den Juwelier zu finden, der es verkauft hat. Siehst du?» Er zeigte auf den entsprechenden Absatz. «Es ist keine alte Kette – kaum getragen. Oh, danke, Bunter. Nun sieh mal her, Parker, das sind die Fingerabdrücke, die du gestern am Fensterrahmen und auf dem hinteren Wannenrand entdeckt hast. Die hatte ich übersehen. Ich gestehe dir das volle Verdienst an dieser Entdeckung zu; ich krieche vor dir im Staub, mein Name ist Watson, und du brauchst gar nicht auszusprechen, was du gerade sagen wolltest, denn ich gestehe alles. Und nun werden wir – hallo, hallo!»

Die drei Männer starrten die Fotos an.

«Der Verbrecher», sagte Lord Peter bitter, «ist bei Nässe über die Dächer gestiegen und hat, was nicht unnatürlich ist, dabei Ruß an die Finger bekommen. Er hat die Leiche in die Wanne gelegt und alle seine eigenen Spuren beseitigt, bis auf diese beiden, die er freundlicherweise hinterlassen hat, um uns zu zeigen, wie wir vorzugehen haben. Wir ersehen aus dem Fleck auf dem Fußboden, daß er Schuhe mit Kreppgummisohlen trug, und aus den herrlichen Fingerabdrücken auf dem Badewannenrand, daß er die üblichen fünf Finger hatte und Gummihandschuhe trug. So einer ist das. Schafft das Narrengesicht weg, Leute.»

Er legte die Bilder fort und wandte sich wieder der Prüfung der Textilfetzen zu, die er noch in der Hand hielt. Plötzlich stieß er einen leisen Pfiff aus.

«Kannst du etwas damit anfangen, Parker?»

«Mir kommen sie vor wie ausgezupfte Fäden von einem groben Baumwollstoff – einem Bettlaken vielleicht, oder einem improvisierten Seil.»

«Ja», sagte Lord Peter, «ja. Es könnte ein Fehler sein – *unser* Fehler. Das überlege ich gerade. Sag mal, meinst du, diese kleinen Fädchen wären lang und stark genug, um einen Mann aufzuhängen?»

Er verstummte, und seine Augen verengten sich hinter dem Rauch seiner Pfeife zu langen, schmalen Schlitzen.

«Was schlägst du für heute morgen vor?» fragte Parker.

«Nun», meinte Lord Peter, «ich finde es langsam an der Zeit, daß ich mir deine Arbeit vorknöpfe. Gehen wir mal zum Park Lane und sehen, was Sir Reuben Levy gestern nacht in seinem Bett für Possen getrieben hat.»

«So, Mrs. Pemming, und wenn Sie nun so freundlich wären, mir eine Decke zu geben», sagte Mr. Bunter, als er in die Küche hinunterkam, «und wenn Sie mir gestatten wollten, ein Laken vor die untere Hälfte dieses Fensters zu hängen und den Wandschirm hierher zu stellen, so – damit es keine Spiegelung gibt, verstehen Sie? – könnten wir mit der Arbeit anfangen.»

Sir Reuben Levys Köchin, deren Blick wohlgefällig auf Mr. Bunters eleganter, tadellos gekleideter Erscheinung ruhte, beeilte sich, das Benötigte zu besorgen. Ihr Besucher stellte einen Korb auf den Tisch, der eine Wasserflasche, eine Haarbürste mit silbernem Rückteil, ein Paar Schuhe, eine kleine Rolle Linoleum und ein in glattes Leder gebundenes Buch – *Briefe eines emporgekommenen Kaufmanns an seinen Sohn* – enthielt. Er holte noch einen Schirm unterm Arm hervor und legte ihn zu der Sammlung. Dann brachte er einen gewichtigen fotografischen Apparat zum Vorschein und stellte ihn in der Nähe des Küchenherdes auf; als nächstes breitete er eine Zeitung auf der hellen, blankgescheuerten Tischplatte aus, rollte die Ärmel hoch und begann sich ein Paar Gummihandschuhe überzustreifen. Sir Reuben Levys Diener, der in diesem Moment hereinkam und ihn bei diesem Tun antraf, schob das Küchenmädchen beiseite, das dem Geschehen von einem Logenplatz folgte, und beäugte kritisch den Apparat. Mr. Bunter nickte ihm strahlend zu und öffnete ein Fläschchen mit grauem Pulver.

«Ein komischer Kauz, Ihr Brötchengeber, wie?» erkundigte der Diener sich obenhin.

«Sehr ungewöhnlich, ja», sagte Mr. Bunter. «Und nun, meine Liebe», wandte er sich in schmeichelndem Ton an das Stubenmädchen, «möchte ich mal sehen, ob Sie ein wenig von diesem grauen Pulver auf den Flaschenrand streuen können, während ich die Flasche halte – und dasselbe bei diesem Schuh – hier oben – vielen Dank, Miss – wie heißen Sie? Price? Oh, aber Sie haben doch außer Price noch einen anderen Namen, oder? Mabel, so? Das ist ein Name, den ich besonders liebe – sehr schön gemacht, Sie haben eine ruhige Hand, Miss Mabel – sehen Sie das? Das sind Fingerabdrücke – drei hier und zwei dort, und an beiden Stellen verwischt. Nein, nicht anrühren, meine Liebe, sonst wischen Sie das Pulver ab. Wir stellen sie

61

hierher, bis sie soweit sind, daß wir ein Porträt von ihnen nehmen können. So, und nun nehmen wir als nächstes die Haarbürste. Vielleicht könnten Sie, Mrs. Pemming, sie einmal ganz vorsichtig an den Borsten hochnehmen?»

«An den Borsten, Mr. Bunter?»

«Ja, bitte, Mrs. Pemming – und dann legen Sie sie hierher. Und nun, Miss Mabel, noch eine Probe Ihrer Geschicklichkeit, wenn ich bitten darf. Nein – diesmal versuchen wir's mit Lampenruß. Ausgezeichnet. Hätte ich selbst nicht besser gekonnt. Aha! Da hätten wir einen schönen Satz. Und diesmal nicht verwischt. Das wird Seine Lordschaft interessieren. Jetzt das Büchlein – nein, das nehme ich selbst hoch – mit den Handschuhen, sehen Sie, und nur bei den Kanten – ich bin ein vorsichtiger Verbrecher, Mrs. Pemming, ich möchte keine Spuren hinterlassen. Jetzt stäuben Sie den Deckel ganz ein, Miss Mabel; und diese Seite auch – so wird's gemacht, jawohl. Jede Menge Fingerabdrücke, und nichts verwischt. Genau nach Plan. Oh, bitte, Mr. Graves, das dürfen Sie nicht anfassen – es kann mich meine Stelle kosten, wenn ich etwas anfassen lasse.»

«Müssen Sie so was oft machen?» erkundigte sich Mr. Graves von einer höheren Warte aus.

«O ja, ziemlich», antwortete Mr. Bunter mit einem Seufzer, der an Mr. Graves' Herz appellieren und sein Vertrauen gewinnen sollte. «Wenn Sie freundlicherweise dieses Stückchen Linoleum an einem Ende festhalten könnten, Mrs. Pemming, halte ich es am anderen Ende hoch, während Miss Mabel ihr Werk vollbringt. Ja, Mr. Graves, es ist ein hartes Leben – tagsüber bedienen und nachts Bilder entwickeln – Morgentee zu allen beliebigen Zeiten zwischen halb sieben und elf Uhr, und kriminalistische Ermittlungen zu jeder Tages- und Nachtzeit. Es ist schon erstaunlich, auf was für Ideen diese reichen Herren kommen, die nichts zu tun haben.»

«Ich wundere mich, wie Sie das durchstehen», erklärte Mr. Graves. «So was gibt es hier also nicht. Ein ruhiges, geordnetes Familienleben, Mr. Bunter, hat so manches für sich. Essen zu geregelten Zeiten; ordentliche, angesehene Familien zu Gast –

keine von diesen angemalten Frauen –, und keine Bedienung in der Nacht – das hat *vieles* für sich, Mr. Bunter. Ich halte im allgemeinen nicht viel von Juden, Mr. Bunter, und ich verstehe auch, daß Sie es vielleicht als einen Vorteil für sich betrachten, in einer adligen Familie angestellt zu sein, aber das bedeutet heutzutage nicht mehr soviel, und ich muß sagen, obwohl Sir Reuben ein Neureicher ist, kann keiner behaupten, daß er ordinär sei, und die gnädige Frau ist sowieso eine feine Dame – Miss Ford hieß sie früher, eine von den Fords aus Hampshire, und beide sind immer ausgesprochen rücksichtsvoll.»

«Ich stimme Ihnen zu, Mr. Graves – Seine Lordschaft und ich haben es nie mit der Engstirnigkeit gehalten – wie? O ja, meine Liebe, natürlich ist das ein Fußabdruck, das ist ja das Linoleum vor dem Waschbecken. Ein guter Jude kann auch ein guter Mensch sein, das habe ich schon immer gesagt. Und geregelte Arbeitszeit und Rücksichtnahme haben manchen Vorzug. Aber einen sehr schlichten Geschmack hat Sir Reuben, nicht? Für so einen reichen Mann, meine ich.»

«Wirklich sehr schlicht», bestätigte die Köchin. «Die Mahlzeiten, die er und Ihre Ladyschaft zu sich nehmen, wenn sie mit Miss Rachel allein sind – also, wenn es nicht die Abendgesellschaften gäbe, die immer gut sind, wären mein Talent und mein Können hier verschwendet, wenn Sie verstehen, Mr. Bunter.»

Mr. Bunter fügte seiner Sammlung noch den Schirmgriff hinzu und heftete, assistiert vom Hausmädchen, ein Laken vors Fenster.

«Vorzüglich», sagte er. «Und wenn ich nun die Decke auf dem Tisch haben könnte und eine zweite auf einem Handtuchständer oder etwas Ähnlichem, als Hintergrund sozusagen – sehr lieb von Ihnen, Mrs. Pemming . . . Ach ja! Ich wünschte, Seine Lordschaft würde auch des Nachts nicht mehr bedient werden wollen. Wie oft mußte ich schon bis um drei oder vier Uhr morgens aufbleiben, und dann wieder raus, um ihn früh zu wecken, weil er irgendwo am anderen Ende des Landes Detektiv spielen mußte. Und was er für einen Schmutz an seinen Kleidern und Schuhen mit nach Hause bringt!»

«Es ist wirklich eine Schande, Mr. Bunter», sagte Mrs. Pemming verständnisvoll. «Das nenne ich sogar gemein. In meinen Augen ist Detektivarbeit keine angemessene Beschäftigung für einen Herrn, geschweige für einen Lord.»

«Und er macht es einem auch noch so schwer», opferte Mr. Bunter edelmütig den Ruf seines Arbeitgebers sowie seine eigenen Gefühle für die gute Sache. «Die Schuhe in eine Ecke geschmissen, die Kleider am Boden aufgehängt, wie man so schön sagt –»

«Das ist bei Leuten, die mit einem goldenen Löffel im Mund geboren sind, ja oft der Fall», sagte Mr. Graves. «Aber Sir Reuben, der hat seine altmodischen Gewohnheiten nie abgelegt. Kleider ordentlich gefaltet, Schuhe ins Ankleidezimmer gestellt, damit man sie sich morgens holen kann – überhaupt alles so leicht gemacht wie möglich.»

«Aber vorletzte Nacht hat er das vergessen.»

«Die Kleider, aber nicht die Schuhe. Sir Reuben nimmt immer Rücksicht auf andere. Ach ja, wenn ihm nur nichts zugestoßen ist!»

«Hoffentlich nicht, der arme gnädige Herr», stimmte die Köchin ein. «Und was da erzählt wird, daß er sich leise aus dem Haus geschlichen hätte, um etwas zu tun, was sich nicht gehört, also, das glaube ich nie, Mr. Bunter, das möchte ich noch auf dem Totenbett beschwören.»

«Ah!» sagte Mr. Bunter, indem er seine Bogenlampen aufstellte und an der Steckdose anschloß. «Das kann man wirklich nicht von jedem behaupten, der unsereinen bezahlt.»

«Höchstens einsachtzig», sagte Lord Peter, «keinen Zentimeter mehr.» Er betrachtete skeptisch die Einbuchtung im Bettzeug und maß ein zweites Mal mit seinem «Vademecum» nach. Parker trug die Information in ein kleines Notizbuch ein.

«Ich nehme an», sagte er, «daß ein fast einsneunzig großer Mann, wenn er sich zusammenkrümmt, auch eine einsachtzig lange Mulde im Bett hinterlassen *könnte.*»

«Hast du schottisches Blut in den Adern, Parker?» erkundigte sein Kollege sich verbittert.

«Nicht daß ich wüßte», antwortete Parker. «Warum?»

«Weil du von allen vorsichtigen, kleinlichen, genauen und kaltherzigen Teufeln, die ich kenne, der vorsichtigste, kleinlichste, genaueste und kaltherzigste bist», sagte Lord Peter. «Hier stehe ich und schwitze mir das Gehirn aus, um deine faden, niedrigen polizeilichen Ermittlungen mit einer wirklich sensationellen Entdeckung anzureichern, und du weigerst dich standhaft, auch nur ein Fünkchen Begeisterung zu zeigen.»

«Es hat nun einmal keinen Sinn, voreilige Schlüsse zu ziehen.»

«Voreilig? Bis du einen Schluß ziehst, hat er sich längst von selbst gezogen. Ich glaube, du könntest die Katze mit der Nase in der Sahneschüssel erwischen und würdest es noch für denkbar halten, daß die Schüssel schon leer war, als sie ihre Nase hineinsteckte.»

«Nun, das *wäre* ja auch immerhin denkbar, nicht?»

«Scher dich zum Kuckuck», sagte Lord Peter. Er klemmte sich sein Monokel ins Auge und beugte sich, schwer durch die Nase atmend, über das Kopfkissen. «Hier, reich mir mal die Pinzette», sagte er wenig später. «Mann Gottes, puste nicht so, du bist doch kein Wal!» Er pflückte einen fast unsichtbaren Gegenstand vom Leinen.

«Was ist das?» fragte Parker.

«Ein Haar», antwortete Wimsey grimmig, wobei seine harten Augen noch härter wurden. «Komm, wir sehen uns mal Levys Hüte an, und du könntest nach dem Herrn mit dem Friedhofsnamen läuten, ja?»

Mr. Graves erschien und traf Lord Peter im Ankleidezimmer auf dem Boden hockend an, die umgedrehten Hüte vor sich aufgereiht.

«Da sind Sie ja», rief dieser fröhlich. «Also, Mr. Graves, wir machen hier ein Ratespiel – den Dreihütetrick sozusagen. Hier liegen neun Hüte, darunter drei Zylinder. Identifizieren Sie alle neun Hüte als Sir Reuben Levys Eigentum? Ja? Sehr schön. Jetzt darf ich dreimal raten, welchen Hut er in der Nacht trug, in der er verschwand, und wenn ich richtig rate, habe ich gewonnen; wenn nicht, haben Sie gewonnen. Verstanden? Fertig? Los. Übrigens, ich nehme doch an, daß Sie die richtige Lösung kennen?»

«Habe ich richtig verstanden, daß Eure Lordschaft fragen, welchen Hut Sir Reuben trug, als er am Montagabend ausging, Mylord?»

«Nein, Sie haben gar nichts verstanden», sagte Lord Peter. «Ich habe gefragt, ob *Sie es wissen* – sagen Sie es mir aber nicht, ich will ja raten.»

«Ich weiß es, Mylord», antwortete Mr. Graves vorwurfsvoll.

«Gut», sagte Lord Peter. «Da er zum Essen ins *Ritz* ging, trug er einen Zylinder. Hier sind drei Zylinder. Bei dreimaligem Raten muß ich also den richtigen erwischen, nicht? Das ist nicht sehr sportlich. Ich rate also nur einmal. Es war der hier.»

Er zeigte auf den Hut, der dem Fenster am nächsten lag.

«Habe ich recht, Graves – steht mir der Preis zu?»

«Das *ist* der fragliche Hut, Mylord», antwortete Mr. Graves ohne Begeisterung.

«Danke», sagte Lord Peter, «das ist alles, was ich wissen wollte. Schicken Sie Bunter mal zu mir rauf, ja?»

Mr. Bunter erschien mit gekränkter Miene, die sonst so gepflegte Frisur vom Kameratuch zerzaust.

«Ah, da sind Sie, Bunter», sagte Lord Peter. «Passen Sie mal auf –»

«Hier bin ich, Mylord», antwortete Mr. Bunter mit respektvollem Tadel, «aber wenn Sie mir die Bemerkung gestatten, Mylord, gehöre ich eigentlich nach unten, wo alle diese jungen Frauen herumlaufen – damit sie nicht mit den Beweisstücken herumhantieren, Mylord.»

«Ich flehe um Gnade», sagte Lord Peter, «aber ich habe mich schon hoffnungslos mit Mr. Parker zerstritten und mir den ehrenwerten Mr. Graves zum Feind gemacht, und nun möchte ich von Ihnen wissen, was Sie für Fingerabdrücke gefunden haben. Ich finde keine Ruhe, bis ich es weiß, also seien Sie nicht so hart mit mir, Bunter.»

«Nun, Mylord, Eure Lordschaft werden verstehen, daß ich sie noch gar nicht alle fotografiert habe, aber ich will nicht

leugnen, daß sie auf den ersten Blick recht interessant aussehen, Mylord. Das Büchlein vom Nachttisch, Mylord, weist nur
Fingerabdrücke von *einer* Hand auf – mit einer kleinen Narbe
am rechten Daumen, die sie leicht erkennbar macht. Auf der
Haarbürste, Mylord, finden sich die gleichen Fingerabdrücke
wieder. Am Schirm, dem Zahnglas und den Schuhen dagegen
befinden sich *zwei* Arten von Abdrücken: von der Hand mit
der Narbe am Daumen, die ich für Sir Reubens Hand halte,
Mylord, und diese überlagert von einem Satz Schmierflecken,
wenn ich sie so nennen darf, Mylord, wobei es sich um dieselbe
Hand mit Gummihandschuhen handeln könnte oder auch
nicht. Ich könnte Ihnen das genauer sagen, Mylord, wenn ich
sie erst fotografiert hätte, um sie messen zu können. Das
Linoleum vor der Waschschüssel ist auch sehr ergiebig,
Mylord, wenn ich das sagen darf. Außer den Abdrücken von
Sir Reubens Schuhen, auf die Eure Lordschaft mich aufmerk-
sam machten, befindet sich darauf der Abdruck eines nackten
Männerfußes – viel kleiner, Mylord, höchstens Größe Vierzig
würde ich sagen, wenn man mich fragen sollte.»

Ein sanftes, fast mystisches Strahlen ergoß sich über Lord
Peters Gesicht.

«Ein Fehler», hauchte er, «ein Fehler, nur ein kleiner, aber
den kann er sich nicht leisten. Wann wurde das Linoleum
zuletzt gewischt, Bunter?»

«Am Montagmorgen, Mylord. Das Hausmädchen hat es
abgewischt und mir das erfreulicherweise gesagt. Es ist das
einzige, was sie bisher gesagt hat, und das traf gleich ins
Schwarze. Das übrige Personal –»

Seine Miene drückte Verachtung aus.

«Was habe ich gesagt, Parker? Höchstens einsachtzig und
keinen Zentimeter länger. Und er hat sich nicht getraut, die
Haarbürste zu benutzen. Wunderschön. Aber den Zylinder
mußte er riskieren. Ein Gentleman kann schließlich nicht spätabends ohne Hut durch den Regen nach Hause gehen, Parker.
Also, wie erklärst du dir das? Zwei Sorten Fingerabdrücke auf
allem außer dem Buch und der Bürste, und zwei Sorten Füße
auf dem Linoleum und zwei Sorten Haare im Hut!»

Er hob den Zylinder ans Licht und pflückte mit der Pinzette das Beweisstück heraus.

«Stell dir nur vor, Parker – an die Haarbürste zu denken und den Hut zu vergessen, die ganze Zeit auf seine Finger zu achten, und dann der eine unvorsichtige Tritt auf das verräterische Linoleum. Hier sind sie, siehst du – schwarzes Haar und rotbraunes Haar – schwarzes Haar in der Melone und dem Panamahut, schwarzes und rotbraunes Haar in dem Zylinder von gestern nacht. Und dann, damit wir nur ja wissen, daß wir auf der richtigen Fährte sind, ein einziges kleines rotbraunes Haar auf diesem Kissen, Parker, das nicht ganz an seinem richtigen Platz liegt. Mir kommen fast die Tränen.»

«Willst du etwa sagen –?» begann der Polizist langsam.

«Ich will sagen», erklärte Lord Peter, «daß es nicht Sir Reuben Levy war, den die Köchin gestern nacht vor der Tür gesehen hat. Ich sage, daß es ein anderer Mann war, vielleicht einen halben Kopf kleiner, der in Levys Kleidung hierherkam und mit Levys Schlüssel die Tür aufschloß. Oh, er war kühn und schlau, Parker. Er hatte Levys Schuhe an und Levys sämtliche Klamotten bis hinunter auf die Haut. Er hatte Gummihandschuhe an den Händen, die er nicht ein einziges Mal auszog. und er hat alles getan, um uns glauben zu machen, Levy hätte in dieser Nacht hier geschlafen. Er hat alles auf eine Karte gesetzt und gewonnen. Er ist nach oben gegangen, hat sich ausgezogen, sich sogar gewaschen und die Zähne geputzt, obwohl er die Haarbürste nicht zu benutzen wagte, um keine rotbraunen Haare darin zurückzulassen. Was Levy mit seinen Kleidern und Schuhen zu tun pflegte, mußte er raten; zufällig hat er dann einmal falsch und einmal richtig geraten. Das Bett mußte so aussehen, als ob darin geschlafen worden wäre, also legte er sich im Schlafanzug seines Opfers hinein. Irgendwann im Laufe des Morgens, wahrscheinlich zur stillsten Stunde zwischen zwei und drei, stand er dann auf, zog sich seine eigenen Sachen an, die er in einem Koffer mitgebracht hatte, und schlich die Treppe hinunter. Sollte jemand aufwachen, wäre er verloren, aber er ist kühn und geht aufs Ganze. Er weiß, daß Leute um diese Zeit in aller Regel nicht aufwachen –

und es wacht auch niemand auf. Er öffnet die Haustür, die er beim Hereinkommen unverschlossen gelassen hat – er lauscht nach zufälligen Passanten oder dem Polizisten auf seinem Rundgang. Er schlüpft hinaus. Mit Hilfe des Schlüssels zieht er die Tür leise zu. Er entfernt sich rasch auf weichen Gummisohlen – er ist die Sorte Verbrecher, die ohne Gummisohlen nicht komplett ist. Wenige Minuten später ist er an der Hyde Park Corner. Danach –»

Er schwieg einen Augenblick, dann fuhr er fort: «Das alles hat er getan, und es zeigt, daß er entweder gar nichts oder alles zu verlieren hatte. Sir Reuben Levy wurde von der Bildfläche weggezaubert, und entweder ist das nur ein dummer Streich oder der Herr mit dem rotbraunen Haar hat sich einen Mord aufs Gewissen geladen.»

«Mein Gott!» rief der Kriminalbeamte. «Du dramatisierst ganz schön.»

Lord Peter fuhr sich müde mit den Fingern durchs Haar.

«Mein lieber Freund», sagte er leise, und in seiner Stimme schwangen Emotionen mit, «du rufst in mir Erinnerungen an die Kinderreime meiner Jugend wach – die heilige Pflicht der Frivolität:

> Ein alter Mann aus Cranwellster
> Tanzte Polka mit einer Elster
> Da sagten die Leute, wie dumm!
> Man hopst nicht mit Elstern herum,
> Und erschlugen den Mann aus Cranwellster.

Das ist die richtige Einstellung, Parker. Da läßt einer diesen armen alten Knaben verschwinden – welch ein Witz! –, und dabei glaube ich, daß er selbst keiner Fliege etwas zuleide getan hätte – das macht es noch komischer. Weißt du was, Parker? Ich habe doch keinen so großen Spaß an dem Fall.»

«An welchem – meinem oder deinem?»

«An beiden. Paß mal auf, Parker, sollen wir nicht in aller Stille nach Hause gehen, zu Mittag essen und danach das *Coliseum* besuchen?»

«Du kannst das ja, wenn du willst», antwortete der Polizist, «aber du vergißt, daß ich von dieser Arbeit lebe.»

«Und diese Ausrede habe ich nicht einmal», klagte Lord Peter. «Na schön, worin besteht unser nächster Schritt? Was tätest du in meinem Fall?»

«Ich würde mich hinsetzen und arbeiten», sagte Parker. «Ich würde allem mißtrauen, was Sugg bisher getan hat, und mir die Familiengeschichte jedes Mieters in jeder Wohnung in den Queen Caroline Mansions vornehmen. Ich würde mir ihre sämtlichen Speicher und die Falltüren zum Dach ansehen und sie in Gespräche verwickeln und plötzlich die Wörter ‹Leiche› und ‹Kneifer› fallenlassen, um zu sehen, ob sie dabei zusammenzucken, genau wie diese modernen Psycho-sonst-noch-Was es machen.»

«Das tätest du wirklich?» meinte Lord Peter grinsend. «Schön, du weißt ja, daß wir unsere Fälle getauscht haben, also zieh nur los. Ich gehe inzwischen ins *Wyndham* und mache mir ein paar schöne Stunden.»

Parker verzog das Gesicht.

«Na ja», sagte er, «du tätest es wahrscheinlich sowieso nicht, also mache ich's lieber gleich selbst. Du wirst nie ein echter Detektiv, wenn du nicht lernst, auch mal ein bißchen zu arbeiten, Wimsey. Wie wär's mit Mittagessen?»

«Ich bin schon eingeladen», antwortete Lord Peter großspurig. «Ich fahre nur schnell in den Club und ziehe mich um. Kann ja nicht in diesen Säcken mit Freddy Arbuthnot zum Essen gehen. Bunter!»

«Ja, Mylord?»

«Packen Sie ein, sowie Sie fertig sind, und dann kommen Sie mit mir in den Club, um mir Gesicht und Hände zu waschen.»

«Ich habe hier noch zwei Stunden zu tun, Mylord. Unter 30 Minuten Belichtung geht es nicht. Der Strom ist zu schwach.»

«Siehst du, wie mich mein eigener Diener tyrannisiert, Parker? Na ja, ich muß es wohl ertragen. Adios!»

Er ging pfeifend die Treppe hinunter.

Der gewissenhafte Mr. Parker setzte sich stöhnend hin und

nahm sich, gestärkt durch einen Teller Schinkensandwichs und eine Flasche Bier, Sir Reubens sämtliche Papiere vor.

Lord Peter und der Ehrenwerte Freddy Arbuthnot, die nebeneinander aussahen wie eine Werbung für Herrenmode, traten lässig in den Speisesaal des *Wyndham.*

«Hab dich eine Ewigkeit nicht mehr gesehen», sagte der Ehrenwerte Freddy. «Was treibst du bloß?»

«Ich schlage die Zeit tot», antwortete Lord Peter träge.

«Legiert oder klar, Sir?» erkundigte der Kellner sich beim Ehrenwerten Freddy.

«Wie ist es dir lieber, Wimsey?» gab dieser die Qual der Wahl an seinen Gast weiter. «Beide sind gleich giftig.»

«Nun, klar läßt sich leichter vom Löffel lecken», meinte Lord Peter.

«Klar», sagte der Ehrenwerte Freddy.

«Consommé Polonais», bestätigte der Kellner. «Sehr wohl, Sir.»

Die Unterhaltung schleppte sich mühsam dahin, bis der Ehrenwerte Freddy eine Gräte im Seezungenfilet entdeckte und den Oberkellner kommen ließ, um sich ihr Vorhandensein erklären zu lassen. Als diese Angelegenheit geregelt war, raffte Lord Peter sich auf, zu sagen:

«Tut mir leid, was ich über deinen Vater höre, Freddy.»

«Ach ja, der arme Alte», antwortete der Ehrenwerte Freddy. «Man sagt jetzt, er macht's nicht mehr lange. Wie? Ach ja, den Montrachet 08. In diesem Laden gibt es nichts Anständiges zu trinken», fügte er düster hinzu.

Nach dieser absichtlichen Beleidigung eines edlen Jahrgangs stockte die Unterhaltung wieder, bis Lord Peter sagte: «Was macht die Börse?»

«Mies», antwortete der Ehrenwerte Freddy.

Er bediente sich übellaunig vom Wildragout.

«Kann ich etwas tun?» fragte Lord Peter.

«O nein, danke – sehr nett von dir, aber das bügelt sich mit der Zeit von selbst wieder aus.»

«Dieses Ragout ist nicht schlecht», meinte Lord Peter.

«Hab schon Schlimmeres gegessen», räumte sein Freund ein.

«Was ist mit diesen Argentiniern los?» erkundigte sich Lord Peter. «Hallo, Kellner, in meinem Glas ist Korken.»

«Korken?» rief der Ehrenwerte Freddy mit einem Mienenspiel, das man fast lebhaft nennen konnte. «Sie hören noch von mir, Kellner; ich muß mich schon wundern, wenn einer, der für diese Arbeit bezahlt wird, nicht einmal einen Korken aus der Flasche holen kann. Was hattest du gefragt? Die Argentinier? Erledigt. Levys Verschwinden hat dem Markt den Boden entzogen.»

«Was du nicht sagst», fand Lord Peter. «Hast du eine Ahnung, was dem alten Knaben zugestoßen sein könnte?»

«Keinen Schimmer», antwortete der Ehrenwerte Freddy. «Die Baissiers werden ihm eines über den Schädel gegeben haben.»

«Vielleicht hat er sich auch nur selbständig gemacht», meinte Lord Peter. «Doppelleben, verstehst du? Manche von diesen Leuten aus der City sind ja ganz schön fidel.»

«O nein», rief der Ehrenwerte Freddy leicht entrüstet. «Nein, hol's der Kuckuck, Wimsey, aber so was würde ich nicht sagen. Der Alte ist ein anständiger Kerl, und seine Tochter ist sehr charmant. Außerdem ist er dafür zu geradeheraus – er würde dich jederzeit fertigmachen, aber nie im Stich lassen. Der alte Anderson sitzt deswegen ganz schön in der Patsche.»

«Wer ist Anderson?»

«Einer, der da unten Grundbesitz hat. Er gehört hierher. Wollte Levy am Dienstag treffen. Jetzt fürchtet er, wenn die Eisenbahnleute dort einsteigen, geht alles kaputt.»

«Wer vertritt die Eisenbahner hier drüben?» fragte Lord Peter.

«So ein Ami, ein gewisser John P. Milligan. Er hat eine Option, behauptet er wenigstens. Diesen Gaunern kann man ja nicht trauen.»

«Kann Anderson nicht die Stellung halten?»

«Anderson ist nicht Levy. Er hat die nötigen Drachmen nicht. Außerdem ist er allein. Levy hat eine beherrschende

Stellung – er könnte Milligans vermaledeite Eisenbahn boy-kottieren, wenn er wollte, sitzt also am längeren Hebel, verstehst du?»

«Ich glaube, ich habe diesen Milligan mal irgendwo kennengelernt», sagte Lord Peter bedächtig. «Ist das nicht so ein ungeschlachter Mensch mit schwarzen Haaren und Bart?»

«Du mußt jemand anderen im Kopf haben», entgegnete der Ehrenwerte Freddy. «Milligan ist nicht größer als ich – oder nennst du einsachtundsiebzig schon ungeschlacht? –, und kahl ist er auch.»

Lord Peter ließ sich das beim Gorgonzola durch den Kopf gehen. Schließlich meinte er:

«Ich wußte gar nicht, daß Levy so ein reizendes Töchterchen hat.»

«O doch», sagte der Ehrenwerte Freddy mit allzu deutlichem Desinteresse. «Hab sie und ihre Mama letztes Jahr im Ausland kennengelernt. So bin ich ja auch an den Alten gekommen. Er war sehr nett. Hat mich schön in dieses Argentinien-Geschäft einsteigen lassen.»

«Na ja», meinte Lord Peter, «du könntest schlechter fahren. Geld ist Geld, nicht? Und Lady Levy ist ein mildernder Umstand. Zumindest kannte meine Mutter ihre Familie.»

«O ja, *sie* ist völlig in Ordnung», erklärte der Ehrenwerte Freddy, «und für den alten Herrn braucht man sich heutzutage auch nicht mehr zu schämen. Schon, er ist ein Emporkömmling, aber er versucht auch gar nichts anderes zu sein. Gibt kein bißchen an. Fährt jeden Morgen mit einem Bus der Linie 96 ins Geschäft. ‹Ich kann mich nicht für Taxis erwärmen, mein Junge›, sagt er. ‹Als junger Mann mußte ich jeden halben Penny zweimal umdrehen, und das kann ich mir jetzt nicht mehr abgewöhnen.› Wenn er allerdings seine Familie ausführt, ist ihm nichts zu gut und zu teuer. Rachel – das ist die Tochter – lacht immer über die kleinen Knausereien des Alten.»

«Man hat doch sicher nach Lady Levy geschickt», meinte Lord Peter.

«Das denke ich auch», pflichtete der andere bei. «Ich müßte wohl mal hin und meine Anteilnahme zeigen oder so, was meinst du? Würde sonst einen schlechten Eindruck machen, wie? Aber ziemlich peinlich ist es schon, was soll ich nur sagen?»

«Ich glaube, darauf kommt es nicht so sehr an», antwortete Lord Peter hilfsbereit. «Ich würde fragen, ob ich was tun könnte.»

«Danke», sagte der Verliebte. «Das mache ich. Tatkräftiger junger Mann. Können sich ganz auf mich verlassen. Immer zu Ihren Diensten. Rufen Sie mich zu jeder Tages- und Nachtzeit an. Das dürfte der richtige Ton sein, wie?»

«So ist es», sagte Lord Peter.

Mr. John P. Milligan, der Londoner Repräsentant der großen Milligan Eisenbahn- und Transportgesellschaft, diktierte seinem Sekretär gerade in einem Büro in der Lombard Street ein paar verschlüsselte Telegramme, als ihm eine Visitenkarte gebracht wurde, auf der nur stand:

LORD PETER WIMSEY
Marlborough Club

Mr. Milligan ärgerte sich über die Störung, aber wie viele seiner Landsleute hatte er eine Schwäche für den britischen Adel. Er verschob die Tilgung einer Farm von der Landkarte um ein paar Minuten und befahl, seinen Besucher hereinzuführen.

«Guten Tag», sagte der Edelmann, indem er leutselig hereinspaziert kam, «es ist ungemein liebenswürdig von Ihnen, mich zu empfangen und sich von mir die Zeit stehlen zu lassen. Ich will versuchen, Sie nicht zu lange aufzuhalten, obwohl es mir immer schwerfällt, bei der Sache zu bleiben. Mein Bruder hat mich nie für die Grafschaft kandidieren lassen – er sagt, ich rede so weitschweifig, daß niemand mitkriegt, was ich überhaupt sagen will.»

«Freut mich, Sie kennenzulernen, Lord Wimsey», sagte Mr. Milligan. «Bitte, nehmen Sie doch Platz.»

«Danke», sagte Lord Peter, «aber ich bin kein Peer, müssen

Sie wissen – das ist mein Bruder Denver. Mein Name ist Peter. Ein alberner Name, finde ich, so altmodisch und brav und so weiter, aber dafür sind wohl offiziell meine Taufpaten verantwortlich – was ein bißchen ungerecht gegen sie ist, denn sie haben den Namen ja nicht eigentlich ausgesucht. Wir haben schon immer einen Peter in der Familie, seit dem dritten Herzog, der im Krieg der Rosen fünf Könige hereingelegt hat, was allerdings bei näherer Betrachtung auch wieder kein Grund zum Stolz ist. Aber man muß das Beste daraus machen.»

Mr. Milligan, durch seine Unwissenheit in Nachteil gebracht, versuchte verlorenen Boden zurückzugewinnen, indem er seinem Gast eine Corona Corona anbot.

«Herzlichen Dank», sagte Lord Peter, «aber Sie dürfen mich nicht in Versuchung führen, hier den ganzen Nachmittag herumzuschwatzen. Beim Zeus, Mr. Milligan, wenn Sie Ihren Besuchern so bequeme Sessel und solche Zigarren anbieten, wundere ich mich, daß sie nicht herkommen und gleich in Ihrem Büro wohnen.» Und im Geiste fügte er hinzu: Wollte Gott, ich könnte dir mal diese langen, spitzen Schuhe ausziehen. Wie soll man da die Größe deiner Füße abschätzen? Und ein Kopf wie eine Kartoffel. Da soll der Mensch nicht fluchen.

«Nun sagen Sie mir, Lord Peter», sagte Mr. Milligan, «was ich für Sie tun kann.»

«Also, wissen Sie», begann Lord Peter, «das frage ich mich gerade selbst. Es ist geradezu unverschämt von mir, Sie darum zu bitten, aber eigentlich ist es ja meine Mutter. Eine wundervolle Frau, aber sie begreift nicht ganz, was es heißt, einem vielbeschäftigten Mann wie Ihnen die Zeit zu nehmen. Wir haben es hier drüben nämlich nicht so eilig, Mr. Milligan.»

«Aber ich bitte Sie», antwortete Mr. Milligan, «ich würde mit Freuden alles tun, um der Herzogin gefällig zu sein.»

Einen Augenblick war er sich nicht sicher, ob die Mutter eines Herzogs auch wirklich eine Herzogin war, doch atmete er auf, als Lord Peter fortfuhr:

«Vielen Dank – das ist ungeheuer liebenswürdig von Ihnen. Also, die Sache ist die: Meine Mutter – die eine sehr energische, aufopferungsvolle Frau ist, nicht wahr? – möchte diesen

Winter in Denver so eine Art Wohltätigkeitsbasar organisieren, um Geld für die Reparatur des Kirchendachs zusammenzubekommen, verstehen Sie? Ein trauriger Fall, Mr. Milligan – so eine schöne, alte, antike Kirche –, frühenglische Fenster und wunderhübsches Engeldach und so weiter – und das alles verfällt, es regnet hinein –, beim Frühgottesdienst holt der Vikar sich jedesmal einen Schnupfen wegen der Zugluft über dem Altar – Sie kennen das ja. Man hat schon jemanden für diese Arbeit gewonnen – einen kleinen Architekten namens Thipps – lebt mit seiner betagten Mutter in Battersea –, ziemlich gewöhnlicher Mensch – aber wie man hört, versteht er sich recht gut auf Engeldächer und dergleichen.»

Bei diesen Worten behielt Lord Peter seinen Gesprächspartner scharf im Auge, aber als seine lange Rede offenbar nur höfliches Interesse hervorrief, verbunden mit einem Hauch von Ratlosigkeit, gab er diese Taktik auf und fuhr fort:

«Wissen Sie, ich muß mich wirklich bei Ihnen entschuldigen – leider rede ich wieder mal viel zu lange um die Sache herum. Nun, meine Mutter will also diesen Basar aufziehen und findet, ein paar Vorträge im Rahmenprogramm – kleine Plaudereien sozusagen – von herausragenden Geschäftsleuten aus aller Welt wären bei dieser Gelegenheit recht interessant. ‹Wie ich es geschafft habe›, etwas in dieser Art. ‹Ein Tropfen Öl für einen Benzinkönig› – ‹Geld, Gewissen und Kakao› und dergleichen. Das würde die Leute dort ungeheuer interessieren. Sehen Sie, alle Bekannten meiner Mutter würden dasein, und wir haben ja alle kein Geld – nicht was Sie unter Geld verstehen würden, meine ich –, unsere Einkünfte zusammen dürften kaum für Ihre Telefonrechnung reichen, wie? – aber wir hören furchtbar gern Geschichten von Leuten, die wissen, wie man zu Geld kommt. Irgendwie gibt uns das so ein erhebendes Gefühl. Also, ich will sagen, meine Mutter wäre Ihnen jedenfalls über die Maßen dankbar, Mr. Milligan, wenn Sie zu uns kommen und als Vertreter Amerikas ein paar Worte an uns richten könnten. Es brauchen natürlich nicht mehr als zehn Minuten zu sein, denn die Leute dort kennen sowieso nicht viel außer Schießen und Jagen, und gerade die Freunde meiner

Mutter können sich nie länger als zehn Minuten an einem Stück auf etwas konzentrieren, aber wir würden es bestimmt sehr begrüßen, wenn Sie zu uns kämen und ein, zwei Tage blieben, um uns ein paar passende Worte über den allmächtigen Dollar zu sagen.»

«Hm, ja», sagte Mr. Milligan, «das tue ich gern, Lord Peter. Sehr freundlich von der Herzogin, so etwas anzuregen. Es ist so schade, wenn solche schönen alten Antiquitäten vor die Hunde gehen. Ich werde mit dem größten Vergnügen kommen. Und vielleicht wären Sie so freundlich, eine kleine Spende für den Restaurierungsfonds entgegenzunehmen.»

Diese unerwartete Entwicklung riß Lord Peter fast aus dem Gleichgewicht. So einen gastfreundlichen Herrn unter einem raffinierten Vorwand auszuhorchen, weil man ihn eines besonders heimtückischen Mordes verdächtigt, und dabei auch noch einen großen Scheck für eine gute Sache von ihm anzunehmen, so etwas bringt nur der abgebrühteste Geheimagent über sich. Lord Peter versuchte Zeit zu gewinnen.

«Das ist ungeheuer nett von Ihnen», sagte er. «Die Leute werden sich bestimmt maßlos freuen. Aber den Scheck geben Sie bitte lieber nicht mir. Ich würde ihn womöglich ausgeben oder verlieren. Leider bin ich da nicht sehr verläßlich. Der Vikar wäre die richtige Adresse – Hochwürden Constantine Throgmorton, Vikariat St. John-before-the-Latin-Gate, Duke's Denver – wenn Sie ihn dahin schicken könnten.»

«Wird gemacht», sagte Mr. Milligan. «Stellen Sie gleich einen Scheck über 1000 Pfund aus, Scoot, damit ich es später nicht vergesse.»

Der Sekretär, ein rötlichblonder junger Mann mit langem Kinn und unsichtbaren Augenbrauen, gehorchte schweigend. Lord Peter blickte von Mr. Milligans Kahlschädel zum Rotschopf des Sekretärs, verhärtete sein Herz und nahm einen neuen Anlauf.

«Also, ich bin Ihnen unendlich dankbar, Mr. Milligan, und meiner Mutter wird es nicht anders gehen, wenn sie das erfährt. Ich werde Sie wissen lassen, wann der Basar stattfindet – der Termin steht noch nicht fest, und ich muß auch noch ein paar andere Geschäftsleute aufsuchen, nicht wahr? Ich hatte daran gedacht, jemanden aus einem der großen Zeitungskonzerne zu bitten, als Vertreter der britischen Werbewirtschaft aufzutreten – und ein Freund von mir hat mir einen führenden deutschen Finanzier versprochen –, sehr interessant, falls da draußen auf dem Lande keine allzu großen Widerstände dagegen bestehen, und dann möchte ich noch jemanden finden, der die jüdische Seite vertritt. Eigentlich hatte ich Levy ansprechen wollen, aber der ist ja nun auf so ungelegene Weise verschwunden.»

«Ja», sagte Mr. Milligan, «das ist eine merkwürdige Geschichte, obwohl ich gern zugebe, Lord Peter, daß sie *mir* ziemlich gelegen kommt. Er hatte meinen Eisenbahnkonzern in der Zange, aber ich hatte nie etwas gegen ihn persönlich, und wenn er wieder auftaucht, *nachdem* ich ein gewisses Geschäft abgeschlossen habe, werde ich ihm gern die Hand zum Willkommensgruß entgegenstrecken.»

Im Geiste stellte Lord Peter sich vor, wie Sir Reuben irgendwo gefangengehalten wurde, bis eine bestimmte finanzielle Krise überwunden war. Das war ausgesprochen gut möglich und viel erfreulicher als seine erste Mutmaßung; und es paßte auch besser zu dem Bild, das er sich inzwischen von Mr. Milligan gemacht hatte.

«Hm, ja, das ist schon eine dumme Geschichte», sagte er. «Aber er wird wohl seine Gründe haben. Man sollte die Leute lieber nicht nach ihren Gründen fragen, wie? Zumal ein Freund von mir, der bei der Polizei ist und mit dem Fall zu tun hat, sagt, der alte Knabe habe sich, bevor er wegging, die Haare gefärbt.»

Aus dem äußersten Augenwinkel beobachtete Lord Peter, wie der rothaarige Sekretär fünf Zahlenreihen gleichzeitig addierte und die Ergebnisse niederschrieb.

«Die Haare gefärbt?» fragte Mr. Milligan.

«Ja, rot», antwortete Lord Peter. Der Sekretär sah auf. «Komisch ist nur», fuhr Lord Peter fort, «daß man das Farbfläschchen nicht findet. Irgend etwas ist da faul.»

Das Interesse des Sekretärs schien verflogen zu sein. Er legte ein neues Blatt in seinen Hefter ein und übertrug eine Reihe Ziffern von der vorigen Seite.

«Ich glaube ja, es steckt nichts weiter dahinter», sagte Lord Peter, indem er aufstand, um zu gehen. «Es war jedenfalls ungemein liebenswürdig von Ihnen, sich mit mir abzugeben, Mr. Milligan, und meine Mutter wird sich riesig freuen. Sie wird Ihnen den Termin schriftlich mitteilen.»

«Die Freude ist ganz auf meiner Seite», antwortete Mr. Milligan. «Es war schön, Ihre Bekanntschaft zu machen.»

Mr. Scoot erhob sich stumm, um ihm die Tür zu öffnen; dabei kam ein Paar Beine von beträchtlicher Länge zum Vorschein, von denen man, solange er hinter dem Schreibtisch saß, nichts gesehen hatte. Mit einem innerlichen Seufzer schätzte Lord Peter den Mann auf über einsneunzig.

Schade, daß ich Scoots Kopf nicht auf Milligans Schultern setzen kann, dachte Lord Peter, als er wieder ins hektische Getriebe der City hinaustrat, und was *wird* nur meine Mutter sagen?

5. Kapitel

Mr. Parker lebte als Junggeselle in einer georgianischen, aber ungemütlichen Wohnung in der Great Ormond Street 12 A, wofür er eine Miete von einem Pfund die Woche bezahlte. Seine Verdienste um die Zivilisation wurden nicht mit Diamantengeschenken, Ringen von Kaiserinnen oder großzügigen Schecks von dankbaren Premierministern vergolten, sondern mit einem bescheidenen, aber ausreichenden Gehalt aus der Tasche des britischen Steuerzahlers. Nach einem langen Tag ebenso anstrengender wie fruchtloser Arbeit weckte ihn am nächsten Morgen der Geruch angebrannten Haferbreis. Durch das Schlafzimmerfenster, das aus Gründen der Hygiene oben und unten geöffnet war, wälzte sich langsam ein kalter Nebel herein, und der Anblick einer winterlichlangen Unterhose, die er gestern abend hastig über einen Stuhl geworfen hatte, kränkte ihn, indem er ihm die ganze Lächerlichkeit der menschlichen Gestalt vor Augen führte. Das Telefon klingelte, und er kroch mißmutig aus dem Bett und ging ins Wohnzimmer, wo Mrs. Munns, die ihm tagsüber den Haushalt führte, niesend den Frühstückstisch deckte.

Mr. Bunter war am Apparat. «Seine Lordschaft läßt Ihnen ausrichten, Sir, daß er sich sehr freuen würde, wenn Sie es einrichten könnten, zum Frühstück hierherzukommen.»

Wenn der Duft gebratener Nieren und Speck über die Leitung zu ihm gedrungen wäre, hätte Mr. Parker sich nicht getrösteter fühlen können.

«Sagen Sie Seiner Lordschaft, ich bin in einer halben Stunde da», erwiderte er dankbar und ging ins Bad, das zugleich als Küche diente. Mrs. Munns, die soeben aus einem Kessel Wasser, das gar nicht mehr kochte, den Tee aufgoß, teilte er mit, daß er zum Frühstücken ausgehe.

«Sie können den Haferbrei für die Kinder mit nach Hause nehmen», sagte er boshaft und warf mit solcher Entschiedenheit den Morgenmantel ab, daß Mrs. Munns nichts weiter übrig blieb, als sich mit einem Schnauben zurückzuziehen.

Ein Bus der Linie 19 setzte ihn nur eine Viertelstunde später, als sein sanguinisches Temperament ihn hatte ankündigen lassen, am Piccadilly ab, und Bunter servierte ihm vor einem flackernden Holz- und Kohlenfeuer ein herrliches Frühstück mit unvergleichlichem Kaffee nebst der *Daily Mail*. Von ferne verkündete eine singende Stimme mit dem «Et iterum venturus est» aus Bachs h-Moll-Messe, daß Reinlichkeit und Frömmigkeit für den Besitzer dieser Wohnung wenigstens einmal am Tag zusammenkamen, und bald darauf trat auch Lord Peter selbst, dampfend und nach Verbena-Öl duftend, in einem Bademantel mit unnatürlich farbenfrohem Pfauenmuster ins Zimmer.

«Morgen, altes Haus», sagte Seine Lordschaft, «scheußlicher Tag, wie? Nett von dir, daß du bei dem Wetter herkommst, aber ich habe hier einen Brief, den ich dir mal zeigen wollte, und konnte mich nicht aufraffen, damit zu dir zu kommen. Bunter und ich haben die Nacht durchgemacht.»

«Was ist das für ein Brief?» fragte Parker.

«Rede nie mit vollem Mund über Geschäfte», versetzte Lord Peter tadelnd. «Koste noch von der guten Orangenmarmelade, dann zeige ich dir zuerst mal meinen Dante; man hat ihn mir gestern abend gebracht. Was müßte ich heute morgen lesen, Bunter?»

«Die Sammlung von Lord Erith wird verkauft, Mylord. In der *Morning Post* steht etwas darüber. Ich meine auch, Eure Lordschaft sollten sich die Besprechung des neuen Buchs von Sir Julian Freke über *Die physiologischen Grundlagen des Gewissens* in der Literaturbeilage der *Times* ansehen. Dann steht im *Chronicle* etwas über einen einzigartigen Einbruch, Mylord, und im *Herald* ein Angriff auf Adelsfamilien – ziemlich schlecht geschrieben, wenn ich das sagen darf, aber nicht ohne unfreiwilligen Humor, den Eure Lordschaft sicher zu schätzen wissen.»

«Gut, geben Sie mir das und den Einbruch», sagte Seine Lordschaft.

«Ich habe auch die anderen Zeitungen durchgesehen», fuhr Mr. Bunter fort, wobei er auf einen ansehnlichen Stapel zeigte, «und angestrichen, was Eure Lordschaft *nach* dem Frühstück lesen sollten.»

«Reden Sie jetzt bitte nicht davon», sagte Lord Peter, «sonst verderben Sie mir noch den Appetit.»

Man schwieg, und es war nur noch das Knirschen von Toast und das Rascheln von Papier zu hören.

«Ich sehe, man hat die Untersuchung vertagt», sagte Parker nach einer Weile.

«Blieb ihnen ja auch nichts anderes übrig», antwortete Lord Peter, «aber Lady Levy ist gestern abend angekommen und wird heute morgen hingehen müssen, um Sugg zur Freude die Leiche nicht identifizieren zu können.»

«Wird auch Zeit», sagte Mr. Parker knapp.

Es wurde wieder still.

«Von Ihrem Einbruch halte ich nicht viel, Bunter», sagte Lord Peter. «Gute Arbeit, aber phantasielos. Ich wünsche Phantasie bei einem Verbrecher. Wo ist die *Morning Post*?»

Nach weiterem Schweigen sagte Lord Peter: «Sie könnten uns den Katalog kommen lassen, Bunter; dieser Apollonios Rhodios* könnte einen Blick lohnen. Nein, ich habe keine Lust, mich durch diese Rezension zu quälen, aber Sie können das Buch auf die Anschaffungsliste setzen, wenn Sie wollen. Sein Buch über Kriminalität war ja soweit ganz unterhaltsam, aber der Kerl hat einfach einen Vogel. Er hält Gott für eine Sekretion der Leber – einmal ist das ja ganz nett, aber man muß es nicht immerzu wiederholen. Es gibt nichts, was du nicht beweisen kannst, wenn nur dein Horizont beschränkt genug ist. Sieh dir Sugg an.»

---

* Apollonios Rhodios. Lorenzobodi Alopa. Florenz. 1496. Quarto. Die Aufregungen, die mit der Lösung des Falles von Battersea einhergingen, konnten Lord Peter nicht davon abhalten, sich vor seiner Abreise nach Korsika noch dieses seltene Werk zu sichern.

«Entschuldigung», sagte Parker, «aber ich habe nicht zugehört. Die argentinischen Aktien haben sich ein wenig stabili-
siert, wie ich sehe.»

«Milligan», sagte Lord Peter.

«Öl steht schlecht. Da wirkt Levy sich aus. Dieser merkwürdige kleine Höhenflug der Peruaner kurz vor seinem Verschwinden ist schon wieder vorbei. Ob er da wohl die Finger
darin hatte? Weißt du was darüber?»

«Ich werd's feststellen», sagte Lord Peter. «Worum ging's?»

«Ach, ein absolut unbedeutendes Unternehmen, von dem
man jahrelang nichts gehört hat. Vorige Woche kam ein bißchen Leben hinein. Mir ist das deshalb aufgefallen, weil meine
Mutter vor langer Zeit einmal mit ein paar hundert Anteilen da
einsteigen konnte. Es hat nie Dividende abgeworfen. Jetzt ist
es wieder in der Versenkung verschwunden.»

Wimsey schob seinen Teller fort und zündete sich eine
Pfeife an.

«Da wir fertig sind, hätte ich jetzt nichts dagegen, ein
bißchen zu arbeiten», meinte er. «Wie bist du gestern vorange-
kommen?»

«Gar nicht», antwortete Parker. «Ich habe mir alle Wohnungen in dieser Reihe höchstpersönlich und in zwei verschiedenen Verkleidungen vorgenommen, einmal als Gasmann und
dann als Spendensammler für ein Tierheim. Etwas Greifbares
ist nicht dabei herausgekommen; nur ein Dienstmädchen in
der obersten Wohnung des letzten Hauses an der Battersea
Bridge Road glaubt, eines Nachts einen Bums auf dem Dach
gehört zu haben. In welcher Nacht das war, konnte sie nicht
genau sagen. Als ich fragte, ob es Montagnacht gewesen sei,
meinte sie, wahrscheinlich ja. Als ich fragte, ob es nicht auch
während des Sturms in der Samstagnacht gewesen sein könne,
bei dem mir der Kaminaufsatz weggeweht wurde, meinte sie,
das könne auch sein. Auf die Frage, ob sie sicher sei, daß es auf
dem Dach und nicht in der Wohnung war, räumte sie ein, daß
sie am nächsten Morgen ein von der Wand gefallenes Bild
gefunden hätten. Sie ließ sich jede Antwort in den Mund legen.
Dann habe ich deine Freunde besucht, Mr. und Mrs. Apple-

dore, die mich sehr kühl empfingen, aber nichts Konkretes gegen die Familie Thipps sagen konnten, außer daß die alte Mrs. Thipps allzu londonerisch spricht und Mr. Thipps sie einmal ungebeten mit einem Flugblatt gegen die Vivisektion aufgesucht habe. Der indische Oberst im ersten Stock war sehr laut, aber unverhofft freundlich. Er hat mir ein indisches Currygericht und einen guten Whisky zum Abendessen angeboten, aber er führt ein ziemliches Einsiedlerleben und wußte mir nur zu sagen, daß er seinerseits Mrs. Appledore nicht ausstehen kann.»

«Hast du im Haus nichts gefunden?»

«Nur Levys Privattagebuch. Ich hab's mitgebracht. Hier ist es. Es sagt einem aber nicht viel. Voller Eintragungen wie ‹Tom und Annie zum Abendessen› und ‹Geburtstag meiner lieben Frau; habe ihr einen Opalring geschenkt›; ‹Mr. Arbuthnot zum Tee; er möchte Rachel heiraten, aber mir wäre für meinen Schatz etwas Solideres lieber.› Aber ich habe mir gedacht, man kann dem Tagebuch immerhin entnehmen, wer im Haus verkehrt und so weiter. Er hat seine Eintragungen offenbar immer erst abends gemacht. Für Montag steht nichts darin.»

«Ich nehme an, es wird uns noch nützlich sein», meinte Lord Peter. «Armer Kerl. Übrigens bin ich nicht mehr so sicher, daß er umgebracht wurde.»

Er erzählte Mr. Parker, was er unternommen hatte.

«Arbuthnot?» fragte Parker. «Ist das der Arbuthnot aus dem Tagebuch?»

«Anzunehmen. Ich habe ihn mir mal geschnappt, weil ich weiß, daß er gern ein bißchen an der Börse spielt. Was diesen Milligan angeht, der *scheint* soweit in Ordnung zu sein, aber ich halte ihn im Geschäftsleben für ziemlich skrupellos, und man kann nie wissen. Zudem hat er einen rothaarigen Sekretär – ein Rechengenie mit Fischgesicht, schweigt sich beharrlich aus –, ich glaube, er hat irgendwo eine dunkle Haut im Stammbaum. Milligan hätte ein prächtiges Motiv, Levy wenigstens für ein paar Tage aus dem Verkehr zu ziehen. Und dann wäre da die neue Figur.»

«Was für eine neue Figur?»

«Der mit dem Brief, von dem ich gesprochen habe. Wo habe ich ihn nur hingetan? Ah, da ist er. Gutes Pergamentpapier, Briefkopf eines Anwaltsbüros in Salisbury, entsprechender Poststempel. Fein säuberlich mit spitzer Feder von älterem Geschäftsmann mit altmodischen Gepflogenheiten geschrieben.»

Parker nahm den Brief und las:

CRIMPLESHAM & WICKS
    Anwälte

Milford Hill, Salisbury
17. November

Sir,

bezugnehmend auf Ihr heutiges Inserat in den persönlichen Anzeigen der *Times* sehe ich mich zu der Annahme veranlaßt, daß es sich bei der genannten Brille mit Kette um diejenige handelt, die ich am vergangenen Montag während eines London-Aufenthalts in einem Zug der London-Brighton & Southcoast-Eisenbahngesellschaft verloren habe. Ich bin um 17 Uhr 45 vom Victoria-Bahnhof abgefahren und habe den Verlust erst bei meiner Ankunft in Balham bemerkt. Diese Angabe sowie die beigefügte augenärztliche Spezifikation der Gläser dürften für die Identifizierung sowie als Beweis für meinen guten Glauben ausreichen. Sollte es sich bei der Brille tatsächlich um die meine handeln, wäre ich Ihnen sehr verbunden, wenn ich sie freundlicherweise per eingeschriebener Post zurückbekommen könnte, da die Kette ein Geschenk von meiner Tochter und somit eine der größten Kostbarkeiten ist, die ich besitze.

Mit verbindlichem Dank im voraus für Ihre Freundlichkeit, sowie aufrichtigem Bedauern für die Umstände, die ich Ihnen verursache, bin ich

Ihr sehr ergebener
Thos. Crimplesham

(Anlage)

«Meine Güte», sagte Parker, «das nenne ich unerwartet.»

«Entweder ist das Ganze ein krasses Mißverständnis», meinte Lord Peter, «oder dieser Mr. Crimplesham ist ein ausgesprochen tollkühner und raffinierter Schurke. Oder es könnte natürlich auch die falsche Brille sein. Diesen Punkt können wir wohl auf der Stelle klären. Die Brille ist, wie ich annehme, bei Scotland Yard. Ruf doch bitte mal dort an und laß die Gläser sofort von einem Optiker vermessen – und frag bei der Gelegenheit, ob es alltägliche Gläser sind.»

«Recht hast du», sagte Parker und nahm den Hörer von der Gabel.

«Und nun», sagte sein Freund, nachdem die Anweisungen durchgegeben waren, «komm mal kurz mit in die Bibliothek.»

Auf dem Bibliothekstisch hatte Lord Peter eine Serie von Fotoabzügen ausgebreitet, manche schon trocken, manche noch feucht, manche sogar erst halb gewässert.

«Diese kleinen hier sind die Originalabzüge von den Platten», erklärte Lord Peter, «und das hier sind Vergrößerungen, alle im selben Maßstab angefertigt. Dieses eine hier stellt den Fußabdruck auf dem Linoleum dar; das legen wir fürs erste beiseite. Und nun können wir diese Fingerabdrücke in fünf Gruppen einteilen. Ich habe sie gleich auf den Bildern selbst bezeichnet – siehst du? – und eine Liste zusammengestellt:

A: Die Fingerabdrücke von Levy selbst, gefunden an dem Buch auf seinem Nachttisch und der Haarbürste – der und der – die kleine Narbe am Daumen ist nicht zu verkennen.

B: Die Kleckse von den behandschuhten Fingern des Mannes, der Montag nacht in Levys Zimmer geschlafen hat. Sie zeigen sich deutlich auf der Wasserflasche und den Schuhen – und sie überlagern die von Levy. Sehr deutlich zu erkennen sind sie an den Schuhen – erstaunlich deutlich für Handschuhe, woraus ich schließe, daß es Gummihandschuhe waren, die sich kurz zuvor noch in Wasser befunden hatten.

Hier ist noch ein interessanter Punkt. Levy ist, wie wir wissen, Montag nacht im Regen herumgelaufen, und diese dunklen Flecken sind Dreckspritzer. Du siehst, daß sie in allen Fällen *über* Levys Fingerabdrücken liegen. Nun sieh her: Auf dem linken Schuh sind diese Schmutzspritzer auf dem Leder oberhalb des Absatzes von den Daumenabdrücken des Fremden überlagert. Das ist schon eine eigenartige Stelle für einen Daumenabdruck – das heißt, wenn Levy sich die Schuhe selbst ausgezogen hätte, nicht? Aber an dieser Stelle würde man Daumenabdrücke nur erwarten, wenn ihm jemand anders die Schuhe mit Gewalt ausgezogen hätte. Nochmals, die Fingerabdrücke des Fremden liegen über den Dreckspritzern, aber hier ist *ein* Dreckspritzer, der die Abdrücke des Fremden überlagert. Das führt mich zu der Annahme, daß der Fremde mit einem Taxi, einer Kutsche oder eigenem Wagen in Levys Schuhen in den Park Lane gekommen ist, aber an irgendeiner Stelle ist er ein Stück zu Fuß gegangen – gerade weit genug, um in eine Pfütze zu treten und einen Spritzer auf den Schuh zu bekommen. Was sagst du dazu?»

«Sehr hübsch», meinte Parker. «Ein bißchen kompliziert allerdings, und die Abdrücke sind auch nicht gerade das, was ich von Fingerabdrücken erwarte.»

«Nun gut, ich will ihnen ja auch keine allzu große Bedeutung beimessen. Aber sie passen zu unseren ursprünglichen Überlegungen. Weiter jetzt.

C: Die Abdrücke, die mein höchstpersönlicher Bösewicht so entgegenkommend auf dem hinteren Rand von Thipps' Badewanne hinterlassen hat, wo du sie entdeckt hast, und ich hätte Prügel dafür verdient, daß ich sie übersehen habe. Es ist die linke Hand, wie du siehst, Handwurzel und Finger, nicht aber die Fingerspitzen, was so aussieht, als ob er sich auf den Badewannenrand gestützt hätte, um unten irgend etwas zurechtzukramen – vielleicht die Brille und das Kettchen. Auch Handschuhe, wie man sieht, aber ohne Nähte und Säume – ich sage Gummi, du sagst Gummi. Soweit, so gut. Nun sieh mal her:

D und E stammen von einer meiner Visitenkarten. Dieses Ding hier in der Ecke, das mit F gekennzeichnet ist, kannst du außer acht lassen; auf dem Original ist das ein klebriger Fleck, den der Junge, der die Karte entgegennahm, mit dem Daumen darauf hinterlassen hat, nachdem er sich einen Kaugummi mit den Fingern aus den Zähnen geklaubt hatte, um mir zu sagen, daß Mr. Milligan vielleicht frei sei, vielleicht aber auch nicht. D und E sind die Daumenabdrücke von Milligan und seinem rothaarigen Sekretär. Ich weiß nicht, welcher von wem stammt, aber ich habe gesehen, wie der Junge mit der Kaugummihand die Karte dem Sekretär gegeben hat, und als ich ins Allerheiligste kam, sah ich sie in John P. Milligans Hand, also gehören sie zu den beiden, und es ist im Augenblick unwesentlich für unsere Zwecke, welcher wem gehört. Ich habe mir im Hinausgehen die Karte wieder vom Tisch geangelt.

So, mein lieber Parker, und nun will ich dir sagen, was Bunter und mich bis in die frühen Morgenstunden auf Trab gehalten hat. Ich habe alles hin und her vermessen, bis mir der Kopf rauchte, und auf die Bilder gestarrt, bis ich fast blind war, aber der Teufel soll mich holen, wenn ich etwas daraus entnehmen kann. Frage eins: Ist C mit B identisch? Frage zwei: Ist D oder E mit B identisch? Man kann natürlich nur nach der Größe und Form gehen, und die Abdrücke sind so schwach – was meinst du?»

Parker schüttelte skeptisch den Kopf.

«Ich meine, E steht praktisch völlig außer Frage», sagte er. «Dieser Daumen kommt mir übermäßig lang und schmal vor. Aber ich finde, es besteht eine entschiedene Ähnlichkeit zwischen den Abständen von B auf der Wasserflasche und C auf dem Badewannenrand. Und ich sehe keinen Grund, warum D nicht derselbe sein sollte wie B; man hat nur kaum etwas, woran man sich halten kann.»

«Deine unverbildete Meinung und meine Messungen haben uns also beide zu demselben Schluß geführt – wenn man das einen Schluß nennen kann», stellte Lord Peter verbittert fest.

«Noch etwas anderes», sagte Parker. «Warum in aller Welt müssen wir überhaupt versuchen, B mit C in Verbindung zu bringen? Daraus, daß wir beide zufällig Freunde sind, folgt noch nicht notwendigerweise, daß die beiden Fälle, an denen wir jeweils interessiert sind, in irgendeiner Beziehung zueinander stehen. Warum sollten sie? Der einzige, der das glaubt, ist Sugg, und er hat nichts in der Hand, was dafür spricht. Anders sähe das aus, wenn an der Vermutung etwas daran wäre, daß der Mann in der Badewanne Levy ist, aber wir wissen ja mit Sicherheit, daß er es nicht ist. Es ist lächerlich, anzunehmen, daß ein und derselbe Mensch in ein und derselben Nacht zwei völlig voneinander unabhängige Verbrechen begangen hat, eines in Battersea, das andere im Park Lane.»

«Ich weiß», sagte Wimsey, «obwohl wir natürlich nicht vergessen dürfen, daß Levy um die Zeit in Battersea *war*, und nachdem wir jetzt wissen, daß er nicht, wie angenommen, um 24 Uhr nach Hause gekommen ist, haben wir keinen Grund mehr zu der Annahme, daß er Battersea überhaupt je verlassen hat.»

«Richtig. Aber es gibt in Battersea nicht nur Thipps' Badezimmer. Überhaupt ist das bei Licht betrachtet der einzige Ort, an dem er nach unserem sicheren Wissen *nicht* gewesen ist. Was hat also Thipps' Badezimmer noch damit zu tun?»

«Ich weiß es nicht», sagte Lord Peter. «Na ja, vielleicht bekommen wir heute ein paar bessere Anhaltspunkte in die Hand.»

Er lehnte sich in seinen Sessel zurück und blätterte eine Weile rauchend in den Zeitungen, die Bunter schon für ihn angezeichnet hatte.

«Dich haben sie schön ins Rampenlicht gestellt», sagte er. «Gott sei Dank haßt Sugg mich zu sehr, um auch noch Reklame für mich zu machen. Was ist das für eine ausnehmend langweilige Kleinanzeigenspalte! ‹Liebste Pipsey, komm bald zurück zu Deinem verzweifelten Popsey› – und der übliche junge Mann in Geldnöten sowie der übliche Aufruf ‹Gedenke deines Schöpfers in den Tagen deiner Jugend›. Hallo! Da hat's geläutet. Aha, die Antwort von Scotland Yard.»

Der Bericht von Scotland Yard enthielt eine Spezifikation der Brillengläser, die mit der von Mr. Crimplesham übersandten identisch war, zudem die Anmerkung, daß es eine ungewöhnliche Brille sei, erstens wegen der besonderen Stärke der Gläser und zweitens wegen der Unterschiedlichkeit auf beiden Augen.

«Das dürfte genügen», sagte Parker.

«Ja», sagte Wimsey. «Damit schließt Möglichkeit Nummer

drei also aus. Bleiben die Möglichkeiten Nummer eins: Zufall oder Mißverständnis, und Nummer zwei: ein besonders bösartiges Verbrechen, das Kühnheit und Raffinesse verrät – zwei Eigenschaften übrigens, die für den oder die Urheber unserer beiden Probleme charakteristisch sind. Nach der Methode, die man uns an der Universität, wo zu studieren ich die Ehre hatte, eingeimpft hat, werden wir also nun die verschiedenen aus Möglichkeit Nummer zwei sich ergebenden Überlegungen getrennt voneinander betrachten. Diese Möglichkeit kann man wiederum in zwei oder mehr Hypothesen unterteilen. Nach Hypothese eins (die mein distinguierter Kollege Professor Snupshed bevorzugt) ist der Verbrecher, den wir als X bezeichnen wollen, nicht mit Chrimplesham identisch, sondern hat dessen Namen als Aushänge- oder Schutzschild benutzt. Diese Hypothese kann man weiterhin unterteilen in zwei Alternativen. Alternative A: Crimplesham ist ein unschuldiger und unwissender Komplice, und X steht in seinen Diensten. X schreibt in Crimpleshams Namen und auf Crimpleshams Geschäftspapier und erreicht, daß der fragliche Gegenstand, das heißt die Brille, an Crimpleshams Adresse geschickt wird. Er ist in einer Position, die es ihm erlaubt, das Päckchen abzufangen, bevor es Crimplesham erreicht. Die Voraussetzung dafür ist, daß es sich bei X um Crimpleshams Putzfrau, Büroboten, Schreiber, Sekretär oder Diener handelt. Das eröffnet den Ermittlungen ein weites Feld. Die Ermittlungsmethode wird darin bestehen, mit Crimplesham zu sprechen und herauszubekommen, ob er diesen Brief geschrieben hat oder, wenn nicht, wer Zugang zu seiner Korrespondenz hat. Alternative B: Crimplesham steht unter dem Einfluß von X und wurde zur Abfassung dieses Briefes durch a) Bestechung, b) falsche Vorspiegelungen oder c) Drohungen genötigt. X könnte in diesem Falle ein redegewandter Freund oder Angehöriger sein oder ein Gläubiger, Erpresser oder Mörder; Crimplesham auf der anderen Seite ist dann entweder käuflich oder dumm. Als Ermittlungsmethode schlage ich in diesem Falle wiederum zögernd eine Unterredung mit Crimplesham vor, bei der ihm die Fakten glasklar unterbreitet werden und ihm in den beeindruckendsten Worten klargemacht wird, daß ihn als Mitwisser in einem Mordfall eine längere Freiheitsstrafe erwartet – ähäm! Im Vertrauen darauf, meine Herren, daß Sie mir bis hierher gefolgt sind, werden wir uns nun der Hypothese Nummer zwei zuwenden, zu der ich persönlich neige und wonach X mit Crimplesham identisch ist.

In diesem Falle wird Crimplesham, der, um es mit den Worten eines englischen Klassikers zu sagen, ein Mann von unerschöpflichem Einfallsreichtum und Mut ist, sich völlig zu Recht gesagt haben, daß wir eine Reaktion auf unser Inserat zuallerletzt vom Verbrecher selbst erwarten würden. Also versucht er kühn zu bluffen. Er denkt sich eine Gelegenheit aus, bei der ihm der Kneifer sehr leicht abhanden gekommen sein könnte, und erhebt Anspruch darauf. Mit der Wahrheit konfrontiert, wird niemand erstaunter sein als er, zu erfahren, wo die Brille wiedergefunden wurde. Er wird Zeugen aufbieten, die bestätigen, daß er um 17 Uhr 45 am Victoria-Bahnhof abgefahren und planmäßig in Balham wieder ausgestiegen ist und den ganzen Montagabend mit einem in ganz Balham bekannten und wohlangesehenen Herrn Schach gespielt hat. In diesem Falle sieht der Gang der Ermittlungen eine Vernehmung des wohlangesehenen Herrn aus Balham vor, und sollte es sich um einen alleinstehenden Herrn mit einer taubstummen Haushälterin handeln, so dürfte es schwierig sein, das Alibi zu widerlegen, denn außer in Kriminalromanen merken die wenigsten Zug- oder Omnibusschaffner sich gewissenhaft sämtliche Passagiere zwischen Balham und London.

Schließlich, meine Herren, will ich auch ganz offen auf die Schwachstelle aller dieser Hypothesen hinweisen, nämlich daß keine von ihnen eine Erklärung dafür bietet, warum der inkriminierende Gegenstand überhaupt so augenfällig auf der Leiche zurückgelassen wurde.»

Mr. Parker hatte diesen akademischen Ausführungen mit löblicher Geduld zugehört.

«Könnte X nicht auch ein Feind von Crimplesham sein», meinte er dann, «der ihn auf diese Weise in Verdacht bringen wollte?»

«Das könnte er. In diesem Falle müßte er leicht zu entdecken sein, denn offensichtlich steht er Crimplesham und seinem Kneifer sehr nahe, und Crimplesham, der um sein Leben fürchtet, wird der Anklagevertretung ein wertvoller Zeuge sein.»

«Und wie steht es mit unserer ersten Annahme – Zufall oder Mißverständnis?»

«Hm! Also zur Diskussion trägt diese Möglichkeit gar nichts bei, da es daran einfach nichts zu diskutieren gibt.»

«Auf jeden Fall», sagte Parker, «liegt jetzt ein Besuch in Salisbury auf der Hand.»

«Er scheint mir ratsam», antwortete Lord Peter.

«Na schön», sagte der Kriminalbeamte. «Wer fährt hin? Du, ich oder beide?»

«Ich», antwortete Lord Peter, «und zwar aus zwei Gründen. Erstens, falls Crimplesham (gemäß Möglichkeit Nummer zwei, erste Hypothese, Alternative A) ein unschuldiges Werkzeug ist, sollte derjenige, der die Anzeige aufgegeben hat, ihm auch sein Eigentum persönlich zurückgeben. Zweitens dürfen wir, wenn wir von der zweiten Hypothese ausgehen, die finstere Möglichkeit nicht außer acht lassen, daß Crimplesham/X eine raffinierte Falle für die Person aufgestellt hat, die ihr Interesse an der Lösung des Falles von Battersea so unvorsichtig in der Tagespresse bekanntgegeben hat.»

«Das scheint mir eher ein Argument dafür zu sein, daß wir beide hinfahren sollten», widersprach der Polizist.

«Weit gefehlt», antwortete Lord Peter. «Warum sollten wir Crimplesham/X in die Hände arbeiten, indem wir ihm die beiden einzigen Männer in London ausliefern, die über die Beweismittel und, wie ich sagen darf, die Intelligenz verfügen, um ihn mit der Leiche von Battersea in Verbindung zu bringen?»

«Aber wenn wir beim Yard Bescheid sagen, wo wir sind, und bekommen beide eins aufs Dach», sagte Mr. Parker, «wäre dies ein überzeugendes Indiz für Crimpleshams Schuld, und wenn er schon nicht für den Mord an dem Mann in der Badewanne gehängt würde, dann wenigstens für den Mord an uns.»

«Nun», meinte Lord Peter, «wenn er nur mich ermordet, kannst du ihn ja immer noch aufhängen – wozu einen gesunden, ehetauglichen Mann wie dich opfern? Und wie steht's außerdem um den alten Levy? Glaubst du vielleicht, daß jemand anders ihn findet, wenn du aus dem Rennen ausscheidest?»

«Aber wir könnten Crimplesham einschüchtern, indem wir ihm mit Scotland Yard drohen.»

«Du lieber Himmel, wenn's nur darum geht, kann *ich* ihn einschüchtern, indem ich ihm mit *dir* drohe, was noch viel wirkungsvoller wäre, weil du die bisher vorhandenen Beweise in Händen hast. Und dann stell dir doch nur mal vor, das Ganze entpuppt sich als ein Windei, dann hättest du Zeit vertan, in der du in dem Fall hättest weiterkommen können. Es gibt ja so einiges zu tun.»

«Hm, na ja», meinte Parker halb überzeugt, doch immer noch widerstrebend, «aber warum kann dann nicht ich hinfahren?»

«Quatsch!» sagte Lord Peter. «Ich bin beauftragt (und zwar von der alten Mrs. Thipps, vor der ich den allergrößten Respekt habe), mich mit diesem Fall zu befassen, und es ist ein reines Entgegenkommen von mir, wenn ich dir gestatte, dich da einzumischen.»

Mr. Parker stöhnte.

«Nimmst du wenigstens Bunter mit?» fragte er.

«Mit Rücksicht auf deine Empfindungen», antwortete Lord Peter, «werde ich Bunter mitnehmen, obwohl es viel nützlicher wäre, wenn er hier fotografieren oder sich um meine Garderobe kümmern könnte. Wann geht ein guter Zug nach Salisbury, Bunter?»

«Es fährt ein ausgezeichneter Zug um 10 Uhr 50, Mylord.»

«Dann sorgen Sie freundlicherweise dafür, daß ich ihn bekomme», sagte Lord Peter, indem er seinen Morgenmantel abwarf und ihn hinter sich her ins Schlafzimmer schleifte. «Und du, Parker, wenn du nichts anderes zu tun hast, könntest du Verbindung mit Levys Sekretär aufnehmen und dich mit dem peruanischen Öl befassen.»

Als leichte Reiselektüre nahm Lord Peter Sir Reubens Tagebuch mit. Es entpuppte sich als ein schlichtes, im Lichte der jüngsten Ereignisse rührendes Dokument. Der gefürchtete Börsenhai, der mit einem Kopfnicken den brummigen Bär zum Tanzen brachte oder den wütenden Bullen zwang, ihm aus der Hand zu fressen, er, dessen Odem ganze Landstriche mit Hungersnot verwüstete oder Geldmagnaten von ihren Thronen fegte, erwies sich im Privatleben als freundlich, häuslich, unschuldig stolz auf sich und das Seine, vertrauensselig, großzügig und ein bißchen langweilig. Seine eigenen bescheidenen Aufwendungen waren getreulich neben extravaganten Geschenken an seine Frau und Tochter aufgeführt. Kleine häusliche Vorkommnisse lasen sich so: «Jemand war da, um das Wintergartendach zu reparieren» oder: «Der neue Butler (Simpson) ist gekommen, empfohlen von den Goldbergs. Scheint brauchbar zu sein.» Alle Besucher und Gesellschaften waren gewissenhaft aufgeführt, von einem großartigen Mittagessen für Lord Dewsbury, den Außenminister, und Dr. Jabez K. Wort, den amerikanischen Gesandten, über etliche diplomatische Abendessen für große Finanziers bis hinunter zu kleinen familiären Zusammenkünften mit Leuten, die nur mit ihrem Vor- oder Spitznamen genannt waren. Im Mai wurde erstmals Lady Levys Nervenverfassung erwähnt, und in den darauffolgenden Monaten wurde noch öfter darauf Bezug genommen. Im September hieß es: «Freke war hier, um nach meiner lieben Frau zu sehen. Er empfiehlt völlige Ruhe und Luftveränderung. Sie hat vor, mit Rachel ins Ausland zu gehen.» Der Name des berühmten Nervenspezialisten tauchte etwa einmal monatlich auf der Gästeliste für Abendgesellschaften auf, und das brachte Lord Peter auf den Gedanken, daß Freke die geeignete Person sein könnte, bei der man sich nach Levy selbst erkundigen könnte. Manchmal erzählen die Leute ihrem Arzt etwas, sagte er bei sich. Und beim Zeus! Wenn Levy am Montagabend womöglich nur bei Freke war, hätte sich der Fall von Battersea weitgehend erledigt. Er nahm sich vor, Sir Julian aufzusuchen, und blätterte weiter. Am 18. September waren Lady Levy und Tochter dann nach Südfrankreich aufgebrochen. Und plötzlich, unter dem Datum des 5. Oktober, fand Lord Peter endlich, wonach er gesucht hatte: «Goldberg, Skriner und Milligan zum Abendessen.»

Da war der Beweis, daß Milligan schon im Haus gewesen war. Es war eine formelle Einladung gewesen – wie ein Zusammentreffen zweier Duellanten vor dem Kampf. Skriner war ein wohlbekannter Kunsthändler; Lord Peter malte sich aus, wie sie nach dem Essen nach oben gegangen waren, um im Salon die beiden Corots und das Porträt der ältesten, mit sechzehn Jahren gestorbenen Levy-Tochter zu sehen. Augustus John hatte es gemalt, und es hing im Schlafzimmer. Der rothaarige Sekretär wurde nirgends namentlich erwähnt, es sei denn, daß sich die Abkürzung S., die in einem anderen Eintrag auftauchte, auf ihn bezog. Während der Monate September und Oktober war Anderson (aus dem Hause Wyndham) ein häufiger Gast gewesen.

Lord Peter klappte kopfschüttelnd das Tagebuch zu und wandte sich wieder seinen Überlegungen zum Fall von Battersea zu. Während es im Falle Levy ein leichtes war, ein Motiv für das Verbrechen zu nennen, sofern es ein Verbrechen war, und die Schwierigkeit darin bestand, die Methode seiner Durchführung und den Verbleib der Leiche herauszufinden, war in dem anderen Fall das Haupthindernis für die Ermittlungen das völlige Fehlen eines denkbaren Motivs. Es war doch eigenartig, daß der Fall von sämtlichen Zeitungen des Landes gemeldet und eine Beschreibung des Toten an alle Polizeidienststellen gegangen war und sich trotzdem noch niemand gemeldet hatte, um den geheimnisvollen Gast in Mr. Thipps' Badewanne zu identifizieren. Gewiß war diese Beschreibung, in der von einem glattrasierten Kinn, elegantem Haarschnitt und Kneifer die Rede war, ziemlich irreführend, doch andererseits hatte die Polizei die Zahl der fehlenden Backenzähne, Größe, Hautfarbe und andere Daten korrekt angegeben, auch die vermutliche Todeszeit. Es schien jedoch, als ob der Mann sich aus der menschlichen Gesellschaft verabschiedet hätte, ohne irgendwo eine Lücke oder auch nur den kleinsten Wellenschlag zu hinterlassen. Bei einem Menschen, der weder Verwandte noch

Vorfahren zu haben schien, ja nicht einmal Kleider anhatte, glich das Nachdenken über ein Mordmotiv dem Versuch, sich die vierte Dimension vorzustellen – eine hervorragende Übung für die Phantasie, aber mühsam und fruchtlos. Selbst wenn das heutige Gespräch dunkle Flecken in Mr. Crimpleshams Vergangenheit oder Gegenwart zutage fördern sollte, wie wären diese mit einer Person, die offenbar keine Vergangenheit besaß und deren Gegenwart auf den engen Rand einer Badewanne und das polizeiliche Leichenschauhaus beschränkt war, in Verbindung zu bringen?

«Bunter», sagte Lord Peter, «ich wünsche, daß Sie mich künftig davon abhalten, zwei Hasen gleichzeitig auf die Bahn zu schicken. Diese beiden Fälle beginnen an meiner Konstitution zu zehren. Der eine Hase hat kein Woher, der andere kein Wohin. Es ist gewissermaßen ein geistiges Delirium tremens, Bunter. Wenn das vorbei ist, werde ich unter die Abstinenzler gehen, allen Polizeinachrichten abschwören und mir als beruhigende Diät nur noch die Werke des seligen Charles Garvice zu Gemüte führen.»

Es war nur die relative Nähe zum Milford Hill, die Lord Peter verleitete, sein Mittagessen im *Münster-Hotel* und nicht im *Weißen Hirsch* oder irgendeinem anderen malerisch gelegenen Gasthaus einzunehmen. Das Essen war nicht dazu angetan, seine Stimmung zu heben; wie in allen Domstädten durchdringt die Atmosphäre der frommen Stätte alle Ecken und Winkel von Salisbury, und alles Essen in der Stadt schmeckt leicht nach Gebetbuch. Während er betrübt dasaß und jene langweilige gelbliche Masse verzehrte, die den Engländern als «Käse» ohne nähere Bezeichnung bekannt ist (denn es gibt auch Käse, der sich offen mit seinem Namen zu erkennen gibt, wie Stilton, Camembert, Gruyère, Wensleydale oder Gorgonzola, wohingegen «Käse» eben Käse und überall dasselbe ist), fragte er den Kellner nach dem Weg zu Mr. Crimpleshams Kanzlei.

Der Kellner beschrieb ihm ein Haus ein Stückchen weiter die Straße hinauf auf der gegenüberliegenden Seite und fügte

hinzu: «Aber das kann Ihnen jeder sagen, Sir; Mr. Crimplesham ist hier überall gut bekannt.»

«Dann ist er wohl ein guter'Anwalt, ja?» fragte Lord Peter.

«O ja, Sir», antwortete der Kellner, «Sie könnten gar nichts
Besseres tun, als sich Mr. Crimplesham anzuvertrauen, Sir. Es
gibt zwar Leute, die Mr. Crimplesham altmodisch nennen,
aber ich würde meine Geschäfte lieber von Mr. Crimplesham
besorgen lassen als von einem dieser leichtfertigen jungen
Männer. Es ist zwar so, daß Mr. Crimplesham sich wohl bald
zur Ruhe setzen dürfte, Sir, denn er muß schon fast achtzig
sein, aber dann könnte der junge Mr. Wicks die Kanzlei ja
weiterführen, und das ist ein sehr netter, solider junger Mann.»

«Ist Mr. Crimplesham wirklich schon so alt?» fragte Lord
Peter. «Du meine Güte! Dann muß er aber für sein Alter noch
sehr agil sein. Ein Freund von mir hatte erst vorige Woche in
London geschäftlich mit ihm zu tun.»

«Er ist noch wunderbar agil, Sir», bestätigte ihm der Kellner,
«und das mit seinem lahmen Bein, Sir, man kann sich nur
wundern. Aber wissen Sie, Sir, oft glaube ich, wenn ein Mann
erst ein bestimmtes Alter überschritten hat, wird er um so
zäher, je älter er wird, und mit den Frauen ist es mehr oder
weniger genauso.»

«Das kann wohl sein», meinte Lord Peter, indem er sich
vorzustellen versuchte, wie ein Achtzigjähriger mit lahmem
Bein um Mitternacht eine Leiche über das Dach eines Wohn-
hauses in Battersea schleppte. Er verwarf den Gedanken
jedoch gleich wieder. «‹Aber zäh ist Joey Bagstock, Sir, zäh
und teuflisch schlau›», fügte er gedankenlos hinzu.

«Ach ja, Sir?» fragte der Kellner. «Dazu kann ich nun
wirklich nichts sagen.»

«Entschuldigung», sagte Lord Peter, «ich habe nur aus
einem Buch zitiert. Sehr albern von mir. Das habe ich mir schon
auf dem Mutterschoß angewöhnt und kann einfach nicht
davon lassen.»

«Aha, Sir», sagte der Kellner, indem er ein großzügiges
Trinkgeld einsteckte. «Vielen Dank, Sir. Sie finden das Haus
ganz leicht. Kurz bevor Sie zur Penny-farthing Street kom-

men, Sir, der zweiten Querstraße, rechts auf der gegenüberliegenden Seite.»

«Damit scheidet Crimplesham/X wohl aus, fürchte ich», sagte Lord Peter. «Schade; ich hatte ihn mir schon so schön als finstere Gestalt ausgemalt. Aber er könnte immerhin noch das Hirn sein, das den Händen befiehlt – die alte Spinne im Zentrum des zitternden Netzes, Bunter.»

«Ja, Mylord», sagte Bunter.

Sie gingen zusammen die Straße hinauf.

«Da drüben ist die Kanzlei», fuhr Lord Peter fort. «Ich glaube, Bunter, Sie gehen am besten mal da in das Lädchen und kaufen sich eine Sportzeitung, und wenn ich nicht – sagen wir in einer Dreiviertelstunde – wieder aus der Höhle des Bösewichts auftauche, können Sie alle Schritte unternehmen, die Ihr Scharfsinn Ihnen anrät.»

Mr. Bunter wandte sich, wie gewünscht, in den Laden, und Lord Peter überquerte die Straße und drückte entschlossen auf die Klingel zur Anwaltskanzlei.

«Die Wahrheit, die ganze Wahrheit und nichts als die Wahrheit sollte hier mein Begehr sein», sagte er leise, und als ihm die Tür von einem Schreiber geöffnet wurde, reichte er ihm mit selbstsicherer Miene seine Karte.

Er wurde unverzüglich in ein intim wirkendes Zimmer geführt, das offenbar in den ersten Jahren der Regentschaft Königin Victorias eingerichtet und seitdem nie mehr verändert worden war. Ein hagerer, gebrechlich aussehender alter Herr erhob sich bei seinem Eintreten geschäftig von seinem Stuhl und kam ihm zur Begrüßung entgegengehumpelt.

«Mein werter Sir!» rief der Anwalt. «Wie überaus gütig von Ihnen, gleich persönlich zu kommen! Ich muß mich wahrhaftig schämen, Ihnen solche Umstände gemacht zu haben. Aber ich hoffe, Sie hatten ohnehin diesen Weg und meine Brille hat Ihnen keine allzu großen Ungelegenheiten bereitet. Bitte, nehmen Sie doch Platz, Lord Peter.» Er musterte dankbar den jungen Mann über den Rand eines Kneifers hinweg, der offensichtlich das Gegenstück zu dem war, der jetzt eine Akte bei Scotland Yard zierte.

Lord Peter setzte sich. Der Anwalt setzte sich. Lord Peter nahm einen gläsernen Briefbeschwerer vom Tisch und wog ihn nachdenklich in der Hand. Im Unterbewußtsein dachte er daran, was für einen wunderschönen Satz Fingerabdrücke er darauf hinterließ. Er setzte ihn mit Nachdruck mitten auf einen Stapel Briefe.

«Von Umständen keine Rede», sagte er. «Ich hatte hier geschäftlich zu tun. Es freut mich, daß ich Ihnen zu Diensten sein konnte. Es ist ja sehr ärgerlich, wenn man seine Brille verliert, Mr. Crimplesham.»

«O ja», antwortete der Anwalt, «ich kann Ihnen versichern, daß ich mir ohne die Brille völlig verloren vorkomme. Ich habe zwar noch diese hier, aber sie paßt nicht so gut auf meine Nase – außerdem hat dieses Kettchen für mich einen großen persönlichen Wert. Ich war sehr betroffen, als ich bei meiner Ankunft in Balham ihren Verlust bemerkte. Ich habe gleich bei der Eisenbahngesellschaft nachgefragt, aber ohne Ergebnis. Da fürchtete ich schon, sie sei mir gestohlen worden. Es war ein solches Gedränge auf dem Victoria-Bahnhof, und das Abteil war bis Balham restlos überfüllt. Haben Sie die Brille im Zug gefunden?»

«Hm, nein», antwortete Lord Peter. «Ich habe sie an einem ziemlich unerwarteten Ort gefunden. Könnten Sie mir vielleicht sagen, ob Sie einen Ihrer damaligen Mitreisenden kannten?»

Der Anwalt sah ihn groß an.

«Nicht einen», erwiderte er. «Warum fragen Sie?»

«Nun», sagte Lord Peter, «ich dachte schon, die – Person, bei der ich die Brille fand, hätte sie Ihnen vielleicht zum Scherz gestohlen.»

Der Anwalt machte ein verwundertes Gesicht.

«Behauptet diese Person mit mir bekannt zu sein?» fragte er. «Ich kenne praktisch niemanden in London, außer dem Freund in Balham, bei dem ich gewohnt habe, Dr. Philpots, und ich wäre doch sehr erstaunt, wenn er mir solche Streiche spielte. Er wußte sehr gut, wie bestürzt ich über den Verlust meiner Brille war. Der geschäftliche Anlaß für meine Reise nach London war eine Aktionärsversammlung des Bankhauses Medlicott, aber die übrigen dort anwesenden Herren waren mir alle persönlich unbekannt, und ich kann mir nicht vorstellen, daß einer von ihnen sich solche Freiheiten herausnehmen würde. Jedenfalls», fügte er hinzu, «will ich nun, nachdem die Brille wieder da ist, gar nicht so genau wissen, wie sie wiedergefunden wurde. Ich bin Ihnen für Ihre Mühe zutiefst verbunden.»

Lord Peter zögerte.

«Bitte verzeihen Sie mir meine scheinbare Neugier», sagte er, «aber ich muß Ihnen noch eine Frage stellen. Sie klingt leider ein wenig theatralisch, aber hier ist sie: Ist Ihnen bekannt, ob Sie einen Feind haben – ich meine jemanden, der durch Ihr – äh – Ableben oder Ihren Ruin etwas zu gewinnen hätte?»

Mr. Crimplesham saß wie zu Stein erstarrt vor Erstaunen und Mißbilligung.

«Darf ich wissen, was diese seltsame Frage zu bedeuten hat?» erkundigte er sich steif.

«Nun, die Umstände sind ein wenig ungewöhnlich», antwortete Lord Peter. «Sie erinnern sich vielleicht, daß mein Inserat sich an den Juwelier wandte, der das Kettchen verkauft hat.»

«Ja, das hat mich gleich gewundert», sagte Mr. Crimplesham, «aber allmählich finde ich Ihr Benehmen ebenso merkwürdig wie Ihr Inserat.»

«Das ist es auch», antwortete Lord Peter. «Ich hatte nämlich in Wahrheit nicht damit gerechnet, daß der Besitzer der Brille sich bei mir melden würde. Mr. Crimplesham, Sie haben gewiß in der Zeitung über den Fall vom Battersea Park gelesen. Es ist *Ihre* Brille, die bei der Leiche gefunden wurde, und sie befindet sich zur Zeit in den Händen von Scotland Yard, wie Sie hieran feststellen können.» Er legte die Spezifikation der Brille sowie den amtlichen Bericht vor Crimplesham hin.

«Du lieber Gott!» rief der Anwalt. Er warf einen Blick auf das Schriftstück, dann sah er Lord Peter mit zusammengekniffenen Augen an.

«Arbeiten Sie für die Polizei?» erkundigte er sich.

«Nicht offiziell», antwortete Lord Peter. «Ich ermittle privat in dieser Angelegenheit – im Auftrage einer Partei.»

Mr. Crimplesham erhob sich.

«Mein lieber Mann», sagte er, «dies ist ein höchst unverschämter Versuch, aber Erpressung ist ein strafbares Vergehen, und ich rate Ihnen, meine Kanzlei zu verlassen, bevor ich Sie anzeige.» Er läutete.

«Ich hatte gefürchtet, daß Sie es so aufnehmen würden», sagte Lord Peter. «Anscheinend hätte Kriminalinspektor Parker, der mein Freund ist, diese Aufgabe doch besser übernommen.» Er legte Mr. Parkers Karte neben die Brillenbeschreibung auf den Tisch und fuhr fort: «Sollten Sie mich vor morgen früh noch einmal zu sprechen wünschen, Mr. Crimplesham, finden Sie mich im *Münster-Hotel*.»

Mr. Crimplesham versagte sich eine weitere Antwort, sondern wies nur den eintretenden Sekretär an, «dem Herrn den Weg zur Tür» zu zeigen.

Am Eingang stieß Lord Peter fast mit einem hochgewachsenen jungen Mann zusammen, der soeben hereinkam und ihn mit einem Blick überraschten Erkennens ansah. Sein Gesicht weckte jedoch in Lord Peter keine Erinnerung, und so rief er seinen Diener aus dem Zeitungsladen und begab sich ins Hotel, um ein Ferngespräch mit Mr. Parker anzumelden.

Inzwischen wurde Mr. Crimplesham in seiner Kanzlei durch das Eintreten seines Juniorpartners in seinen empörten Betrachtungen unterbrochen.

«Sagen Sie nur», rief dieser, «hat hier endlich mal jemand etwas richtig Schlimmes verbrochen? Oder was führt so einen berühmten Privatdetektiv über unsere bescheidene Schwelle?»

«Ich wurde das Opfer eines gemeinen Erpressungsversuchs», sagte der Anwalt. «Ein Individuum, das sich als Lord Peter Wimsey ausgab –»

«Aber das *ist* Lord Peter Wimsey», sagte Mr. Wicks. «Jede Verwechslung ist ausgeschlossen. Ich habe ihn im Prozeß wegen des Diebstahls der Attenbury-Smaragde als Zeuge auftreten sehen. Er ist ein ziemlich großes Tier in seinem Metier und geht mit dem Chef von Scotland Yard angeln.»

«Ach du lieber Gott», stöhnte Mr. Crimplesham.

Das Schicksal wollte es, daß Mr. Crimpleshams Nerven an diesem Nachmittag noch hart geprüft wurden. Als er in Mr. Wicks' Begleitung das *Münster-Hotel* betrat, wurde ihm vom Portier mitgeteilt, Lord Peter Wimsey habe das Hotel zu einem Spaziergang verlassen und dabei erwähnt, er wolle vielleicht die Vesper besuchen. «Aber sein Diener ist da», fügte er hinzu, «falls Sie eine Nachricht hinterlassen wollen.»

Mr. Wicks fand es im großen und ganzen angebracht, eine Nachricht zu hinterlassen. Man erkundigte sich nach Mr. Bunter und traf ihn neben dem Telefon sitzend an, wo er auf sein Ferngespräch nach London wartete. Als Mr. Wicks ihn gerade ansprach, klingelte das Telefon, und Mr. Bunter entschuldigte sich höflich und nahm den Hörer ab.

«Hallo!» sagte er. «Ist dort Mr. Parker? Oh, danke! Vermittlung! Vermittlung! Entschuldigen Sie, können Sie mich mit Scotland Yard verbinden? Verzeihen Sie, meine Herren, wenn ich Sie warten lassen muß – Vermittlung! Jawohl, Scotland Yard – hallo! Ist dort Scotland Yard? Ist Inspektor Parker da? – Kann ich ihn sprechen? – Ich bin gleich soweit, meine Herren. – Hallo! Sind Sie es, Mr. Parker? Lord Peter wäre Ihnen sehr verbunden, Sir, wenn es Ihnen genehm wäre, nach Salisbury zu kommen. O nein, Sir, er erfreut sich ausgezeichneter Gesundheit, Sir – er ist eben in die Vesper gegangen, Sir – o nein, ich glaube, morgen früh würde ausgezeichnet passen, Sir, danke, Sir.»

6. Kapitel

Es war Inspektor Parker im Grunde gar nicht genehm, London verlassen zu sollen. Er hatte am Spätvormittag zu Lady Levy gehen müssen, und danach waren seine Pläne für den Tag des weiteren durcheinandergebracht und er in seiner Arbeit behindert worden, weil ausgerechnet an diesem Nachmittag die vertagte gerichtliche Voruntersuchung wegen Thipps' unbekanntem Besucher stattfinden sollte, denn Inspektor Suggs Ermittlungen förderten offenbar nichts Greifbares zutage. Also hatte man die Geschworenen und Zeugen für heute nachmittag drei Uhr einbestellt. Mr. Parker hätte das Ereignis womöglich sogar noch verpaßt, wenn er heute morgen im Yard nicht zufällig Sugg über den Weg gelaufen wäre und ihm diese Information herausgezogen hätte wie einen widerspenstigen Zahn. Inspektor Sugg fand Mr. Parkers Einmischung letzten Endes ziemlich aufdringlich; außerdem war der Mann dicke Freund mit Lord Peter Wimsey, und für die Aufdringlichkeit eines Lord Peter hatte Inspektor Sugg schon gar keine Worte. Er konnte jedoch auf die direkte Frage nicht gut leugnen, daß heute nachmittag eine gerichtliche Untersuchung stattfinden sollte, und ebensowenig konnte er verhindern, daß Mr. Parker das unveräußerliche Recht eines jeden interessierten britischen Bürgers in Anspruch nahm, dabeizusein. Kurz vor drei Uhr saß Mr. Parker also auf seinem Platz und beobachtete amüsiert die Bemühungen jener, die erst kamen, nachdem der Saal schon überfüllt war, durch Schmeichelei, Bestechung oder Einschüchterung noch einen günstigen Platz zu ergattern. Der Untersuchungsrichter, ein Mediziner mit pedantischen Gewohnheiten und phantasieloser Lebensanschauung, kam pünktlich, blickte grämlich über die dichtgedrängte Versammlung und ließ als erstes alle Fenster öffnen, woraufhin ein Strom neblig-feuchter Luft die Köpfe jener Unglücklichen umwehte, die auf der Fensterseite saßen. Das löste einige Bewegung und den einen oder anderen Mißfallensruf aus, was der Untersuchungsrichter jedoch mit dem gestrengen Hinweis unterband, daß ein ungelüfteter Saal bei der zur Zeit wieder umgehenden Grippe eine Todesfalle sei; wer etwas gegen geöffnete Fenster habe, dem stehe es schließlich frei, den Saal zu verlassen, und wenn noch irgendwelche weiteren Störungen vorkämen, würde er ihn sowieso räumen lassen. Daraufhin schob er sich ein Hustenbonbon in den Mund und rief nach den üblichen Einleitungsfloskeln vierzehn brave, gesetzestreue Bürger auf und ließ sie schwören, alle Fakten in bezug auf den Tod des Herrn mit dem Kneifer gewissenhaft zu prüfen und ehrlich zu erwägen sowie auf der Grundlage der vorgetragenen Zeugnisse einen gerechten Spruch zu fällen, so wahr ihnen Gott helfe. Nachdem ein Protest von einer Geschworenen – einer älteren Dame mit Brille, die einen Süßwarenladen betrieb und sich offenbar wünschte, wieder dort zu sein – vom Untersuchungsrichter in Bausch und Bogen verworfen worden war, verließen die Geschworenen den Saal, um die Leiche zu besichtigen. Mr. Parker schaute sich erneut um und sah, wie der unglückliche Mr. Thipps und das Hausmädchen namens Gladys unter strenger Polizeibewachung in einen Nebenraum geführt wurden. Ihnen folgte bald eine hagere alte Dame in Häubchen und Umhang. Mit ihr kam in einem prächtigen Pelzmantel und einem Autohäubchen von faszinierendem Zuschnitt die Herzoginwitwe von Denver, deren flinke dunkle Augen über der Versammlung hin und her huschten. Einen Augenblick blieb ihr Blick auf Mr. Parker ruhen, der schon mehrmals bei ihr zu Besuch gewesen war, und sie nickte ihm zu und sprach mit einem Polizisten. Nicht lange, und wie von Zauberhand öffnete sich eine Gasse im Gedränge, und Mr. Parker sah sich mit einem Sitz in den vorderen Reihen beehrt, gleich hinter der Herzogin, die ihn liebenswürdig begrüßte und fragte: «Was ist nur aus unserem armen Peter geworden?» Parker begann zu erklären, und der Untersuchungsrichter warf ärgerliche Blicke in ihre Richtung. Jemand ging zu ihm und flüsterte ihm etwas ins Ohr, worauf er hustete und sich ein neues Bonbon in den Mund schob.

«Wir sind mit dem Auto gekommen», sagte die Herzogin. «Das war so anstrengend – solch schlechte Straßen zwischen Denver und Gunbury St. Walters –, und wir hatten doch Leute zum Essen eingeladen – ich mußte ihnen absagen, konnte ja die alte Dame nicht allein fahren lassen, oder? Übrigens ist da etwas ganz Merkwürdiges mit dem Restaurierungsfonds für die Kirche – der Vikar –, o Gott, da kommen diese Leute schon wieder; nun gut, das erzähle ich Ihnen später – sehen Sie sich doch nur einmal an, was diese Frau für ein schockiertes Gesicht macht, und das Mädchen im Tweedrock versucht so zu tun, als ob sie es alle Tage mit unverhüllten Herren zu tun hätte – ich meinte natürlich Leichen –, aber man ist ja heutzutage immer wieder so elisabethanisch – ist dieser Untersuchungsrichter nicht ein schrecklicher kleiner Kerl? Wenn Blicke töten könnten – meinen Sie, er wagt es, mich hinauszuwerfen oder mir irgendeine Ordnungsstrafe aufzuerlegen oder wie das heißt?»

Der erste Teil der Zeugenanhörung war für Mr. Parker nicht von großem Interesse. Der unglückselige Mr. Thipps, der sich im Gefängnis erkältet hatte, erklärte jämmerlich krächzend unter Eid, er habe die Leiche um acht Uhr morgens entdeckt, als er sein Bad habe nehmen wollen. Es sei so ein großer Schock für ihn gewesen, daß er sich habe hinsetzen und das Mädchen nach einem Brandy schicken müssen. Er habe den Toten nie zuvor gesehen. Er habe keine Ahnung, wie er dorthin gekommen sei.

Ja, er sei den Tag zuvor in Manchester gewesen. Um zehn Uhr sei er am St. Pancras-Bahnhof angekommen. Seinen Koffer habe er bei der Gepäckaufbewahrung aufgegeben. An diesem Punkt wurde Mr. Thipps ganz rot, druckste verlegen herum und sah sich nervös im Gerichtssaal um.

«Nun, Mr. Thipps», sagte der Untersuchungsrichter kurz angebunden, «wir müssen über Ihr Tun und Lassen genau Bescheid wissen. Es muß Ihnen klar sein, wie wichtig das alles ist. Sie haben sich zur Aussage entschlossen, was Sie nicht hätten tun müssen, aber nachdem Sie nun aussagen wollen, sollten Sie am besten auch kein Blatt vor den Mund nehmen.»

«Ja», sagte Mr. Thipps matt.

«Haben Sie den Zeugen belehrt, Inspektor?» wandte der Untersuchungsrichter sich barsch an Inspektor Sugg.

Der Inspektor erwiderte, er habe Mr. Thipps erklärt, daß alles, was er aussage, vor Gericht gegen ihn verwendet werden könne. Mr. Thipps wurde aschfahl und sagte mit kläglicher Stimme, er habe nicht die Absicht gehabt, etwas zu tun, was nicht recht sei.

Diese Bemerkung sorgte für gelindes Aufsehen, und der Untersuchungsrichter wurde noch bissiger, als er so schon war.

«Vertritt hier irgend jemand Mr. Thipps?» fragte er gereizt. «Nein? Haben Sie ihm nicht erklärt, daß er sich einen Anwalt nehmen kann – nehmen sollte? Nein? Wirklich, Inspektor! Mr. Thipps, wußten Sie nicht, daß Sie das Recht haben, sich von einem Anwalt vertreten zu lassen?»

Mr. Thipps mußte sich auf einen Stuhlrücken stützen und sagte kaum hörbar: «Nein.»

«Es ist doch unglaublich», sagte der Untersuchungsrichter, «daß sogenannte gebildete Menschen so wenig über die Prozeßvorschriften in ihrem eigenen Land Bescheid wissen. Das bringt uns jetzt in eine sehr schwierige Position. Ich bezweifle, Inspektor, ob ich dem Gefangenen – Mr. Thipps – überhaupt die Aussage erlauben darf. Das ist eine sehr heikle Lage.»

Auf Mr. Thipps' Stirn standen Schweißperlen.

«Schütze uns vor unseren Freunden», flüsterte die Herzogin Parker zu. «Wenn diese bonbonlutschende Kreatur diesen vierzehn Leuten – und was die alle für leere Gesichter haben, so typisch, finde ich immer, für die untere Mittelschicht, beinahe wie Schafe, oder Kalbsköpfe (gekocht, meine ich) –, wenn er ihnen klipp und klar geraten hätte, gegen den armen kleinen Kerl auf Mord zu erkennen, hätte er sich nicht deutlicher ausdrücken können.»

«Er darf aber nicht zulassen, daß er sich selbst belastet», sagte Parker.

«Ach, Unfug!» erwiderte die Herzogin. «Wie könnte der

Mann sich denn belasten, wenn er sein Lebtag nie etwas verbrochen hat? Ihr Männer denkt immer nur an eure Paragraphen.»

Inzwischen hatte Mr. Thipps, nachdem er sich mit einem Taschentuch die Stirn abgewischt hatte, seinen Mut zusammengerafft. Er richtete sich mit der ganzen Würde seiner Schwächlichkeit auf wie ein kleines weißes Karnickel, das sich in die Enge getrieben sieht.

«Ich möchte es Ihnen ja sagen», erklärte er, «obwohl das für einen Mann in meiner Position wirklich sehr unangenehm ist. Aber ich kann natürlich nicht einen Augenblick zulassen, daß jemand glaubt, ich hätte dieses furchtbare Verbrechen begangen. Ich versichere Ihnen, meine Herren, das *könnte* ich nicht ertragen. Nein! Lieber sage ich Ihnen die Wahrheit, obwohl ich fürchte, daß mich das in eine sehr unangenehme – also gut, ich sage es Ihnen.»

«Und Sie verstehen voll und ganz die Folgenschwere einer solchen Aussage, Mr. Thipps?» fragte der Untersuchungsrichter.

«Ja», sagte Mr. Thipps. «Es ist schon gut – ich – könnte ich bitte einen Schluck Wasser haben?»

«Lassen Sie sich nur Zeit», sagte der Untersuchungsrichter und nahm dieser Bemerkung durch einen ungeduldigen Blick auf die Uhr sofort alle Glaubwürdigkeit.

«Danke, Sir», sagte Mr. Thipps. «Also, ja, es stimmt, daß ich um zehn Uhr am St. Pancras angekommen bin. Aber da war noch ein Mann mit mir im Zug gewesen. Er war in Leicester zugestiegen. Ich hatte ihn zuerst nicht erkannt, aber dann zeigte sich, daß er ein alter Schulkamerad von mir war.»

«Wie heißt dieser Herr?» fragte der Untersuchungsrichter mit gezücktem Bleistift.

Mr. Thipps schrumpfte sichtlich in sich zusammen.

«Das kann ich Ihnen leider nicht sagen», sagte er. «Sehen Sie – das heißt, Sie *werden* es sehen –, das würde ihn in Schwierigkeiten bringen, und das könnte ich nicht tun – nein, das könnte ich wirklich nicht tun, und wenn mein Leben davon abhinge. Nein!» fügte er hinzu, als ihm aufging, wie unheilvoll zutreffend dieser letzte Satz war. «Das könnte ich wahrhaftig nicht tun.»

«Nun, nun», meinte der Untersuchungsrichter.

Die Herzogin lehnte sich wieder zu Parker zurück. «Ich fange an, das kleine Kerlchen richtig zu bewundern», sagte sie.

Mr. Thipps fuhr fort: «Als wir am St. Pancras ankamen, wollte ich nach Hause, aber mein Freund sagte nein. Wir hätten uns so lange nicht gesehen und sollten – einen draufmachen, wie er sich ausdrückte. Ich fürchte, ich war zu schwach und ließ mich überreden, mit ihm in eine seiner Spelunken zu gehen. Ich gebrauche dieses Wort bewußt, Sir», sagte Mr. Thipps, «und ich kann Ihnen versichern, wenn ich vorher gewußt hätte, wohin wir gingen, ich hätte nie einen Fuß in dieses Lokal gesetzt.

Ich gab meinen Koffer auf, weil ich dadurch nicht behindert sein wollte, und wir stiegen in ein Taxi und fuhren zur Ecke Tottenham Court Road und Oxford Street. Von dort gingen wir ein Stückchen zu Fuß und bogen in ein Nebensträßchen ein (ich weiß nicht mehr, in welches), bis wir an eine offene Tür kamen, aus der Licht schien. An einem Schalter saß ein Mann, bei dem mein Freund ein paar Karten kaufte, und ich hörte den Mann am Schalter so etwas wie ‹Ihr Freund› sagen, womit er mich meinte, und mein Freund sagte: ‹O ja, der war schon hier, nicht wahr, Alf?› (So hat man mich nämlich in der Schule genannt.) Aber ich versichere Ihnen, Sir –» und hier wurde Mr. Thipps nun sehr ernst – «ich war nie dort, und nichts auf der Welt könnte mich dazu bringen, so einen Ort noch einmal aufzusuchen.

Also wir gingen dann in einen Raum im Kellergeschoß, wo getrunken wurde, und mein Freund trank mehrere Cocktails und drängte mir auch einen oder zwei auf – obwohl ich normalerweise Abstinenzler bin – und sprach mit ein paar anderen Männern und Frauen, die dort waren – sehr ordinäre Leute, fand ich, obwohl ich nicht verschweigen will, daß einige von den jungen Damen recht hübsch anzusehen waren. Eine von ihnen setzte sich bei meinem Freund auf den Schoß und nannte ihn einen alten Schleicher und sagte, er solle mitkommen – also gingen wir weiter in einen anderen Raum, wo viele Leute waren, die diese modernen Tänze tanzten. Mein Freund ging hin und tanzte, und ich setzte mich auf ein Sofa. Eine der jungen Damen kam zu mir und fragte, ob ich nicht tanzen wolle, und ich sagte nein, da fragte sie, ob ich ihr dann nicht etwas zu trinken spendieren wolle. ‹Dann spendier uns was zu trinken, Schätzchen›, sagte sie nur, worauf ich fragte: ‹Ist denn nicht schon Sperrstunde?› Aber sie sagte, das mache nichts. Ich bestellte also etwas zu trinken – Gin und Bitter –, denn nein sagen mochte ich nicht, weil sie es von mir zu erwarten schien, und ich fand, als Kavalier dürfe ich das nicht abschlagen, wenn sie schon darum bat. Aber es ging mir gegen das Gewissen – das Mädchen war noch so jung, und sie legte mir danach die Arme um den Hals und küßte mich, ganz als ob sie für das Getränk bezahlen wollte – was mir wirklich zu Herzen ging», sagte Mr. Thipps ein bißchen doppeldeutig, aber mit ungewöhnlichem Nachdruck.

Hier ließ sich jemand aus dem Hintergrund mit einem «Prosit» und einem Geräusch wie von schmatzenden Lippen vernehmen.

«Entfernen Sie die Person, die diese unanständigen Töne von sich gibt», befahl der Untersuchungsrichter indigniert. «Fahren Sie bitte fort, Mr. Thipps.»

«Also», fuhr Mr. Thipps fort, «etwa um halb eins war es, soviel ich weiß, da fing es an, ein bißchen hoch herzugehen, und ich sah mich nach meinem Freund um, weil ich ihm gute Nacht sagen wollte, denn ich wollte dort nicht länger bleiben, wie Sie verstehen werden; da sah ich ihn mit einer der jungen Damen, und die beiden kamen alles in allem ein bißchen zu gut miteinander aus, wenn Sie mir folgen können – mein Freund zupfte ihr die Bänder von der Schulter, und die junge Dame lachte – und so weiter», sagte Mr. Thipps eilig, «und ich dachte gerade, ich mache mich am besten still davon, als ich plötzlich ein Getrappel und einen Ruf hörte – und bevor ich wußte, was los war, stand auf einmal ein Dutzend Polizisten da, und das Licht ging aus, und alles rannte durcheinander und schrie herum – es war ganz fürchterlich. Ich wurde in dem Gedränge umgeworfen und stieß mir den Kopf ziemlich böse an einem Stuhl an – daher habe ich diese Beule, nach der Sie mich gefragt haben –, und ich hatte furchtbare Angst, daß ich nie mehr da herauskommen würde, und alles würde auffliegen und mein Foto womöglich in der Zeitung erscheinen – da packte mich plötzlich jemand –, ich glaube, es war die junge Dame, der ich den Gin bezahlt hatte – und sie sagte: ‹Hier geht's lang›, und stieß mich einen Gang entlang und an der Hinterseite irgendwo hinaus. Von da bin ich dann durch ein paar Straßen gelaufen und schließlich in der Goodge Street herausgekommen. Dort habe ich mir ein Taxi genommen und bin nach Hause gefahren. Ich habe den Bericht über die Razzia später in der Zeitung gelesen und gesehen, daß mein Freund auch davongekommen war, und darum habe ich nichts davon gesagt, weil das ja nichts war, was man gern bekannt werden lassen möchte, und ich wollte meinen Freund nicht in Schwierigkeiten bringen. Das ist die Wahrheit.»

«Nun, Mr. Thipps», sagte der Untersuchungsrichter, «wir werden einen gewissen Teil dieser Geschichte ja nachprüfen können. Der Name Ihres Freundes –»

«Nein», erklärte Mr. Thipps eigensinnig, «um keinen Preis.»

«Na schön», sagte der Untersuchungsrichter. «Können Sie uns nun wenigstens sagen, um welche Zeit Sie nach Hause gekommen sind?»

«Ungefähr um halb zwei, glaube ich. Aber ich war eigentlich so aufgeregt –»

«Ganz recht. Sind Sie sofort zu Bett gegangen?»

«Ja. Zuerst habe ich noch ein Sandwich gegessen und ein Glas Milch getrunken. Ich dachte, das würde mich etwas beruhigen, sozusagen», fügte der Zeuge entschuldigend hinzu, «weil ich doch Alkohol zu so später Stunde und auf nüchternen Magen nicht gewöhnt bin, wie man so sagt.»

«Eben. Ist niemand Ihretwegen aufgeblieben?»

«Niemand.»

«Wie lange haben Sie denn ungefähr gebraucht, um ins Bett zu kommen?»

Mr. Thipps meinte, es könne eine halbe Stunde gewesen sein.

«Sind Sie noch ins Bad gegangen, bevor Sie zu Bett gingen?»

«Nein.»

«Und in der Nacht haben Sie nichts gehört?»

«Nein. Ich bin ganz fest eingeschlafen. Da ich so aufgeregt war, habe ich eine Schlaftablette genommen, und durch die Müdigkeit und die Milch und die Schlaftablette bin ich dann sofort eingeschlafen und erst wieder aufgewacht, als Gladys mich wecken kam.»

Im weiteren Verhör war wenig aus Mr. Thipps herauszuholen. Ja, das Badezimmer sei offen gewesen, als er morgens hineinging, dessen sei er sicher, und er habe das Mädchen deswegen scharf ins Gebet genommen. Er sei bereit, jede Frage zu beantworten; er werde nur zu glücklich sein, wenn diese schreckliche Geschichte bis auf den Grund geklärt werde.

Gladys Horrocks sagte aus, sie stehe seit etwa drei Monaten in Mr. Thipps' Diensten. Ihre vorigen Arbeitgeber könnten ihr ein Charakterzeugnis ausstellen. Es sei ihre Pflicht, abends noch einmal die Runde durch die Wohnung zu machen, nachdem sie Mrs. Thipps um zehn zu Bett gebracht habe. Ja, sie erinnere sich, das am Montagabend auch getan zu haben. Sie habe in alle Zimmer gesehen. Ob sie sich erinnern könne, an diesem Abend das Badezimmerfenster geschlossen zu haben? Hm, nein, das könne sie nicht beschwören, nicht mit Sicherheit, aber als Mr. Thipps sie am Morgen ins Badezimmer gerufen habe, sei es auf jeden Fall offen gewesen. Sie sei nicht im Badezimmer gewesen, bevor Mr. Thipps hineinging. Doch, ja, es sei schon vorgekommen, daß sie das Fenster offen gelassen habe, wenn jemand abends ein Bad genommen und die Jalousie untengelassen habe. Mrs. Thipps habe am Montagabend ein Bad genommen, denn der Montag sei einer ihrer regelmäßigen Badeabende. Sie müsse sehr befürchten, daß sie das Fenster am Montagabend nicht geschlossen habe, obwohl sie sich lieber den Kopf abschlagen lassen wolle, als so vergeßlich zu sein.

Hier brach die Zeugin in Tränen aus, und man gab ihr etwas Wasser zu trinken, während der Untersuchungsrichter sich mit einem dritten Hustenbonbon erfrischte.

Nachdem die Zeugin wieder zu sich gekommen war, sagte sie, sie habe ganz bestimmt in alle Zimmer gesehen, bevor sie zu Bett gegangen sei. Nein, es sei ganz und gar unmöglich, daß in der Wohnung eine Leiche hätte versteckt liegen können, ohne daß sie etwas davon gemerkt hätte. Sie sei den ganzen Abend in der Küche gewesen, und es sei kaum Platz genug da, um das beste Eßservice irgendwo unterzubringen, geschweige eine Leiche. Die alte Mrs. Thipps habe im Wohnzimmer gesessen. Ja, sie sei sicher, daß sie auch ins Eßzimmer geschaut habe. Warum? Weil sie die Milch und Sandwichs für Mr. Thipps hingestellt habe. Dort sei nichts gewesen, das könne sie beschwören. Auch nicht in ihrem eigenen Schlafzimmer und auch nicht in der Diele. Ob sie den Schlafzimmerschrank und den Speicher durchsucht habe? Hm, nein, durchsucht nicht, das könne man nicht sagen. Sie sei es nicht gewöhnt, ein Haus jeden Abend nach Leichen zu durchsuchen. Demnach hätte sich also ein Mensch auf dem Speicher oder in einem Schrank versteckt halten können? Das sei wohl möglich.

Auf die Frage einer Geschworenen – nun ja, sie habe einen Freund. Williams heiße er, Bill Williams – ja, William Williams, wenn man es genau nehme. Er sei Glaser von Beruf. Ja, schon, er sei manchmal auch in der Wohnung gewesen. Ja, man könne vielleicht auch sagen, daß er mit der Wohnung vertraut sei. Ob sie je – nein, das habe sie nicht, und wenn sie gewußt hätte, daß man einem anständigen jungen Mädchen so eine Frage stellen würde, hätte sie sich nie zur Aussage bereit gefunden. Der Pfarrer von St. Mary könne ihr und Mr. Williams ein Charakterzeugnis ausstellen. Das letzte Mal sei Mr. Williams vor vierzehn Tagen in der Wohnung gewesen.

Nein, es sei nicht gerade das letzte Mal gewesen, daß sie Mr. Williams gesehen habe. Ja, gewiß, das letzte Mal sei Montag gewesen – ja doch, Montag abend. Nun ja, wenn sie die Wahrheit sagen müsse, dann müsse sie eben. Ja, der Polizeibeamte habe sie belehrt, doch das sei ganz harmlos gewesen, und sie verliere immer noch besser ihre Stelle, als gehängt zu werden, aber es sei schon eine schändliche Grausamkeit, wenn ein Mädchen nicht einmal ein bißchen Spaß haben könne,

ohne daß gleich eine gräßliche Leiche durchs Fenster herein-
komme und sie in Schwierigkeiten bringe. Nachdem sie Mrs.
Thipps zu Bett gebracht habe, sei sie davongeschlichen und auf
den Ball der Glaser und Klempner im *Schwarzen Hammel*
gegangen. Mr. Williams habe sie abgeholt und wieder zurück-
gebracht. Er könne bezeugen, wo sie gewesen sei und daß
daran nichts Schlimmes gewesen sei. Sie sei vor Ende des Balls
wieder weggegangen. Es sei vielleicht zwei Uhr morgens gewesen, als sie nach Hause gekommen sei. Sie habe sich den
Schlüssel zur Wohnung aus Mrs. Thipps' Schublade genommen, als diese gerade nicht hingeschaut habe. Sie habe darum
gebeten, den Abend frei zu bekommen, aber sie habe nicht frei
bekommen, weil Mr. Thipps diesen Abend nicht zu Hause
gewesen sei. Es tue ihr furchtbar leid, daß sie sich so benommen
habe, und sie sei ja gewiß auch dafür bestraft worden. Sie habe
beim Nachhausekommen nichts Verdächtiges gehört. Sie sei
geradewegs zu Bett gegangen, ohne zuerst noch die Wohnung
zu kontrollieren. Sie möchte am liebsten tot sein.

Nein, Mr. und Mrs. Thipps hätten sehr selten Besuch. Sie
lebten für sich und sehr zurückgezogen. Sie habe die Haustür
am Morgen wie üblich verriegelt gefunden. Von Mr. Thipps
würde sie nie etwas Böses denken. Danke, Miss Horrocks.
Rufen Sie Georgiana Thipps auf, und der Herr Untersuchungsrichter meint, wir sollten besser die Gaslampen anzünden.

Mrs. Thipps' Vernehmung gestaltete sich mehr unterhaltsam als aufschlußreich und bot ein hervorragendes Beispiel für
das Spielchen namens «gerade Fragen, krumme Antworten».
Nachdem der Untersuchungsrichter fünfzehn Minuten lang
seine Stimme und Geduld strapaziert hatte, gab er den Kampf
auf und überließ der Dame das letzte Wort.

«Sie brauchen mich nicht so anzufahren, junger Mann»,
sagte die Achtzigjährige resolut. «Sitzt die ganze Zeit da und
verdirbt sich den Magen mit diesen gräßlichen Lutschbon-
bons.»

An dieser Stelle erhob sich ein junger Mann im Gerichtssaal
und bat, aussagen zu dürfen. Nachdem er erklärt hatte, sein
Name sei William Williams, von Beruf Glaser, wurde er verei-

113

digt und bestätigte Gladys Horrocks' Aussage hinsichtlich ihrer Anwesenheit im *Schwarzen Hammel* am Montagabend. Sie seien noch vor zwei Uhr zur Wohnung zurückgekehrt, glaube er, aber auf jeden Fall später als halb eins. Es tue ihm leid, daß er Miss Horrocks überredet habe, mit ihm zu kommen, obwohl sie eigentlich nicht gedurft hätte. Er habe bei beiden Besuchen nichts Verdächtiges in der Prince of Wales Road bemerkt.

Inspektor Sugg ließ sich dahingehend aus, daß er am Dienstagmorgen gegen halb neun gerufen worden sei. Er habe das Auftreten des Mädchens verdächtig gefunden und sie festgenommen. Nachdem er weitere Informationen erhalten habe, die ihm die Vermutung nahegelegt hätten, daß der Tote in der betreffenden Nacht ermordet worden sei, habe er Mr. Thipps verhaftet. Für einen Einbruch in die Wohnung habe er keine Hinweise gefunden. Gewisse Spuren auf der Fensterbank des Badezimmers deuteten darauf hin, daß jemand auf diesem Weg hereingekommen sei. Auf dem asphaltierten Hof hätten sich keine Leiter- oder Fußspuren gefunden. Er habe das Dach in Augenschein genommen, dort aber nichts entdeckt. Seiner Ansicht nach sei die Leiche schon vorher von jemandem in die Wohnung gebracht und bis zum Abend dort versteckt worden, und der Betreffende sei dann während der Nacht unter Mithilfe des Mädchens durchs Badezimmerfenster hinausgestiegen. Warum habe das Mädchen den Betreffenden in diesem Falle nicht zur Tür hinausgelassen? Nun, das wäre sicher auch gegangen. Ob er irgendwelche Hinweise darauf gefunden habe, daß eine Leiche oder ein lebender Mensch oder beides in der Wohnung versteckt gewesen sei? Welche Informationen hätten ihn zu der Annahme geführt, daß der Tod erst in der betreffenden Nacht eingetreten sei?

Bei dieser Frage schien Inspektor Sugg unsicher zu werden und versuchte sich auf seine Berufsehre zurückzuziehen. Auf weiteres Bohren räumte er aber ein, daß die fraglichen Hinweise nicht weitergeführt hätten.

Frage eines Geschworenen: Habe der Verbrecher vielleicht Fingerabdrücke hinterlassen?

Im Bad seien einige Abdrücke gefunden worden, doch der Verbrecher habe Handschuhe getragen.

Untersuchungsrichter: Ziehen Sie aus diesem Umstand Schlüsse hinsichtlich der Erfahrung des Verbrechers?

Inspektor Sugg: Er scheint mit allen Wassern gewaschen zu sein, Sir.

Der Geschworene: Verträgt sich das mit dem Verdacht gegen Mr. Thipps?

Der Inspektor schwieg.

Untersuchungsrichter: Halten Sie angesichts der soeben getroffenen Feststellungen an Ihrem Verdacht gegen Alfred Thipps und Gladys Horrocks fest?

Inspektor Sugg: Ich halte die ganzen Umstände für höchst verdächtig. Thipps' Geschichte ist unbewiesen, und was die Horrocks angeht, woher wollen wir wissen, daß dieser Williams nicht auch mit drinsteckt?

William Williams: Jetzt machen Sie aber mal 'nen Punkt! Ich kann Hunderte Zeugen beibringen –

Untersuchungsrichter: Ruhe bitte! Ich muß mich wundern, Inspektor, daß Sie in dieser Weise einen solchen Verdacht aussprechen. Das ist höchst ungehörig. Können Sie uns übrigens sagen, ob am Montagabend in irgendeinem Nachtclub in der Nähe des St. Giles Circus wirklich eine Polizeirazzia stattgefunden hat?

Inspektor Sugg: Ich glaube, da war so etwas Ähnliches.

Untersuchungsrichter: Sie werden sich diesbezüglich zweifellos noch vergewissern. Ich glaube mich zu erinnern, eine entsprechende Meldung in einer Zeitung gelesen zu haben. Danke, Inspektor, das genügt.

Nachdem mehrere Zeugen aufgetreten waren und über Mr. Thipps' und Gladys Horrocks' Charakter ausgesagt hatten, erklärte der Untersuchungsrichter seine Absicht, nunmehr auf die medizinischen Gutachten einzugehen.

«Sir Julian Freke.»

Es ging eine erhebliche Unruhe durch den Gerichtssaal, als der große Spezialist in den Zeugenstand trat. Er war nicht nur ein berühmter Mann, sondern auch eine eindrucksvolle

Erscheinung mit seinen breiten Schultern, der aufrechten Haltung und der Löwenmähne. Die Art, wie er die Bibel küßte, die ihm von einem Gerichtsbeamten mit dem üblichen unterwürfigen Gemurmel gereicht wurde, war die eines Paulus, der sich herabläßt, den furchtsamen Hokuspokus abergläubischer Korinther mitzumachen.

«So ein gutaussehender Mann, finde ich immer», flüsterte die Herzogin Mr. Parker zu, «ganz wie William Morris, mit diesem buschigen Haar und dem Bart und diesen aufregenden Augen, die daraus hervorschauen – wie schön, wenn diese braven Männer sich immer für irgendeine Sache einsetzen –, nicht daß ich den Sozialismus nicht für einen Fehler halte – natürlich funktioniert er bei all diesen netten Menschen, die so gut und glücklich sind mit ihrem Kunsthandwerk, und das Wetter ist auch immer vollkommen – ich spreche natürlich von Morris –, aber im wirklichen Leben ist das so schwierig. Mit der Wissenschaft ist das etwas anderes – wenn ich es mit den Nerven hätte, würde ich ganz bestimmt zu Sir Julian gehen, allein um ihn anzuschauen, solche Augen geben einem schon etwas, woran man denken kann, und das brauchen doch die meisten Menschen nur – aber ich hatte eben noch nie welche – Nerven, meine ich. Finden Sie das nicht auch?»

«Sie sind Sir Julian Freke», sagte der Untersuchungsrichter, «und wohnen im St. Luke's-Haus in der Prince of Wales Road in Battersea, wo Sie Chefarzt der chirurgischen Abteilung im St. Luke's-Krankenhaus sind?»

Sir Julian bestätigte diese Personenbeschreibung.

«Sie waren der erste Arzt, der den Verstorbenen zu sehen bekam?»

«Ja.»

«Und Sie haben den Toten inzwischen zusammen mit Dr. Grimbold von Scotland Yard untersucht?»

«Ja.»

«Sind Sie sich hinsichtlich der Todesursache einig?»

«Im großen und ganzen ja.»

«Könnten Sie Ihre Erkenntnisse den Geschworenen mitteilen?»

«Am Montagmorgen gegen neun Uhr war ich im Seziersaal des St. Luke's-Krankenhauses mit Forschungsarbeiten beschäftigt, als mir mitgeteilt wurde, daß Inspektor Sugg mich zu sprechen wünsche. Er sagte mir, man habe in den Queen Caroline Mansions Nr. 59 unter mysteriösen Umständen die Leiche eines Mannes entdeckt. Er fragte, ob es denkbar wäre, daß sich da einer unserer Medizinstudenten einen Scherz erlaubt habe. Ich konnte ihm jedoch, nachdem ich in den Büchern des Krankenhauses nachgesehen hatte, versichern, daß uns keine Leiche aus dem Seziersaal abhanden gekommen sei.»

«Wer ist für solche Leichen zuständig?»

«William Watts, der die Aufsicht über den Seziersaal hat.»

«Ist William Watts hier anwesend?» fragte der Untersuchungsrichter den Gerichtsbeamten.

William Watts war anwesend und konnte aufgerufen werden, sofern der Untersuchungsrichter es wünschte.

«Ich nehme an, daß keine Leiche ohne Ihr Wissen ins Krankenhaus gebracht werden kann, Sir Julian?»

«Mit Bestimmtheit nicht.»

«Danke. Könnten Sie mit Ihrer Aussage fortfahren?»

«Inspektor Sugg fragte mich dann, ob ich einen Arzt senden könne, der sich den Toten einmal ansehe. Ich antwortete, ich würde selbst kommen.»

«Warum taten Sie das?»

«Ich gestehe, daß mir, wie jedem normalen Menschen, Neugier nicht fremd ist, Sir.»

In den hinteren Reihen lachte ein Medizinstudent.

«Als ich in der Wohnung ankam, fand ich die Leiche auf dem Rücken liegend in der Badewanne. Ich untersuchte den Toten und kam zu dem Ergebnis, daß der Tod durch einen Schlag ins Genick herbeigeführt worden war, der den vierten und fünften Nackenwirbel dislozierte, das Rückenmark verletzte und innere Blutungen und eine teilweise Gehirnlähmung hervorrief. Nach meinem Eindruck war der Mann schon mindestens zwölf Stunden tot, möglicherweise auch länger. Sonst fand ich an der Leiche keine weiteren Spuren von Gewalteinwirkung.

Der Tote war ein kräftiger, wohlgenährter Mann von etwa 55 Jahren.»

«Könnte der Tote sich Ihrer Ansicht nach die Verletzung selbst beigebracht haben?»

«Bestimmt nicht. Der Schlag war mit einem schweren, stumpfen Gegenstand von hinten geführt worden, und zwar mit erheblicher Kraft und großer Zielgenauigkeit. Es ist völlig ausgeschlossen, daß er ihn selbst geführt hat.»

«Könnte die Verletzung die Folge eines Unfalls gewesen sein?»

«Das ist natürlich möglich.»

«Wenn der Verstorbene zum Beispiel aus dem Fenster geschaut hätte und das Fenster ihm mit großer Wucht in den Nacken gefallen wäre?»

«Nein, in diesem Falle hätte man Würgemale und Verletzungen auch an der Kehle gefunden.»

«Aber der Mann könnte durch einen schweren Gegenstand umgekommen sein, der unvorhergesehen auf ihn fiel?»

«Das wäre denkbar.»

«Ist Ihrer Ansicht nach der Tod sofort eingetreten?»

«Das ist schwer zu sagen. Ein solcher Schlag könnte durchaus den sofortigen Tod herbeiführen, der Verletzte könnte aber auch in einem teilgelähmten Zustand noch eine Zeitlang weiterleben. Im vorliegenden Falle neige ich zu der Ansicht, daß er noch ein paar Stunden gelebt hat. Ich begründe diese Annahme mit dem Zustand des Gehirns, wie es sich uns bei der Obduktion präsentierte. Ich darf jedoch hinzufügen, daß Dr. Grimbold und ich uns in diesem Punkt nicht ganz einig sind.»

«Wie ich gehört habe, wurde hinsichtlich der Identität des Toten eine Vermutung geäußert. *Sie* sind nicht zufällig in der Lage, ihn zu identifizieren?»

«Keinesfalls. Ich habe ihn nie zuvor gesehen. Die Vermutung, auf die Sie sich beziehen, ist einfach lächerlich und hätte nie geäußert werden dürfen; hätte ich schon früher davon gehört, so hätte ich entsprechend darauf zu antworten gewußt, und ich möchte meine schärfste Mißbilligung darüber zum Ausdruck bringen, daß eine Dame, mit der ich die Ehre habe, bekannt zu sein, einem solch unnötigen Schock und Kummer ausgesetzt wurde.»

Untersuchungsrichter: Das war nicht meine Schuld, Sir Julian; ich hatte nichts damit zu tun; ich bin mit Ihnen der Meinung, daß es ein bedauerlicher Fehler war, Sie nicht zu Rate zu ziehen.

Die Reporter schrieben eifrig mit, und im Gerichtssaal fragte man sich, wovon die Rede war, während die Geschworenen so zu tun versuchten, als ob sie es wüßten.

«Nun zu der Brille, die bei der Leiche gefunden wurde, Sir Julian: Sagt diese einem Arzt etwas?»

«Die Gläser sind reichlich ungewöhnlich; ein Augenarzt könnte Ihnen dazu Genaueres sagen, aber ich kann von mir aus feststellen, daß ich sie eher bei einem älteren Menschen vermutet hätte, als der Tote einer war.»

«Konnten Sie als Arzt, der gewiß schon viele Menschenkörper zu sehen Gelegenheit hatte, aus dem Erscheinungsbild des Toten auf seine Lebensgewohnheiten schließen?»

«Ich würde sagen, daß es sich um einen Mann in guten Verhältnissen handelte, der allerdings erst kürzlich zu Geld gekommen war. Seine Zähne waren in einem schlechten Zustand, und seine Hände verrieten, daß er vor nicht langer Zeit noch körperlicher Arbeit nachgegangen sein muß.»

«Möglicherweise etwa ein australischer Kolonist, der zu Geld gekommen war?»

«In dieser Art, ja. Das kann ich natürlich nicht mit Bestimmtheit sagen.»

«Selbstverständlich nicht. Vielen Dank, Sir Julian.»

Dr. Grimbold wurde aufgerufen und bestätigte die Aussagen seines berühmten Kollegen in allen Einzelheiten, mit der einzigen Ausnahme, daß seiner Ansicht nach der Tod erst mehrere Tage nach dem Schlag eingetreten sei. Er wagte es nur mit dem größten Zögern, Sir Julian Freke zu widersprechen, und betonte, daß er sich natürlich irren könne. Es sei in jedem Falle schwer zu sagen, und als er den Leichnam gesehen habe, sei dieser schon mindestens 24 Stunden tot gewesen – nach seiner Ansicht.

Inspektor Sugg wurde von neuem aufgerufen. Ob er den Geschworenen sagen könne, welche Schritte er zur Identifizierung des Toten unternommen habe?

Eine Beschreibung sei an alle Polizeidienststellen geschickt und in allen Zeitungen veröffentlicht worden. Im Hinblick auf die von Sir Julian Freke geäußerte Vermutung: Ob auch in allen Häfen nachgefragt worden sei? Ja. Und ohne Ergebnis? Ohne jedes Ergebnis. Es habe sich niemand gemeldet, um den Toten zu identifizieren? Viele Leute hätten sich gemeldet, aber keiner habe den Toten identifizieren können. Habe man etwas unternommen, um den durch die Brille gegebenen Anhaltspunkten nachzugehen? Inspektor Sugg bat im Interesse der Aufklärung des Falles, diese Frage nicht beantworten zu müssen. Ob die Geschworenen die Brille sehen könnten? Die Brille wurde den Geschworenen übergeben.

William Watts wurde aufgerufen und bestätigte die Aussage Sir Julian Frekes bezüglich der im Seziersaal vorhandenen Studienobjekte. Er erklärte, nach welchem System sie aufgenommen und registriert würden. Meist kämen sie aus den Armenhäusern und freien Hospitälern. Sie befänden sich unter seiner alleinigen Aufsicht. Die jungen Herren könnten unmöglich an die Schlüssel herankommen. Ob Sir Julian Freke oder die anderen Krankenhausärzte ebenfalls Schlüssel hätten? Nein, nicht einmal Sir Julian Freke. Die Schlüssel seien Montagabend in seinem Besitz geblieben? Ja. Außerdem seien diese Fragen ohnehin ohne Bedeutung, denn es fehle ja keine Leiche. Ob auch nie eine gefehlt habe? So sei es.

Der Untersuchungsrichter wandte sich dann an die Geschworenen und ermahnte sie mit einiger Schärfe, daß sie nicht dazu hier seien, sich lang und breit darüber zu unterhalten, wer der Tote sein könne oder wer nicht, sondern um ihre Meinung hinsichtlich der Todesursache zu sagen. Er erinnerte sie daran, daß es hier um die Frage gehe, ob laut dem medizinischen Gutachten der Tod durch einen Unfall oder von eigener Hand herbeigeführt worden sein könne, oder ob es sich um Mord oder Totschlag handle. Wenn sie die vorliegenden Erkenntnisse zur Beantwortung dieser Frage für unzureichend hielten, könnten sie ihr Urteil auch offenlassen. In jedem Falle dürfe durch ihren Spruch niemand vorverurteilt werden; wenn sie auf Mord entschieden, müsse die ganze Beweisaufnahme noch einmal vor dem ordentlichen Gericht ablaufen. Er entließ sie dann mit der unausgesprochenen Ermahnung, sich ein bißchen zu beeilen.

Sir Julian Freke hatte schon während seiner Zeugenaussage einen Blick der Herzogin erhascht und kam sie jetzt begrüßen.

«Ich habe Sie ja schon seit Ewigkeiten nicht mehr gesehen», sagte diese. «Wie geht's Ihnen denn?»

«Viel zu tun», antwortete der Facharzt. «Habe soeben mein neues Buch herausgebracht. Mit dergleichen Dingen hier vertut man seine Zeit. Haben Sie Lady Levy schon gesehen?»

«Nein, die Ärmste», sagte die Herzogin. «Ich bin erst heute morgen gekommen, wegen dieser Verhandlung. Mrs. Thipps ist ja zur Zeit bei mir zu Gast – eine von Peters Exzentrizitäten, Sie wissen ja. Arme Christine! Ich muß mal zu ihr. Das ist Mr. Parker», fügte sie hinzu. «Er untersucht diesen Fall.»

«Oh», sagte Sir Julian und zögerte kurz. «Wissen Sie was?» sagte er dann leise zu Parker. «Es freut mich sehr, Sie kennenzulernen. Haben Sie schon Lady Levy aufgesucht?»

«Heute früh.»

«Hat sie darum gebeten, daß Sie diese Untersuchung weiterführen?»

«Ja», sagte Parker. «Sie glaubt», fuhr er fort, «daß Sir Reuben vielleicht irgendwo in den Händen eines Konkurrenten ist und festgehalten wird oder daß irgendwelche Lumpen ein Lösegeld für ihn erpressen wollen.»

«Und ist das auch Ihre Meinung?» fragte Sir Julian.

«Ich halte es für ziemlich wahrscheinlich», antwortete Parker ehrlich.

Sir Julian zögerte wieder.

«Könnten Sie mich vielleicht auf dem Rückweg begleiten, wenn das hier vorbei ist?» fragte er dann.

«Mit Vergnügen», antwortete Parker.

In diesem Augenblick kamen die Geschworenen zurück und nahmen ihre Plätze ein, und es gab ein allgemeines Rascheln und Raunen. Der Untersuchungsrichter wandte sich an den Obmann und fragte ihn, ob sie sich auf einen Spruch hätten einigen können.

«Wir haben entschieden, Herr Untersuchungsrichter, daß der Verstorbene an der Wirkung eines Schlags ins Genick gestorben ist, aber wie ihm diese Verletzung zugefügt wurde, geht unseres Erachtens aus der Beweisaufnahme nicht hervor.»

Mr. Parker und Sir Julian Freke gingen zusammen die Straße hinauf.

«Ich hatte», sagte der Arzt, «bevor ich heute morgen Lady Levy sah, absolut keine Ahnung, daß irgend jemand daran dachte, diese Angelegenheit könne mit Sir Reubens Verschwinden zusammenhängen. Der Gedanke war so vollkommen abwegig, daß er nur dem Gehirn dieses lächerlichen Polizeibeamten entsprungen sein konnte. Wenn ich die allermindeste Ahnung gehabt hätte, was in seinem Kopf vorging, hätte ich ihn entsprechend zurechtweisen und das alles verhindern können.»

«Ich habe mir alle Mühe gegeben, das zu tun», sagte Parker, «sowie ich zu dem Fall Levy hinzugezogen wurde –»

«Wer hat Sie hinzugezogen, wenn ich fragen darf?» erkundigte sich Sir Julian.

«Nun, zuerst das Hauspersonal und dann Sir Reubens Onkel, Mr. Levy vom Portman Square, der mir schrieb, ich solle die Ermittlungen fortsetzen.»

«Und hat Lady Levy diesen Auftrag jetzt bekräftigt?»

«Gewiß», sagte Parker einigermaßen überrascht.

Sir Julian schwieg eine Weile.

«Ich muß leider annehmen, daß ich es war, der Sugg diese Idee zuerst in den Kopf gesetzt hat», sagte Parker zerknirscht. «Als Sir Reuben verschwand, habe ich mich fast als erstes nach sämtlichen Verkehrsunfällen und Selbstmorden und so weiter erkundigt, die im Laufe des Tages bekannt geworden waren, und dabei habe ich mir diese Leiche vom Battersea Park auch angesehen, das gehörte eben dazu. Natürlich sah ich gleich, als ich hinkam, daß der Gedanke absurd war, aber Sugg hat sich an der Idee festgebissen – und es bestand ja auch eine gewisse Ähnlichkeit zwischen diesem Toten und den Bildern, die ich bis dahin von Sir Reuben gesehen hatte.»

«Eine starke oberflächliche Ähnlichkeit», sagte Sir Julian. «Die obere Gesichtshälfte weist Merkmale auf, die nicht selten sind, und da Sir Reuben einen dichten Bart trug, so daß es nicht möglich war, einen Vergleich zwischen den Mund- und Kinnpartien zu ziehen, kann ich schon verstehen, daß jemand zunächst auf diese Idee kommen konnte. Aber nur, um sie sofort zu verwerfen. Ich bedaure das um so mehr», fügte er hinzu, «als diese Angelegenheit für Lady Levy sehr schmerzlich war. Sie dürfen ruhig wissen, Mr. Parker, daß ich ein alter, wenngleich ich nicht sagen kann ein intimer, Freund der Familie Levy bin.»

«Davon habe ich schon gehört.»

«Ja. Als junger Mann – mit einem Wort, Mr. Parker, ich hatte Lady Levy früher einmal zu heiraten gehofft.» (Mr. Parker gab die üblichen mitfühlenden Laute von sich.) «Ich habe, wie Sie wissen, nie geheiratet», fuhr Sir Julian fort. «Wir sind gute Freunde geblieben. Ich habe immer alles getan, was ich konnte, um ihr Kummer zu ersparen.»

«Glauben Sie mir, Sir Julian», sagte Parker, «daß ich sehr mit Ihnen und Lady Levy fühle und daß ich getan habe, was ich konnte, um Inspektor Sugg von dieser Idee abzubringen. Leider hat aber der zufällige Umstand, daß Sir Reuben an diesem Abend in der Battersea Park Road gesehen worden war –»

«Ach ja», sagte Sir Julian. «Meine Güte, hier sind wir schon zu Hause. Vielleicht kommen Sie noch einen Augenblick mit herein, Mr. Parker, und trinken ein Täßchen Tee mit mir oder einen Whisky – oder was Sie wollen.»

Parker nahm die Einladung prompt an. Er hatte das Gefühl, daß es hier noch einiges zu erfahren gab.

Die beiden Männer traten in eine altmodisch, aber hübsch eingerichtete Eingangsdiele mit einem Kamin an der Türseite und einer Treppe gegenüber. Rechts stand die Tür zum Eßzimmer offen, und als Sir Julian läutete, erschien von der anderen Seite ein Diener.

123

«Was möchten Sie trinken?» fragte der Arzt.

«Nach der Kälte im Gerichtssaal», sagte Parker, «wäre mir am liebsten ein ganzer Eimer heißer Tee, falls Sie als Nervenspezialist bei dieser Vorstellung nicht das Grausen packt.»

«Sofern Sie ihn aus Tassen zu trinken bereit sind», antwortete Sir Julian im gleichen Ton, «habe ich keine Einwände. Tee in der Bibliothek, jetzt gleich», fuhr er an den Diener gewandt fort und ging seinem Gast voran die Treppe hinauf.

«Die unteren Räume benutze ich kaum, außer dem Eßzimmer», erklärte er, als er Parker in eine kleine, aber freundliche Bibliothek im ersten Stock führte. «Von hier aus geht es gleich weiter in mein Schlafzimmer, und das ist sehr bequem. Ich lebe hier nur zeitweise, aber es ist so praktisch für meine Forschungsarbeiten im Krankenhaus. Das ist nämlich meine Hauptbeschäftigung. Es ist ein schwerer Fehler, Mr. Parker, wenn ein Theoretiker die praktische Arbeit vernachlässigt. Die Sektion ist das A und O jeder gesunden Theorie und jeder richtigen Diagnose. Man muß Hand und Auge in Übung halten. Diese Arbeit hier ist mir sehr viel wichtiger als meine Praxis in der Harley Street, und eines Tages werde ich die Praxis überhaupt schließen und mich ganz hier niederlassen, um meine Studienobjekte zu zerschneiden und in Ruhe meine Bücher zu schreiben. Mit so vielen Dingen im Leben verschwendet man nur seine Zeit, Mr. Parker.»

Mr. Parker stimmte dem zu.

«Sehr oft», sagte Sir Julian, «komme ich zu meinen Forschungsarbeiten – die natürlich höchste Konzentration und den Vollbesitz aller geistigen und körperlichen Kräfte erfordern – erst in den Abendstunden, nach einem langen Arbeitstag und bei Kunstlicht, das, so hervorragend die Beleuchtung hier im Seziersaal auch ist, die Augen doch viel mehr anstrengt als Tageslicht. Sie müssen Ihre Arbeit sicher oft unter noch schwierigeren Bedingungen tun.»

«Ja, manchmal», sagte Parker. «Aber», fügte er hinzu, «schließlich sind die Umstände sozusagen teil meiner Arbeit.»

«Ganz recht, ganz recht», sagte Sir Julian. «Sie meinen, daß zum Beispiel der Einbrecher seine Arbeitsmethoden nicht bei

Tageslicht demonstriert oder Ihnen zuliebe eigens einen vollkommenen Fußabdruck in einem feuchten Sandfleck hinter-
läßt.»

«In aller Regel nicht», antwortete der Kriminalist, «aber ich
bin sicher, daß viele Ihrer Krankheiten ebenso hinterlistig
vorgehen wie ein Einbrecher.»

«O ja, allerdings», lachte Sir Julian, «und ich setze wie Sie
meinen Stolz darein, sie zum Wohle der Gesellschaft dennoch
dingfest zu machen. Neurosen zum Beispiel sind besonders
schlaue Verbrecher – sie treten in so vielen Verkleidungen auf
wie –»

«Wie Leon Kestrel, der Verwandlungskünstler», half Parker nach, denn er las in seiner Freizeit gern die an Bahnhofs-
kiosken erhältlichen Detektivgeschichten – wie die Katze, die
das Mausen nicht lassen kann.

«Zweifellos», antwortete Sir Julian, der dies nicht tat, «und
sie verstehen es großartig, ihre Spuren zu verwischen. Aber
wenn man der Sache wirklich auf den Grund gehen kann, Mr.
Parker, und den Toten – oder besser noch den Lebenden – mit
dem Skalpell öffnet, findet man immer die Fußabdrücke – die
kleine Zerstörungsspur, die Irrsinn oder Krankheit oder Alkohol oder etwas ähnlich Unangenehmes hinterlassen hat.
Schwierig ist es hingegen, ihnen an Hand der oberflächlichen
Symptome auf die Spur zu kommen – Hysterie, Kriminalität,
Religiosität, Angst, Schüchternheit, Gewissen oder was Sie
wollen; genau wie Sie, wenn Sie einen Diebstahl oder Mord
untersuchen und nach den Fußspuren des Übeltäters Ausschau
halten, beobachte ich einen Anfall von Hysterie oder einen
Ausbruch von Frömmigkeit und gehe auf die Suche nach der
kleinen physischen Störung, die sie hervorgerufen hat.»

«Sie halten alle diese Erscheinungen für körperlich
bedingt?»

«Zweifellos. Mir ist das Aufkommen einer anderen Schule
nicht unbekannt, Mr. Parker, aber ihre bedeutendsten Vertreter sind größtenteils Scharlatane oder Selbstbetrüger. ‹Sie
haben sich so weit darin eingeheimnißt›, daß sie, wie Sludge
das Medium, allmählich schon ihren eigenen Unsinn zu glau-

ben beginnen. Ich würde so gern mal die Gehirne einiger dieser Leute untersuchen, Mr. Parker; dann würde ich Ihnen die kleinen Webfehler und Erdrutsche in den Zellen zeigen – die Fehlzündungen und Kurzschlüsse der Nerven, die diese Ideen und diese Bücher hervorbringen. Zumindest», fuhr er fort, indem er seinen Gast ernst musterte, «zumindest würde ich sie Ihnen, wenn nicht heute, so doch morgen zeigen können, oder in einem Jahr – oder bevor ich sterbe.»

Er saß eine Weile stumm da und starrte ins Feuer, während der rote Schein auf seinem rötlichen Bart flackerte und von seinen zwingenden Augen zurückgeworfen wurde.

Parker trank schweigend seinen Tee und beobachtete ihn. Im großen und ganzen war er aber an den Ursachen nervlicher Phänomene nach wie vor wenig interessiert, und seine Gedanken wanderten zu Lord Peter, der sich da unten in Salisbury mit dem zwielichtigen Mr. Crimplesham auseinandersetzte. Lord Peter hatte ihn gebeten, zu kommen; das bedeutete entweder, daß Mr. Crimplesham sich störrisch stellte oder daß irgendeinem Hinweis nachgegangen werden mußte. Aber Bunter hatte gemeint, morgen würde es auch noch reichen, und das war gut so. Schließlich war die Battersea-Geschichte nicht Parkers Fall; er hatte schon kostbare Zeit damit vertan, einer Untersuchungsverhandlung beizuwohnen, bei der nichts herausgekommen war, und nun mußte er wirklich mit seiner eigentlichen Arbeit weiterkommen. Er hatte noch Levys Sekretär aufzusuchen und sollte sich mit den peruanischen Ölaktien befassen. Er sah auf die Uhr.

«Es tut mir sehr leid – wenn Sie mich bitte entschuldigen wollten –» murmelte er.

Sir Julian kehrte mit einem kleinen Erschrecken zur Aktualität zurück. «Die Arbeit ruft?» fragte er lächelnd. «Nun, das kann ich verstehen. Ich möchte Sie auch nicht aufhalten. Aber ich hatte Ihnen etwas im Zusammenhang mit Ihren derzeitigen Ermittlungen sagen wollen – nur weiß ich nicht recht – mag nicht recht –»

Parker setzte sich wieder und verbannte sogleich jeden Anschein von Eile aus seiner Haltung und seiner Miene.

«Ich werde Ihnen für jede Hilfe, die Sie mir geben können, sehr dankbar sein», sagte er.

«Nun, ich fürchte, Sie werden es eher hinderlich als hilfreich finden», antwortete Sir Julian mit einem kurzen Lachen. «Ihnen zerschlage ich nämlich ein Indiz, und meinerseits ist es ein Verstoß gegen die ärztliche Schweigepflicht. Aber nachdem – durch Zufall – ein gewisser Teil der Wahrheit schon heraus ist, sollte besser auch der Rest zum Vorschein kommen.»

Mr. Parker gab einen ermutigenden Laut von sich, der unter Laien die Funktion des priesterlichen «Ja, mein Sohn?» hat.

«Sir Reubens Besuch am Montagabend galt nämlich mir», sagte Sir Julian.

«So?» machte Mr. Parker unbewegt.

«Er glaubte Grund zu gewissen schlimmen Befürchtungen im Hinblick auf seine Gesundheit zu haben», sagte Sir Julian langsam, als müsse er abwägen, wieviel er einem Fremden guten Gewissens offenbaren könne. «Er kam damit lieber zu mir als zu seinem Hausarzt, weil ihm besonders daran lag, daß seine Frau nichts von der Sache erfuhr. Wie ich Ihnen schon sagte, kannte er mich recht gut, und Lady Levy hatte mich im Sommer wegen einer Nervengeschichte aufgesucht.»

«Hatte er sich bei Ihnen angemeldet?»

«Wie bitte?» fragte der andere geistesabwesend.

«Hatte er sich angemeldet?»

«Angemeldet? O nein! Er kam einfach abends nach dem Essen plötzlich an, als ich nie mit ihm gerechnet hätte. Ich habe ihn hier heraufgeführt und ihn untersucht, und gegen zehn Uhr ist er dann wieder fortgegangen, soviel ich weiß.»

«Darf ich fragen, welches Ergebnis Ihre Untersuchung hatte?»

«Warum wollen Sie das wissen?»

«Es könnte Licht – ich meine, es könnte eine mögliche Erklärung für sein anschließendes Verhalten bieten», antwortete Parker vorsichtig. Diese Begebenheit schien wenig mit der übrigen Geschichte zu tun zu haben, und er fragte sich allmählich, ob es nicht doch reiner Zufall gewesen sein könnte, daß

Sir Reuben in derselben Nacht verschwand, nachdem er den Arzt aufgesucht hatte.

«Aha», sagte Sir Julian. «Hm, ja, dann will ich Ihnen im Vertrauen sagen, daß ich triftige Gründe für schwerwiegende Befürchtungen gefunden habe, vorerst aber keine absolute Gewißheit.»

«Danke. Sir Reuben hat Sie also um zehn Uhr verlassen?»

«So um zehn herum. Ich habe zunächst nichts davon gesagt, da es Sir Reubens ausdrücklicher Wunsch war, seinen Besuch bei mir geheimzuhalten, und es ging ja auch nicht um einen Verkehrsunfall oder irgend etwas in dieser Art, denn schließlich ist er gegen Mitternacht unversehrt zu Hause angekommen.»

«Eben», sagte Parker.

«Es wäre ein Vertrauensbruch gewesen – und ist es auch jetzt noch», sagte Sir Julian, «und ich sage es Ihnen auch nur, weil Sir Reuben nun einmal zufällig gesehen wurde, und ich es Ihnen lieber unter vier Augen anvertraue, als daß Sie herkommen und mein Personal ausfragen, Mr. Parker. Verzeihen Sie mir meine Offenheit.»

«Gewiß», sagte Parker. «Ich finde meinen Beruf auch nicht immer angenehm, Sir Julian. Jedenfalls bin ich Ihnen sehr dankbar, daß Sie es mir gesagt haben. Sonst hätte ich mit der Verfolgung einer falschen Fährte womöglich kostbare Zeit vertan.»

«Ich brauche Sie nun gewiß nicht zu bitten, Ihrerseits mein Vertrauen zu respektieren», sagte der Arzt. «Diese Geschichte an die Öffentlichkeit zu bringen, könnte nur Sir Reuben schaden und seiner Frau Kummer bereiten; außerdem könnte es mich bei meinen Patienten ins Zwielicht bringen.»

«Ich verspreche Ihnen, die Sache für mich zu behalten», sagte Parker, um gleich hinzuzufügen: «Außer daß ich natürlich meinen Kollegen informieren muß.»

«Sie arbeiten mit einem Kollegen an dem Fall?»

«Ja.»

«Was für eine Sorte Mensch ist das?»

«Er wird absolut verschwiegen sein, Sir Julian.»

«Ist er Polizeibeamter?»

«Sie brauchen nicht zu fürchten, daß Ihre vertrauliche Mitteilung in die Akten von Scotland Yard Eingang findet.»

«Ich sehe schon, daß Sie sich auf Verschwiegenheit verstehen, Mr. Parker.»

«Wir haben eben auch unser Berufsethos, Sir Julian.»

Als Mr. Parker in die Great Ormond Street zurückkam, erwartete ihn ein Telegramm, das lautete: «Brauchst nicht zu kommen. Alles klar. Rückkehre morgen. Wimsey.»

7. Kapitel

Als Lord Peter am nächsten Tag kurz vor dem Mittagessen, nachdem er sich zuvor in Balham und um den Victoria-Bahnhof herum ein paar Bestätigungen für die Ergebnisse seiner Nachforschungen geholt hatte, in seine Wohnung zurückkehrte, wurde er an der Tür von Mr. Bunter (der vom Waterloo-Bahnhof schnurstracks nach Hause gefahren war) mit einer telefonischen Nachricht sowie einem gestrengen Kindermädchenblick empfangen.

«Lady Swaffham hat angerufen, Mylord, und läßt Ihnen sagen, Eure Lordschaft hätten doch hoffentlich nicht vergessen, daß Sie bei ihr zum Mittagessen verabredet sind.»

«Ich hab's vergessen, Bunter, und ich will es auch vergessen. Sie haben ihr hoffentlich gesagt, daß ich plötzlich einer Encephalitis lethargica zum Opfer gefallen bin und wir von Blumenspenden abzusehen bitten.»

«Lady Swaffham sagt, sie rechne mit Ihnen, Mylord. Sie hat gestern die Herzogin von Denver getroffen –»

«Wenn meine Schwägerin da ist, gehe ich sowieso nicht hin, das ist mein letztes Wort», sagte Lord Peter.

«Ich bitte um Verzeihung, Mylord, die Herzoginwitwe.»

«Was tut *sie* denn in London?»

«Ich nehme an, daß sie bei der Untersuchungsverhandlung war, Mylord.»

«Ach ja – die haben wir verpaßt, Bunter.»

«Ja. Ihre Gnaden ist bei Lady Swaffham zum Essen.»

«Bunter, ich kann aber nicht. Ich kann wirklich nicht. Sagen Sie, ich liege mit Keuchhusten im Bett, und bitten Sie meine Mutter, nach dem Essen zu mir zu kommen.»

«Sehr wohl, Mylord. Mrs. Tommy Frayle wird ebenfalls bei Lady Swaffham sein, Mylord, und Mr. Milligan –»

«Mr. *Wer*?»

«Mr. John P. Milligan, Mylord, und –»

«Mein guter Bunter, warum haben Sie das nicht gleich gesagt? Habe ich noch Zeit, vor ihm da zu sein? Gut. Bin schon unterwegs. Mit einem Taxi kann ich es gerade –»

«Nicht in dieser Hose, Mylord», sagte Mr. Bunter und verstellte ihm mit ehrerbietiger Bestimmtheit den Weg zur Tür.

«Bitte, Bunter», flehte Seine Lordschaft, «nur dieses eine Mal. Sie wissen nicht, wie wichtig das ist.»

«Um keinen Preis, Mylord. Und wenn es mich meine Stellung kostet.»

«Die Hose ist doch gut, Bunter.»

«Nicht für Lady Swaffham, Mylord. Außerdem vergessen Eure Lordschaft den Mann, der in Salisbury mit einer Milchkanne gegen Sie gerannt ist.»

Und Mr. Bunter legte einen anklagenden Finger auf einen leichten Fettfleck auf dem hellen Tuch.

«Hätte ich Sie doch nie zu so einem privilegierten Familientyrannen werden lassen, Bunter!» sagte Lord Peter verbittert, indem er seinen Spazierstock in den Schirmständer knallte. «Sie können sich ja gar nicht ausmalen, was für Fehler meine Mutter in diesem Augenblick machen kann.»

Mr. Bunter führte mit grimmigem Lächeln sein Opfer ab.

Als ein makelloser Lord Peter – ein wenig verspätet zum Mittagessen – in Lady Swaffhams Salon geführt wurde, saß die Herzoginwitwe von Denver auf dem Sofa und war ganz in ein trautes Gespräch mit Mr. John P. Milligan aus Chicago vertieft.

«Sehr erfreut, Sie kennenzulernen, Herzogin», waren die Eröffnungsworte des Finanziers gewesen, «damit ich Ihnen für Ihre ungemein freundliche Einladung danken kann. Ich versichere Ihnen, daß ich dieses Kompliment sehr zu schätzen weiß.»

Die Herzogin strahlte ihn an, während sie ihre sämtlichen geistigen Kräfte mobil machte.

«Setzen Sie sich doch zu mir, Mr. Milligan, damit wir uns ein wenig unterhalten können», sagte sie. «Ich rede ja so gern mit

großen Geschäftsleuten – mal überlegen, sind Sie ein Eisen-
bahnkönig oder hat es sonst etwas mit Kämmerchenvermieten
zu tun . . . das ist natürlich nicht wörtlich gemeint, sondern ein
Kartenspiel, bei dem es immer um Weizen und Hafer geht, und
ein Stier und ein Bär sind auch dabei – oder ist es ein Pferd? –,
nein, ein Bär, denn ich weiß noch, daß man immer versuchen
mußte, ihn loszuwerden, und durch das viele Herumreichen
war der arme Kerl so abgegriffen und geknickt, daß man ihn
immer schon von hinten erkannte, und dann mußte man wieder neue Karten kaufen – das kommt Ihnen sicher albern vor,
weil Sie so etwas ja im Ernst betreiben, und es geht so laut dabei
zu, aber es ist ein großartiges Spiel, um bei steifen Leuten, die
sich nicht kennen, das Eis zu brechen – ich finde es richtig
schade, daß es aus der Mode gekommen ist.»

Mr. Milligan setzte sich.

«Tja, also», sagte er, «es ist für uns amerikanische Geschäftsleute bestimmt genauso interessant, britische Aristokraten
kennenzulernen, wie es für Sie interessant ist, amerikanische
Eisenbahnkönige kennenzulernen, Herzogin. Und wahrscheinlich werde ich dabei in ebenso viele Fettnäpfchen treten,
wie Sie Fehler machen würden, wenn Sie versuchten, in
Chicago einen Weizencorner aufzuziehen. Stellen Sie sich vor,
da habe ich doch neulich Ihren Sohn, diesen prächtigen Jungen, mit Lord Wimsey angeredet, und er dachte, ich hätte ihn
mit seinem Bruder verwechselt. Ich bin mir ganz ungebildet
vorgekommen.»

Das war ein unverhoffter Fingerzeig. Die Herzogin sah sich
vor.

«Er ist ein guter Junge, Mr. Milligan», sagte sie. «Es freut
mich, daß Sie ihn kennengelernt haben. Meine *beiden* Söhne
machen mir natürlich viel Freude, aber Gerald ist eben etwas
konventioneller – gerade richtig fürs Oberhaus, verstehen Sie,
und ein hervorragender Landwirt. Peter kann ich mir in Denver nicht halb so gut vorstellen, aber in der Stadt ist er natürlich
immer genau richtig, und sehr amüsant kann er manchmal
sein, der Ärmste.»

«Ich war sehr angetan von Lord Peters Vorschlag», fuhr Mr.

Milligan fort, «für den ja, wie ich höre, Sie verantwortlich sind, und es wird mir auf jeden Fall eine Freude sein, zu Ihnen zu kommen, an welchem Tag Sie auch immer wünschen, obwohl ich das Gefühl habe, daß Sie mir da etwas zu sehr schmeicheln.»

«Je nun», meinte die Herzogin, «ich weiß nicht, ob Sie dafür der richtige Richter sind, Mr. Milligan. Nicht daß ich selbst die allerkleinste Ahnung von Geschäften hätte», fügte sie hinzu. «Ich bin nämlich ziemlich altmodisch für die heutige Zeit und kann nicht von mir behaupten, daß ich mehr könnte als nur sehen, ob jemand ein netter Mensch ist; in jeder anderen Beziehung muß ich mich ganz auf meinen Sohn verlassen.»

Sie hatte das in so schmeichelndem Ton vorgetragen, daß Mr. Milligan geradezu hörbar schnurrte, als er sagte:

«Nun, Herzogin, ich glaube, genau an diesem Punkt ist eine echte Dame mit einer schönen, altmodischen Seele gegenüber diesen modernen jungen Plappermäulern im Vorteil – es dürfte kaum einen Mann geben, der nicht nett zu ihr wäre – und selbst wenn, würde sie ihn sofort durchschauen, sofern er nicht ganz und gar hartgesotten ist.»

Aber damit bin ich noch immer kein Stück weiter, dachte die Herzogin bei sich. «Ich glaube», sagte sie laut, «ich muß Ihnen noch im Namen des Vikars von Duke's Denver für einen großzügigen Scheck danken, den er gestern für den Restaurierungsfonds der Kirche erhalten hat. Er war ja so überrascht und erfreut, der Gute.»

«Oh, keine Ursache», sagte Mr. Milligan. «Wir haben drüben bei uns eben keine so schönen alten, verkrusteten Häuser wie Sie, da ist es uns eine Ehre, wenn wir mal einen Tropfen Öl in die Wurmlöcher geben dürfen, sowie uns bekannt wird, daß in der alten Heimat so ein Ding steht und an Altersschwäche leidet. Als Ihr Sohn mir das von Duke's Denver erzählte, habe ich mir erlaubt, gleich etwas zu spenden und nicht erst den Basar abzuwarten.»

«Das war jedenfalls sehr liebenswürdig von Ihnen», sagte die Herzogin. «Dann kommen Sie also zum Basar?» fuhr sie mit einem erwartungsvollen Blick in sein Gesicht fort.

«Aber klar», antwortete Mr. Milligan wie aus der Pistole geschossen. «Lord Peter sagt, Sie wollen mich wissen lassen, wann es ist, aber für ein gutes Werk habe ich sowieso immer ein bißchen Zeit. Ich hoffe natürlich auch die Zeit zu finden und Ihrer freundlichen Einladung zu einem kurzen Aufenthalt Folge zu leisten, aber wenn ich zu sehr in Eile sein sollte, finde ich auf alle Fälle die Zeit, rasch mal rüberzukommen, mein Sprüchlein aufzusagen und wieder zu verschwinden.»

«Ich hoffe es so sehr», sagte die Herzogin. «Ich muß nur mal sehen, wie ich das mit dem Datum mache – natürlich kann ich mich da noch nicht festlegen –»

«Aber nicht doch!» rief Mr. Milligan aus voller Brust. «Ich weiß, was es heißt, so etwas zu organisieren. Und dann geht es ja nicht nur um mich – es müssen ja auch noch die ganz Großen aus der europäischen Prominenz konsultiert werden.»

Die Herzogin erbleichte bei der Vorstellung, daß einer aus diesen illustren Kreisen in irgend jemandes Salon aufkreuzen könnte, aber inzwischen hatte sie sich gut verschanzt und begann sich sogar schon ein wenig einzuschießen.

«Ich kann Ihnen gar nicht sagen, wie dankbar wir Ihnen sind», sagte sie. «Es wird uns so eine Freude sein. Erzählen Sie mir doch schon einmal, was Sie sagen werden.»

«Nun –» begann Mr. Milligan.

Plötzlich stand alles auf, und eine reumütige Stimme ließ sich vernehmen:

«Es tut mir wirklich furchtbar leid – Sie können mir hoffentlich verzeihen, Lady Swaffham? Aber Verehrteste, wie könnte ich eine Einladung von Ihnen vergessen? Nein, ich mußte unbedingt jemanden in Salisbury besuchen – das ist die reine Wahrheit, Ehrenwort –, und dieser Kerl ließ mich einfach nicht weg. Ich werfe mich Ihnen zu Füßen, Lady Swaffham. Soll ich mich in die Ecke stellen und dort mein Tellerchen leer essen?»

Lady Swaffham verzieh dem Missetäter huldvoll.

«Ihre liebe Mutter ist auch hier», sagte sie.

«Wie geht's, Mutter?» fragte Lord Peter voll Unbehagen.

«Guten Tag, mein Lieber», antwortete die Herzogin. «Du hättest aber wirklich nicht gerade jetzt kommen dürfen. Mr.

Milligan wollte mir soeben erzählen, was für eine aufregende Rede er beim Basar halten will, da kamst du und hast uns gestört.»

Beim Essen kam man zwangsläufig auf den Fall von Battersea und die Untersuchungsverhandlung zu sprechen, und die Herzogin spielte gekonnt Mrs. Thipps beim Verhör durch den Untersuchungsrichter.

««Haben Sie nachts etwas Ungewöhnliches gehört?› fragt der Kleine und beugt sich ganz weit vor und brüllt, bis er ganz rot im Gesicht ist und seine Ohren ganz weit abstehen – wie so ein Cherub in dem Gedicht von Tennyson – oder ist ein Cherub blau? – vielleicht meine ich auch einen Seraph – Sie wissen jedenfalls, was ich meine – nichts als Augen und Flügel auf dem Kopf. Und die gute alte Mrs. Thipps antwortet: ‹Natürlich, und das schon seit achtzig Jahren›, und war *das* eine Aufregung im Gerichtssaal, bis sie merkten, daß sie verstanden hatte, ob sie nachts ohne Licht schlafe, worauf alles lachte und der Untersuchungsrichter ganz laut sagte: ‹Zum Teufel mit der Alten›, und das verstand sie, ich weiß auch nicht warum, und sagte: ‹Fangen Sie hier nicht an zu fluchen, junger Mann, Sie sitzen sozusagen im Angesicht Gottes. Ich weiß nicht, wohin das mit den jungen Leuten von heute noch führen soll› – und dabei ist er mindestens sechzig», endete die Herzogin.

Eine natürliche Gedankenverbindung brachte Mrs. Tommy Frayle nun auf den Mann zu sprechen, der gehängt worden war, weil er seine drei Bräute in der Badewanne umgebracht hatte.

«Das fand ich richtig genial», sagte sie mit einem seelenvollen Blick auf Lord Peter, «und wissen Sie, zufällig hatte Tommy gerade um diese Zeit eine Lebensversicherung für mich abgeschlossen, und ich bekam es derart mit der Angst zu tun, daß ich mir das morgendliche Bad abgewöhnte und dafür nachmittags eines nahm, wenn er im Unterhaus war – oder jedenfalls, wenn er nicht zu Hause war.»

«Aber meine Teuerste», sagte Lord Peter vorwurfsvoll, «ich erinnere mich noch genau, daß diese Frauen alle ausgesprochen unansehnlich waren. Aber es war wirklich ein ungewöhnlich genialer Platz – beim erstenmal –, er hätte sich nur nicht wiederholen dürfen.»

«Man erwartet eben heute ein bißchen Originalität, selbst bei Mördern», meinte Lady Swaffham. «Wie bei den Dramatikern, nicht wahr – zu Shakespeares Zeiten war das soviel leichter, nicht? Immer dasselbe Mädchen als Mann verkleidet, und das meist noch von Boccaccio oder Dante oder sonst jemandem ausgeliehen. Ich glaube, wenn ich ein Shakespeare-Held gewesen wäre, ich hätte beim Anblick eines dünnbeinigen jungen Pagen auf Anhieb gesagt: ‹Potztausend, da ist doch dieses Mädchen schon wieder!›»

«Genauso war es ja dann auch, Lady Swaffham», sagte Lord Peter. «Sehen Sie, wenn Sie je einen Mord begehen wollen, müssen Sie in erster Linie zu verhindern suchen, daß die Leute ihre Gedanken miteinander verknüpfen. Die meisten tun das sowieso nie – ihre Gedanken kullern einfach in der Gegend herum wie Erbsen auf dem Teller, was einen Heidenlärm macht, aber zu nichts führt; doch wenn Sie zulassen, daß sie ihre Erbsen zu einer Kette aufreihen, kann ein Strick daraus werden, an dem man Sie aufhängt.»

«Du lieber Himmel!» rief Mrs. Tommy Frayle ein wenig erschrocken. «Welch ein Segen, daß meine Freunde überhaupt nie denken!»

«Sehen Sie mal», sagte Lord Peter, indem er ein Stückchen Ente auf der Gabel balancierte und die Stirn in Falten legte, «es kommt ja nur in Sherlock Holmes-Geschichten und dergleichen vor, daß die Leute etwas logisch zu Ende denken. Wenn Ihnen irgend jemand etwas Ausgefallenes erzählt, sagen Sie meist doch nur: ‹Donnerwetter aber auch!› oder ‹So etwas Trauriges!› und lassen es dabei bewenden, und sofern nicht hinterher etwas passiert, was es Ihnen wieder unter die Nase reibt, vergessen Sie es meist wieder. Zum Beispiel habe ich Ihnen, Lady Swaffham, vorhin, als ich ankam, erzählt, daß ich in Salisbury war, und das stimmt auch, aber ich glaube nicht, daß es großen Eindruck auf Sie gemacht hat; es würde wohl auch noch keinen großen Eindruck auf Sie machen, wenn Sie morgen in der Zeitung läsen, daß man in Salisbury unter tragischen Umständen die Leiche eines Rechtsanwalts entdeckt hat, aber wenn ich nächste Woche wieder nach Salisbury führe, und anderntags fände man in Salisbury einen toten Arzt, würden Sie vielleicht das Gefühl bekommen, daß ich für die Bevölkerung von Salisbury ein Unglücksbringer bin; und wenn ich dann eine Woche später wieder hinführe und Sie am nächsten Tag hörten, daß der Bischofsthron plötzlich verwaist wäre, würden Sie sich vielleicht fragen, was mich eigentlich immerzu nach Salisbury führt und warum ich nie etwas davon gesagt habe, daß ich dort Freunde habe, und Sie könnten auf die Idee kommen, selbst einmal nach Salisbury zu fahren und alle möglichen Leute zu fragen, ob sie vielleicht einen jungen Mann in pflaumenblauen Socken um den Bischofssitz haben herumlungern sehen.»

«Das täte ich wahrscheinlich», sagte Lady Swaffham.

«Eben. Und wenn Sie dann feststellen, daß der Anwalt und der Arzt früher einmal in Poggleton-on-the-Marsh praktiziert haben, als der Bischof dort noch Pfarrer war, würden Sie sich nach und nach erinnern, gehört zu haben, daß ich vor langer Zeit einmal in Poggleton-on-the-Marsh gewesen bin, und Sie würden das dortige Kirchenregister durchsehen und entdecken, daß ich damals unter einem angenommenen Namen vom Pfarrer mit der Witwe eines wohlhabenden Bauern getraut wurde, die dann plötzlich, laut dem von dem Arzt ausgestellten Totenschein, an Bauchfellentzündung starb, kurz nachdem der Anwalt ein Testament verfaßt hatte, in dem sie mir ihr ganzes Geld vermachte, und *dann* würden Sie sich Gedanken darüber zu machen beginnen, daß ich vielleicht gute Gründe gehabt haben könnte, mir solch verheißungsvolle Erpresser wie den Anwalt, den Arzt und den Bischof vom Hals zu schaffen. Aber wenn ich diese Gedankenverbindung nicht in Ihnen ausgelöst hätte, indem ich alle drei am selben Ort beseitigte, wären Sie nie auf den Gedanken gekommen, nach Poggleton-on-the-Marsh zu fahren, und hätten sich nicht einmal daran erinnert, daß ich jemals dort war.»

« *Waren* Sie denn je dort, Lord Peter?» fragte Mrs. Tommy Frayle besorgt.

«Ich glaube nicht», antwortete Lord Peter. «Der Ort reiht in mir keine Erbsen zu einer Kette. Aber das könnte noch irgendwann kommen.»

«Aber wenn Sie ein Verbrechen untersuchen», sagte Lady Swaffham, «müssen Sie doch erst einmal mit dem Üblichen anfangen, meine ich – feststellen, was der Betreffende getan hat, wer bei ihm zu Besuch war, ein Motiv finden –, oder nicht?»

«O ja», antwortete Lord Peter, «aber fast jeder Mensch hat gleich ein paar Dutzend Motive, um alle möglichen harmlosen Leute umzubringen. Ich kenne einen Haufen Leute, die ich gern ermorden würde – Sie nicht?»

«Massenhaft», bekannte Lady Swaffham. «Da ist dieser entsetzliche – vielleicht nenne ich den Namen doch lieber nicht, sonst erinnern Sie sich später womöglich daran.»

«Ich an Ihrer Stelle würde ihn jedenfalls für mich behalten», meinte Lord Peter liebenswürdig. «Man kann nie wissen. Es wäre furchtbar peinlich, wenn der Betreffende morgen plötzlich das Zeitliche segnete.»

«Das Schwierige an dem Fall von Battersea», meinte Mr. Milligan, «ist wahrscheinlich, daß es anscheinend niemanden gibt, der irgendwann einmal etwas mit dem Herrn in der Badewanne zu tun gehabt hat.»

«Es war schon hart für den armen Inspektor Sugg», sagte die Herzogin. «Mir hat der Mann richtig leid getan, wie er da stand und die vielen Fragen beantworten sollte, wo er doch überhaupt nichts zu sagen wußte.»

Lord Peter widmete sich der Ente, denn er war ein wenig ins Hintertreffen geraten. Bald darauf hörte er jemanden die Herzogin fragen, ob sie schon Lady Levy gesehen habe.

«Sie lebt in größter Sorge», sagte die Frau, die gefragt hatte, eine Mrs. Freemantle, «obwohl sie sich ja noch an die Hoffnung klammert, daß er wieder auftaucht. Sie kannten ihn doch sicher, Mr. Milligan – kennen ihn, sollte ich wohl lieber sagen, denn ich hoffe ja, daß er noch lebt.»

Mrs. Freemantle war die Frau eines prominenten Eisenbahndirektors und berühmt für ihre vollkommene Unbedarftheit in der Welt der Hochfinanz. Ihre Fauxpas auf diesem Gebiet gaben den Teekränzchen der Damen aus jenen Kreisen laufend Gesprächsstoff.

«Na ja, ich habe mal mit ihm gegessen», sagte Mr. Milligan gutmütig. «Ich glaube, er und ich haben unser Bestes getan, uns gegenseitig zu ruinieren, Mrs. Freemantle. Wenn wir in den Staaten wären», fügte er hinzu, «wäre ich drauf und dran, mich selbst zu verdächtigen, Sir Reuben irgendwo in Gewahrsam genommen zu haben. Aber hier in der alten Heimat kann man Geschäfte ja nicht auf diese Art abwickeln; nein, Madam.»

«Es muß richtig aufregend sein, in Amerika Geschäfte zu machen», bemerkte Lord Peter.

«Ist es auch», antwortete Mr. Milligan. «Ich denke, daß es bei meinen Kollegen drüben zur Zeit recht lustig zugeht. In Kürze werde ich mich wieder zu ihnen gesellen, sobald ich hier noch die eine oder andere Kleinigkeit für sie geregelt habe.»

«Aber Sie dürfen erst nach meinem Basar fort», sagte die Herzogin.

Lord Peter verbrachte den Nachmittag mit der vergeblichen Suche nach Mr. Parker. Schließlich bekam er ihn in der Great Ormond Street zu fassen.

Parker saß in einem betagten, aber anheimelnden Lehnstuhl, die Füße auf dem Kaminsims, und entspannte sich mit einem zeitgenössischen Kommentar zum Brief an die Galater. Er empfing Lord Peter mit stiller Freude, aber ohne überschäumende Begeisterung und bot ihm einen Whisky mit Soda an. Peter nahm das Buch zur Hand, das sein Freund hingelegt hatte, und blätterte in den Seiten herum.

«Diese Leute gehen alle voreingenommen an eine Sache heran», sagte er. «Sie finden genau, was sie suchen.»

«Ja, das stimmt schon», gab der Kriminalist zu, «aber darüber lernt man fast automatisch hinwegzusehen. Auf dem College stand ich ja noch ganz auf der anderen Seite – Conybeare und Robertson und Drews und wie sie alle heißen, du weißt schon, bis ich feststellte, daß sie alle so eifrig nach einem Einbrecher Ausschau hielten, den niemand je gesehen hatte, daß sie sozusagen die Fußspuren der Hausangehörigen nicht mehr erkannten. Dann habe ich zwei Jahre lang gelernt, vorsichtig zu sein.»

«Hm», machte Lord Peter, «dann muß Theologie ja eine gute Übung fürs Gehirn sein, denn du bist mit Abstand der vorsichtigste Mensch, den ich kenne. Aber hör mal – lies ruhig weiter; es ist eine Unverschämtheit von mir, dir hier in deiner Freizeit ins Haus zu fallen.»

«Das macht doch nichts», sagte Parker.

Die beiden Männer saßen eine Weile da und schwiegen, bis Lord Peter auf einmal fragte:

«Gefällt dir eigentlich dein Beruf?»

Der Kriminalist ließ sich diese Frage erst einmal durch den Kopf gehen, dann antwortete er:

«Ja – doch, er gefällt mir. Ich weiß, daß er nützlich ist und ich mich dafür eigne. Ich mache meine Arbeit ganz ordentlich – vielleicht nicht begnadet, aber gut genug, um stolz darauf zu sein. Er ist abwechslungsreich und zwingt einen, bei der Sache zu bleiben und nie nachlässig zu werden. Und er hat Zukunft. Doch, er gefällt mir. Warum fragst du?»

«Ach, nichts», sagte Peter. «Für mich ist er nur ein Steckenpferd, das ich ergriffen habe, als mir der Boden unter den Füßen abhanden gekommen war, denn es war so ungemein aufregend, und das Schlimmste ist, daß es mir Spaß macht – bis zu einem gewissen Punkt. Wenn das alles nur auf dem Papier stattfände, würde ich es bis zum Letzten genießen. Ich liebe vor allem den Beginn einer Ermittlung – wenn man noch keinen von den beteiligten Menschen kennt und alles nur aufregend und amüsant findet. Aber wenn es dazu kommt, einen lebendigen Menschen wirklich zur Strecke zu bringen und an den Galgen zu liefern – oder auch nur ins Kittchen, den armen Teufel –, dann habe ich immer das Gefühl, gar kein Recht für mein Eingreifen gehabt zu haben, weil ich ja nicht davon lebe. Und dann finde ich, daß ich auch nie Spaß daran hätte haben dürfen. Aber den habe ich.»

Parker hatte dieser Rede sehr aufmerksam zugehört.

«Ich verstehe, was du meinst», sagte er.

«Da ist zum Beispiel dieser Milligan», sagte Lord Peter. «Auf dem Papier wäre nichts lustiger, als den alten Milligan zur Strecke zu bringen. Aber wenn man so mit ihm redet, ist er eigentlich ein recht anständiger Kerl. Meine Mutter mag ihn. Und an mir hat er einen Narren gefressen. Es ist ein herrlicher Spaß, hinzugehen und ihn mit einem Basar und Kirchenreparaturen hinters Licht zu führen und dabei auszuhorchen, aber wenn er sich dann auch noch so darüber freut, komme ich mir vor wie ein Wurm. Stell dir doch nur vor, Milligan hätte Levy den Hals durchgeschnitten und die Leiche in die Themse geworfen! Damit will ich nichts zu tun haben.»

«Du hast ebensoviel damit zu tun wie jeder andere», erwiderte Parker. «Und dadurch, daß man es für Geld tut, wird es nicht besser.»

«O doch», versetzte Peter eigensinnig. «Von etwas leben zu müssen ist das einzige, womit man das entschuldigen kann.»

«Na schön, aber nun paß mal auf», sagte Parker. «Wenn Milligan dem armen Levy die Kehle durchgeschnitten hat, nur um noch reicher zu werden, verstehe ich nicht, wieso er sich mit einer Spende von 1000 Pfund für das Kirchendach von Duke's Denver loskaufen dürfen soll, oder warum man ihm verzeihen sollte, nur weil er von so einer kindlichen Eitelkeit oder einem ebenso kindlichen Snobismus ist.»

«Das saß», sagte Lord Peter.

«Oder, wenn du willst, nur weil er einen Narren an dir gefressen hat.»

«Das nicht, aber –»

«Hör mal, Wimsey – glaubst du, daß er Levy umgebracht *hat*?»

«Er könnte es gewesen sein.»

«Aber glaubst du, daß er's war?»

«Ich möchte es nicht glauben.»

«Weil er einen Narren an dir gefressen hat?»

«Nun, das nimmt mich natürlich für ihn ein –»

«Das halte ich auch für ganz legitim. Du glaubst nicht, daß ein hartgesottener Mörder einen Narren an dir fressen könnte?»

«Nun ja – außerdem habe ich einen Narren an ihm gefressen.»

«Das würde ich auch für völlig legitim halten. Du hast ihn beobachtet und unbewußt Schlüsse aus deinen Beobachtungen gezogen, und das Ergebnis ist, daß du ihn nicht für den Missetäter hältst. Gut, warum auch nicht? Du darfst so etwas jederzeit in Rechnung stellen.»

«Aber vielleicht irre ich mich, und er war es doch.»

«Warum solltest du dann zulassen, daß dein eitler Stolz auf deine Menschenkenntnis die Entlarvung des kaltblütigen Mörders eines liebenswerten alten Herrn verhindert?»

«Ich weiß ja – aber ich habe irgendwie das Gefühl, mich nicht an die Spielregeln zu halten.»

«Hör mal, Peter», sagte der andere jetzt mit einigem Ernst, «wie wär's, wenn du dir diesen Fairnesskomplex von Etons Spielwiesen ein für allemal abgewöhnen könntest? Es ist kaum noch zu bezweifeln, daß Sir Reuben Levy etwas sehr Häßliches zugestoßen ist. Nennen wir's Mord, um die Sache zu verdeutlichen. Wenn Sir Reuben ermordet wurde, ist das vielleicht ein Spiel? Und ist es sportlich, es als ein Spiel anzusehen?»

«Das ist ja eigentlich genau das, weswegen ich mich schäme», antwortete Lord Peter. «Für mich *ist* es zunächst ein Spiel, und ich spiele fröhlich drauflos, bis ich plötzlich sehe, daß bei dem Spiel jemand zu Schaden kommt, und dann möchte ich aussteigen.»

«Ja, ja, ich weiß», sagte der Kriminalist, «aber gerade deswegen denkst du ja über deine Einstellung nach. Du möchtest konsequent sein, du möchtest einen guten Eindruck hinterlassen, du möchtest anmutig durch eine Marionettenkomödie tänzeln oder andererseits großspurig durch eine menschliche Tragödie schreiten. Aber das ist kindisch. Wenn du eine Verpflichtung gegenüber der Gesellschaft hast, etwa dergestalt, daß du die Wahrheit über einen Mord ergründen sollst, mußt du das auf die Art tun, die sich gerade anbietet. Du möchtest anmutig und gelassen sein? Gut, wenn du auf diese Weise an die Wahrheit herankommst, aber die Anmut und Gelassenheit hat keinen Wert in sich selbst. Du möchtest würdevoll und konsequent aussehen – aber was hat das damit zu tun? Du möchtest einen Mörder rein um des Sports willen zur Strecke bringen und ihm dann die Hand geben und sagen: ‹Gut gespielt – Pech gehabt – du bekommst morgen Revanche!› Aber so geht das eben nicht. Das Leben ist kein Fußballspiel. Du möchtest ein Sportsmann sein. Du kannst aber kein Sportsmann sein. Du bist ein Mensch mit Verantwortung.»

«Ich finde, du solltest nicht soviel Theologie lesen», sagte Lord Peter. «Das hat eine brutalisierende Wirkung.»

Er stand auf und ging im Zimmer auf und ab, wobei sein Blick ziellos über die Bücherregale schweifte. Dann setzte er sich wieder, stopfte sich eine Pfeife, zündete sie an und sagte:

«Also, ich sollte dir wohl etwas über den bösen, hartgesottenen Mr. Crimplesham erzählen.»

Er schilderte seinen Besuch in Salisbury in allen Einzelheiten. Nachdem Mr. Crimplesham einmal von seinen guten Absichten überzeugt gewesen war, hatte er ihm genauestens über seine Reise nach London berichtet.

«Und ich habe alles nachgeprüft und bestätigt gefunden», stöhnte Lord Peter, «und falls er nicht halb Balham bestochen hat, kann kein Zweifel mehr daran bestehen, daß er dort wirklich genächtigt hat. Und den Nachmittag hat er wirklich bei den Bankleuten verbracht. Und die halbe Einwohnerschaft von Salisbury hat ihn am Montag vor dem Mittagessen von dort abreisen sehen. Und niemand außer seiner Familie und dem jungen Wicks scheint durch seinen Tod etwas zu gewinnen zu haben. Und selbst wenn der junge Wicks ihn aus dem Weg haben wollte, wäre es ein bißchen abwegig gewesen, hinzugehen und in Thipps' Wohnung einen unbekannten Mann zu ermorden, nur um ihm Mr. Crimpleshams Brille auf die Nase zu setzen.»

«Wo war der junge Wicks am Montag?» fragte Parker.

«Auf einer Tanzveranstaltung, die der Kantor gab», antwortete Lord Peter wütend. «David – so heißt er nämlich – tanzte im Angesicht des Herrn und vor den Augen der versammelten Pfarrgemeinde.»

Er war eine Weile still.

«Erzähl du mir mal von der Untersuchungsverhandlung», sagte Wimsey.

Parker kam der Aufforderung mit einer Zusammenfassung der Zeugenaussagen nach.

«Glaubst du, daß die Leiche am Ende in der Wohnung versteckt gewesen sein könnte?» fragte er abschließend. «Ich weiß, daß wir nachgesehen haben, aber möglicherweise haben wir etwas übersehen.»

«Möglich. Aber Sugg hat ja auch gesucht.»

«Sugg!»

«Da tust du Sugg unrecht», sagte Lord Peter. «Wenn es irgendein Indiz für Thipps' Mitwirkung bei dem Verbrechen gegeben hätte, wäre es Sugg nicht entgangen.»

«Warum?»

«Warum? Weil er danach suchte. Das ist wie mit deinen Kommentatoren zum Brief an die Galater. Er glaubt, daß es entweder Thipps oder Gladys Horrocks oder deren Freund war. Darum hat er Spuren auf der Fensterbank gefunden, wo der Freund möglicherweise hätte einsteigen oder Gladys etwas hätte hereinreichen können. Auf dem Dach hat er keine Spuren gefunden, weil er danach nicht gesucht hat.»

«Aber er war vor mir auf dem Dach.»

«Schon, aber nur, um zu beweisen, daß dort keine Spuren waren. Seine Überlegungen gehen folgendermaßen: Gladys Horrocks' Freund ist Glaser. Glaser kommen mit Leitern. Glaser haben immer Leitern zur Hand. Folglich kam Gladys Horrocks' Freund mit einer Leiter. Folglich werden Spuren auf der Fensterbank zu finden sein, aber keine auf dem Dach. Er findet keine Spuren unten vor dem Fenster, glaubt aber, daß er sicher welche gefunden hätte, wenn der Hof nicht zufällig asphaltiert gewesen wäre. Ähnlich glaubt er, daß Mr. Thipps die Leiche auf dem Speicher oder sonstwo versteckt haben könnte. Darum kannst du sicher sein, daß er den Speicher und alle anderen geeigneten Orte nach entsprechenden Spuren untersucht hat. Wenn welche dagewesen wären, hätte er sie gefunden, weil er danach suchte. Wenn er also keine gefunden hat, liegt das nur daran, daß keine da waren.»

«Gut, gut», sagte Parker, «hör schon auf. Ich glaub's dir ja.»
Dann schilderte er die Aussagen der Ärzte.

«Übrigens», sagte Lord Peter, «um einmal kurz auf den anderen Fall einzugehen – ist dir je der Gedanke gekommen, daß Levy am Montagabend womöglich Freke aufgesucht hat?»

«Ja, das hat er», sagte Parker ziemlich unerwartet und berichtete über sein Gespräch mit dem Nervenspezialisten.

«Hoppla!» sagte Lord Peter. «Sag mal, Parker, findest du die beiden Fälle nicht recht ulkig? Jede Spur, die wir verfolgen, scheint im Sande zu verlaufen. Bis zu einem bestimmten Punkt ist alles furchtbar aufregend, verstehst du, und dann geht's nicht weiter. Es ist wirklich, wie wenn ein Fluß im Sand versickert.»

«Ja», sagte Parker, «und heute morgen ist mir wieder einer versickert.»

«Was für einer?»

«Ich habe Levys Sekretär nach seinen Geschäften ausgefragt. Ich habe nicht viel erfahren, was weiter wichtig schien, außer ein paar zusätzlichen Einzelheiten über das Argentinien-Geschäft und so weiter. Dann dachte ich, ich erkundige mich in der City mal nach den peruanischen Ölaktien, aber soweit ich feststellen konnte, hatte Levy von denen noch nicht einmal gehört. Ich habe die Makler ausgequetscht und bin dabei auf eine Menge Geheimniskrämerei und Versteckspiel gestoßen, wie das ja immer der Fall ist, wenn jemand die Kurse künstlich heraufzuschrauben versucht, und schließlich stieß ich auf einen Namen, der hinter allem stand. Aber es war nicht Levy.»

«Nein? Wer denn?»

«Merkwürdigerweise Freke. Das kommt mir sehr mysteriös vor. Er hat vorige Woche ein ansehnliches Aktienpaket gekauft, ganz still und heimlich, ein paar davon auf seinen eigenen Namen, und dann hat er sie am Dienstag mit bescheidenem Gewinn – nur ein paar hundert Pfund, also gar nicht der Mühe wert, wie man meinen sollte – ebenso still und heimlich wieder verkauft.»

«Ich hätte nie gedacht, daß er sich auf solche Spielchen einlassen würde.»

«Tut er normalerweise auch nicht. Das ist ja das Komische daran.»

«Na ja, man kann nie wissen», sagte Lord Peter. «Manchmal tun Leute so was einfach nur, um sich selbst oder jemand anderem zu beweisen, daß sie auf diese Weise ein Vermögen machen könnten, wenn sie nur wollten. Das habe ich im kleinen Maßstab schon selbst getan.»

Er klopfte seine Pfeife aus und schickte sich an, zu gehen.

«Hör mal, Alter», sagte er plötzlich, als Parker ihm die Tür öffnete, «ist dir aufgefallen, daß Frekes Erzählung gar nicht recht zu dem paßt, was Anderson gesagt hat, nämlich daß Levy am Montagabend so guter Dinge gewesen sein soll? Wärst du guter Dinge, wenn du glauben müßtest, so etwas zu haben?»

«Nein», sagte Parker, «aber», fuhr er mit der gewohnten Vorsicht fort, «manche Leute erzählen ja sogar im Wartezimmer des Zahnarztes noch Witze. Du zum Beispiel.»

«Stimmt auch wieder», sagte Lord Peter und ging die Treppe hinunter.

8. Kapitel

Lord Peter kam gegen Mitternacht nach Hause und fühlte sich ungewöhnlich wach und aufgekratzt. Etwas summte und schwirrte in seinem Kopf herum – es war, wie wenn jemand mit einem Stock in einem Bienenkorb herumgestochert hätte. Er hatte das Gefühl, vor einem schwierigen Rätsel zu sitzen, dessen Lösung ihm einmal jemand genannt hatte, aber sie fiel ihm jetzt nicht ein, obwohl er ganz nah daran war, sich zu erinnern.

«Irgendwo», sagte Lord Peter bei sich, «irgendwo habe ich den Schlüssel zu diesen beiden Fällen. Ich weiß, daß ich ihn habe, aber ich weiß nicht mehr, wie er aussieht. Jemand hat es mir gesagt. Vielleicht war ich es sogar selbst. Ich weiß zwar nicht, wo ich ihn habe, aber ich habe ihn. Gehen Sie ruhig zu Bett, Bunter, ich bleibe noch ein bißchen auf. Ich werfe mir nur rasch den Morgenmantel über.»

Er setzte sich, in grellbunte Pfauen gehüllt, mit seiner Pfeife vors Feuer und überdachte noch einmal alle Spuren, denen sie bisher nachgegangen waren – Flüsse, die im Sand versickerten.

Sie nahmen ihren Ausgang bei dem Gedanken an Levy, den man zuletzt um zehn Uhr abends in der Prince of Wales Road gesehen hatte.

Dann rannen sie rückwärts von dem grotesken Anblick des Toten in Mr. Thipps' Badezimmer – liefen übers Dach und verloren sich – verliefen im Sand. Flüsse, die im Sand versickerten – unterirdische Flüsse, tief unter der Erde –

> Wo Alph, der Fluß des Heiles, rann
> Durch Höhlen, die kein Mensch ermessen kann,
> In sonnenloses Meer.

Wenn Lord Peter den Kopf nach unten neigte, glaubte er sie zu hören, ganz schwach, wie sie durch die Dunkelheit dahingurgelten und plätscherten. Aber wo? Er war ganz sicher, daß es ihm irgendwann einmal jemand gesagt hatte, doch er hatte es vergessen.

Er rappelte sich hoch, warf ein Holzscheit ins Feuer und nahm ein Buch zur Hand, das der unermüdliche Bunter, mitten in den Aufregungen seiner verschiedenen Sonderaufgaben brav seine Alltagspflichten erfüllend, aus dem *Times*-Buchklub mitgebracht hatte. Es war Sir Julian Frekes *Physiologische Grundlagen des Gewissens*, das Buch, von dem er neulich eine Rezension gesehen hatte.

«Das dürfte einen wohl einschläfern», sagte Lord Peter. «Wenn ich diese Probleme jetzt nicht meinem Unterbewußtsein überlasse, bin ich morgen so ausgewrungen wie ein Waschlappen.»

Er schlug das Buch langsam auf und überflog das Vorwort.

Ich möchte nur wissen, ob es wirklich stimmt, daß Levy krank war, dachte er, indem er das Buch wieder hinlegte. Es kommt mir nicht sehr wahrscheinlich vor. Und trotzdem – hol's der Kuckuck, ich will jetzt nicht mehr daran denken!

Er las entschlossen ein Weilchen weiter.

Ich glaube nicht, daß Mutter noch viel Verbindung mit den Levys hatte, war der nächste aufmüpfige Gedanke. Mein Vater hat diese Emporkömmlinge immer gehaßt und hätte sie nie nach Denver eingeladen. Und Gerald hält die Tradition aufrecht. Ob sie Freke damals gut gekannt hat? Mit Milligan scheint sie sich bestens zu verstehen. Ich gebe viel auf Mutters Menschenkenntnis. Mit dem Basar, das hat sie ja großartig gedeichselt. Ich hätte sie vorher warnen müssen. Einmal hat sie etwas gesagt –

Ein paar Minuten lang verfolgte er eine flüchtige Erinnerung, bis diese mit einem höhnischen Schwanzschlag gänzlich verschwand.

Bald meldete sich wieder ein neuer Gedanke, ausgelöst durch ein Foto von irgendeinem chirurgischen Experiment.

Wenn Freke und dieser Watts nicht so überzeugend sicher

ausgesagt hätten, dachte er bei sich, wäre ich nicht abgeneigt, der Sache mit diesen Baumwollfetzen am Kamin nachzugehen.

Er dachte kurz nach, schüttelte den Kopf und las weiter.

Geist und Materie waren ein und dasselbe, das war das Generalthema des Physiologen. Materie konnte sich sozusagen in Gedanken umwandeln. Man konnte Leidenschaften mit dem Skalpell aus dem Gehirn schneiden. Man konnte Phantasien mit Drogen bekämpfen und überlebte Konventionen wie eine Krankheit heilen. «Das Wissen um Gut und Böse ist ein bekanntes Phänomen, zusammenhängend mit einer bestimmten Verfassung der Gehirnzellen und behebbar.» Das war so ein Satz; und dann wieder:

«Das Gewissen des Menschen läßt sich im Grunde mit dem Stachel der Biene vergleichen, der alles andere als dem Wohl seiner Besitzerin dient und nicht ein einziges Mal seine Aufgabe erfüllen kann, ohne ihren Tod herbeizuführen. Sein Überlebenswert ist somit rein sozial; und sollte die Menschheit sich aus der jetzigen Phase ihrer sozialen Entwicklung zu einer Stufe größeren Individualismus weiterbewegen, wie einige unserer Philosophen bereits geäußert haben, so könnten wir davon ausgehen, daß dieses interessante geistige Phänomen nicht weiter in Erscheinung treten würde, wie die Nerven und Muskeln, die einst unsere Ohren und Kopfhaut bewegten, inzwischen bei allen Menschen, außer ein paar rückständigen Individuen, verkümmert und nur noch für den Physiologen von Interesse sind.»

Beim Zeus! dachte Lord Peter. Das ist die ideale Doktrin für einen Verbrecher. Ein Mensch, der das glaubt, würde nie –

Und da geschah es – es geschah genau das, was er halb im Unterbewußtsein erwartet hatte. Es geschah plötzlich, so natürlich und unverwechselbar wie ein Sonnenaufgang. Er erinnerte sich – nicht an das eine, nicht an das andere, nicht an eine logische Folge von diesem und jenem, sondern an alles – das vollkommene, vollständige Ganze, schlagartig in allen seinen Dimensionen; es war, als ob er außerhalb dieser Welt stände und sie in der Unendlichkeit des Raums hängen sähe. Er brauchte überhaupt nicht mehr zu überlegen, gar nicht darüber nachzudenken. Er wußte es.

Es gibt ein Spiel, bei dem man aus einem wahllosen Durcheinander von Buchstaben ein Wort bilden soll, etwa so:

WABSELCH

Der langsame Weg zur Lösung des Problems besteht darin, nacheinander sämtliche möglichen Kombinationen durchzuprobieren und sinnlose Ergebnisse wie

SWEBCHAL

oder

BLACHWES

auszusondern. Eine andere Möglichkeit wäre, so lange auf die ungeordnete Buchstabenfolge zu schauen, bis sich ohne einen erkennbaren, bewußten logischen Prozeß oder durch einen zufälligen äußerlichen Anstoß die Kombination

SCHWALBE

ganz von selbst und mit unbezweifelbarer Gewißheit anbietet. Danach braucht man die Buchstaben nicht einmal mehr in der richtigen Reihenfolge hinzuschreiben. Die Sache ist klar.

Ebenso fügten sich die verstreuten Elemente zweier verdrehter Vexierrätsel, die bis dahin wild in Lord Peters Kopf herumgeschossen waren, mit einemmal zusammen und ließen ab sofort keine Frage mehr offen. Ein Bums auf dem Dach des letzten Reihenhauses – Levy in einem kalten Regenguß auf der Battersea Park Road im Gespräch mit einer Prostituierten – ein einzelnes rötliches Haar – Baumwollfusseln – Inspektor Sugg, der den großen Chirurgen aus dem Seziersaal des Krankenhauses fortrief – Lady Levys angegriffene Nerven – der Kar-

150

bolgeruch – die Worte der Herzogin – «keine eigentliche Verlobung, nur so eine Art Übereinkommen mit dem Vater» – peruanische Ölaktien – die dunkle Haut und das gebogene, fleischige Profil des Mannes in der Badewanne – Dr. Grimbolds Aussage: «Meines Erachtens ist der Tod erst einige Tage nach dem Schlag eingetreten» – Gummihandschuhe – ganz schwach sogar Mr. Appledores Stimme: «Er kam einmal mit einem Flugblatt gegen die Vivisektion zu mir, Sir» – alle diese und noch viele andere Dinge klangen jetzt zusammen in einem einzigen Akkord wie Glocken in einem Kirchturm, und durch den Lärm tönte unablässig die große Baßglocke:

«Das Wissen um Gut und Böse ist ein Phänomen des Gehirns, das behebbar ist, behebbar ist, behebbar ist. Das Wissen um Gut und Böse ist behebbar.»

Lord Peter Wimsey gehörte nicht zu den jungen Männern, die sich gewöhnlich sehr ernst nahmen, doch diesmal war er aufrichtig entsetzt. Es ist unmöglich, sagte sein Verstand kleinlaut. *Credo quia impossibile*, sagte seine innere Gewißheit mit unbeirrbarer Selbstsicherheit. Also gut, sagte sein Gewissen, das sich augenblicklich mit dem blinden Glauben verbündete, und was willst du nun machen?

Lord Peter stand auf und ging im Zimmer auf und ab. «Mein Gott», sagte er, «mein Gott!» Er nahm das *Who's Who* von dem kleinen Regal über dem Telefon und suchte Trost in seinen Seiten.

«Freke, Sir Julian; geadelt 1916; Großkreuz des Victoria-Ordens 1919; Komtur des Victoria-Ordens 1917; Komtur des Bathordens 1918; Dr. med.; Mitglied der Königlichen Ärztekammer; Mitglied der Königlichen Chirurgenkammer; Dr. en Méd. Paris; Doktor scientium Cambridge; Ritter des Johanniterordens; Beratender Arzt am St. Luke's-Krankenhaus, Battersea. *Geb.* in Gryllingham am 16. März 1872, einziger Sohn von Edward Curzon Freke aus Gryll Court, Gryllingham. *Ausbildung:* Harrow und Trinity College, Cambridge; Oberstarzt; ehemaliges Mitglied im Beraterstab des Heeressanitätsdienstes. *Veröffentlichungen:* Anmerkungen über die patholo-

gischen Aspekte des Genies, 1892; Statistische Beiträge zum
Studium der Kinderlähmung in England und Wales, 1894;
Funktionelle Störungen des Nervensystems, 1899; Cerebro-
spinale Krankheiten, 1904; Grenzgebiete des Irrsinns, 1906;
Eine Untersuchung der Behandlung in den Heil- und Pflege-
anstalten für Mittellose im Vereinigten Königreich, 1906;
Moderne Entwicklungen in der Psychotherapie – eine Kritik,
1910; Kriminelle Geistesgestörtheit, 1914; Die Anwendung
der Psychotherapie bei der Behandlung der Bombenneurose,
1917; Eine Antwort auf Professor Freud, mit einer Beschreibung einiger Experimente im Kriegslazarett von Amiens,
1919; Strukturelle Abwandlungen im Zusammenhang mit größeren Neurosen, 1920. *Clubs:* White's, Oxford und Cambridge; Alpine etc. *Freizeitbeschäftigungen:* Schach, Bergstei-
gen, Angeln. *Adresse:* 282 Harley Street und St. Luke's-Haus,
Prince of Wales Road, Battersea Park, S.W. 11.

Er warf das Buch fort. «Das ist die Bestätigung!» stöhnte er.
«Als ob ich die noch gebraucht hätte!»

Er setzte sich wieder hin und vergrub sein Gesicht in den
Händen. Ganz plötzlich erinnerte er sich, wie er vor vielen
Jahren einmal im Schloß Denver vor dem Frühstückstisch
gestanden hatte – ein kleiner, magerer Junge mit blauen
Knickerbockern und wild klopfendem Herzen. Die Familie
war noch nicht heruntergekommen; auf dem Tisch standen
eine große silberne Teekanne auf einem kleinen Spiritus-
kocher und eine herrliche Kaffeekanne, die unter einer Glas-
glocke brodelte. Er hatte an einer Ecke des Tischtuchs gezupft
– etwas stärker, und die Teekanne hatte sich schwerfällig in
Bewegung gesetzt, während die Teelöffel dazu klapperten.
Dann hatte er das Tischtuch fest gepackt und mit voller Kraft
daran gerissen – er fühlte noch jetzt den herrlichen Nervenkit-
zel, als die Teekanne, die Kaffeemaschine und das ganze
Sèvres-Service mit ohrenbetäubendem Krachen zu Boden
stürzten und in tausend Stücke zersprangen –, er erinnerte sich
an das entsetzte Gesicht des Butlers und das Kreischen einer zu
Besuch weilenden Dame.

Ein Holzscheit brach in der Mitte entzwei und sank in ein Kissen weißer Asche. Ein verspäteter Lastwagen rumpelte am Fenster vorbei.

Mr. Bunter, der den Schlaf des gerechten und treuen Dieners schlief, wurde in den frühen Morgenstunden von einem heiseren Flüstern geweckt. «Bunter!»

«Ja, Mylord?» sagte Bunter, indem er sich aufrichtete und das Licht anknipste.

«Licht aus, verdammt noch mal!» sagte die Stimme. «Hören Sie – da drüben – hören Sie das?»

«Da ist nichts, Mylord», sagte Mr. Bunter, indem er aus dem Bett sprang und seinen Herrn rasch packte. «Es ist ja gut; Sie gehen jetzt schnell zu Bett, und ich bringe Ihnen einen Tropfen Bromid. Nanu, Sie zittern ja am ganzen Körper – Sie sind zu lange aufgeblieben.»

«Still! Nein, nein – es ist das Wasser», sagte Lord Peter mit klappernden Zähnen. «Es steht ihnen bis an die Hüften, den armen Teufeln. Aber hören Sie! Hören Sie es denn nicht? Tapp, tapp, tapp – sie graben sich zu uns durch –, aber ich weiß nicht wo – ich kann's nicht hören. Da! Da ist es wieder – wir müssen es finden – wir müssen das verhindern . . . Hören Sie! O mein Gott! Ich höre es nicht mehr – ich höre überhaupt nichts mehr vor lauter Kanonen. Können die ihre Kanonen nicht mal schweigen lassen?»

«O je!» sagte Mr. Bunter halb bei sich. «Nein, nein – es ist alles in Ordnung, Herr Major – keine Sorge.»

«Aber ich hör's doch!» begehrte Peter auf.

«Ich auch», antwortete Mr. Bunter beherzt, «und es freut mich zu hören, Mylord. Das sind nämlich unsere eigenen Sappeure bei der Arbeit im Verbindungsgraben. Machen Sie sich deswegen nur keine Sorgen, Sir.»

Lord Peter packte mit fiebrigen Fingern seinen Arm.

«Unsere Sappeure?» fragte er. «Ganz bestimmt?»

«Ganz bestimmt», sagte Mr. Bunter zuversichtlich.

«Sie werden die Feste niederreißen», sagte Lord Peter.

«Darauf können Sie sich verlassen», bestätigte Mr. Bunter, «und das soll uns nur freuen. Kommen Sie mit, legen Sie sich ein bißchen hin, Sir – diesen Abschnitt haben jetzt die anderen übernommen.»

«Meinen Sie, man kann hier beruhigt fort?» fragte Lord Peter.

«Ganz beruhigt, Sir», sagte Mr. Bunter, indem er den Arm seines Herrn unter den seinen schob und ihn ins Schlafzimmer führte.

Lord Peter nahm willig das Schlafmittel und ließ sich widerstandslos ins Bett legen. Mr. Bunter, der in seinem gestreiften Pyjama, den dichten schwarzen Haarschopf ganz zerwühlt, gar nicht mehr nach Bunter aussah, setzte sich grimmig hin und betrachtete die spitzen Wangenknochen des Jüngeren und die roten Flecken unter seinen Augen.

«Ich dachte, diese Anfälle wären endlich vorbei», sagte er. «Er hat sich überanstrengt. Schläft er?» Er musterte ihn sorgenvoll, und ein zärtlicher Ton schlich sich in seine Stimme. «Dummer kleiner Kerl!» sagte Sergeant Bunter.

9. Kapitel

Mr. Parker, der am nächsten Morgen in den Piccadilly 110 A gerufen wurde, traf bei seiner Ankunft die Herzoginwitwe schon als Herrin der Lage an. Sie begrüßte ihn liebenswürdig.

«Ich werde diesen dummen Jungen fürs Wochenende mit nach Denver nehmen», sagte sie, wobei sie auf Peter zeigte, der schreibend dasaß und die Ankunft seines Freundes nur mit einem knappen Kopfnicken zur Kenntnis nahm. «Er hat zuviel getan – diese Herumreiserei nach Salisbury und sonstwohin, und bis in die Nacht aufgeblieben –, Sie sollten ihn dazu wirklich nicht noch ermuntern, Mr. Parker, das ist sehr unartig von Ihnen – weckt den armen Bunter mitten in der Nacht, weil er vor den Deutschen Angst hat, als ob das nicht alles schon Jahre her wäre, und er hat diese Anfälle schon seit Ewigkeiten nicht mehr gehabt, aber bitte! Die Nerven sind eben etwas Komisches, und Peter hatte schon als kleiner Junge immer Alpträume – obwohl er ja in den meisten Fällen nur eine kleine Beruhigungspille brauchte; aber 1918 ging's ihm furchtbar schlecht, und wir dürfen wohl nicht erwarten, daß so ein großer Krieg in ein, zwei Jahren vergessen ist, und dabei muß ich wirklich noch dankbar sein, daß meine beiden Söhne unversehrt heimgekommen sind. Trotzdem glaube ich, daß ihm ein bißchen Ruhe und Frieden in Denver nicht schaden werden.»

«Tut mir leid, daß es dir schlechtgeht, Alter», sagte Parker vage mitfühlend. «Du siehst ein bißchen elend aus.»

«Charles», sagte Lord Peter mit einer Stimme, in der keinerlei Ausdruck lag, «ich gehe ein paar Tage fort, weil ich mich hier in London nicht mehr nützlich machen kann. Was im Augenblick zu tun ist, kannst du viel besser als ich. Ich möchte, daß du das hier –» er faltete das beschriebene Blatt Papier zusammen und steckte es in einen Umschlag – «sofort mit zu Scotland Yard nimmst und dafür sorgst, daß es an alle Armenhäuser, Krankenhäuser, Polizeireviere, Jugendherbergen und so weiter in London verteilt wird. Es ist eine Beschreibung von Mr. Thipps' ungebetenem Gast, wie er aussah, bevor er rasiert und herausgeputzt wurde. Ich möchte wissen, ob in den letzten vierzehn Tagen irgendwo ein Mann, auf den diese Beschreibung paßt, lebend oder tot aufgenommen wurde. Geh zu Sir Andrew Mackenzie persönlich und laß die Beschreibung in seinem Namen sofort hinausgehen; sag ihm, du hast den Mord an Levy und das Geheimnis vom Battersea Park gelöst –» Mr. Parker gab einen Laut des Erstaunens von sich, den sein Freund jedoch nicht beachtete. «Und bitte ihn, Leute mit einem Haftbefehl in Bereitschaft zu halten, um einen sehr gefährlichen und bedeutenden Verbrecher festzunehmen, sowie du Bescheid gibst. Wenn die Antworten auf dieses Schreiben eintreffen, sieh nach, ob irgendwo das St. Luke's-Krankenhaus erwähnt ist, oder eine Person, die mit dem St. Luke's-Krankenhaus zu tun hat, und dann schicke sofort nach mir.

In der Zwischenzeit mach bitte – egal wie – die Bekanntschaft eines der Medizinstudenten am St. Luke's. Geh aber nicht hin und erzähle was von Mord und Haftbefehl, sonst bekommst du nur Scherereien. Ich komme wieder nach London, sobald ich von dir höre, und dann erwarte ich einen netten, treuherzigen Knochensäger anzutreffen.» Er grinste matt.

«Willst du sagen, daß du der Sache auf den Grund gekommen bist?» fragte Parker.

«Ja. Ich könnte mich allerdings irren. Ich hoffe es sogar, aber ich weiß, daß ich mich *nicht* irre.»

«Und du willst es mir nicht sagen?»

«Weißt du», sagte Peter, «das möchte ich, ehrlich gesagt, nicht. Ich sagte, ich *könnte* mich irren – und dann würde ich mir vorkommen, als ob ich den Erzbischof von Canterbury verleumdet hätte.»

«Nun, dann sag mir wenigstens – ist es *ein* Rätsel oder sind es zwei?»

«Eines.»

«Du hast von dem Mord an Levy gesprochen. Ist Levy tot?»

«Mein Gott – ja!» sagte Peter schaudernd.

Die Herzogin, die in einer Ecke saß und den *Tatler* las, sah auf.

«Peter», sagte sie, «ist das wieder dein Schüttelfrost? Dann solltet ihr beide aufhören, über dieses Thema zu reden, wenn es dich so aufregt. Außerdem ist es Zeit zum Aufbruch.»

«Schon gut, Mutter», sagte Peter. Er wandte sich an Bunter, der mit Mantel und Koffer respektvoll an der Tür stand. «Sie wissen, was Sie zu tun haben, ja?» fragte er.

«Genau, Mylord, vielen Dank. Soeben fährt der Wagen vor, Euer Gnaden.»

«Mit Mrs. Thipps darin», sagte die Herzogin. «Sie wird sich freuen, dich wiederzusehen, Peter. Du erinnerst sie so an Mr. Thipps. Guten Morgen, Bunter.»

«Guten Morgen, Euer Gnaden.»

Parker begleitete sie nach unten.

Als sie fort waren, starrte er mit leerem Blick auf das Blatt Papier in seiner Hand, dann fiel ihm ein, daß Samstag war und er sich beeilen mußte. Er winkte ein Taxi heran.

«Scotland Yard!» rief er.

Am Dienstagmorgen sah man Lord Peter in Begleitung eines Mannes in Wildhüterjacke hurtig über einen Rübenacker schreiten, dessen Blätter schon vom frühen Frost angegilbt waren. Ein Stückchen vor ihnen verriet eine wellenförmige Bewegung der Blätter die unsichtbare Nähe eines jungen Setters aus dem Zwinger des Herzogs von Denver. Plötzlich flog ein Rebhuhn mit einem Lärm wie von einer Polizeischnarre auf, und Lord Peter erlegte es beachtlich sicher für einen Mann, der nur ein paar Nächte zuvor noch imaginären deutschen Sappeuren gelauscht hatte. Der Setter jagte wie verrückt übers Rübenfeld und apportierte den toten Vogel.

«Braver Hund», sagte Lord Peter.

Der dadurch ermutigte Hund machte plötzlich einen Freudensprung und fing an zu bellen.

«Bei Fuß!» befahl der Mann in Wildhüterjacke scharf. Das Tier kam beschämt an seine Seite.

«Das ist vielleicht ein alberner Köter», sagte der Mann, «kann die Schnauze nicht halten. Zu nervös, Mylord. Stammt aus einem Wurf von Black Lass.»

«Meine Güte», sagte Peter, «ist diese alte Hündin immer noch auf den Beinen?»

«Nein, Mylord; wir mußten sie im Frühjahr töten.»

Peter nickte. Er behauptete stets von sich, das Landleben zu hassen und froh zu sein, daß er mit dem Familiensitz nichts zu tun hatte, aber heute morgen genoß er die herbe Luft und die nassen Blätter, die um seine polierten Stiefel strichen. Auf Denver ging alles seinen ordentlichen Gang; hier starb außer alten Settern – und Rebhühnern, nicht zu vergessen – niemand eines plötzlichen Todes. Er sog dankbar den Herbstduft durch die Nase ein. In seiner Tasche steckte ein Brief, der mit der Morgenpost gekommen war, aber er wollte ihn jetzt nicht gleich lesen. Parker hatte noch nicht telegrafiert, also bestand kein Grund zur Eile.

Er las ihn nach dem Mittagessen im Rauchsalon. Sein Bruder war auch da und döste über der *Times* – ein braver, sauberer Engländer, robust und konventionell, etwa wie Heinrich VIII. in seiner Jugend: Gerald, 16. Herzog von Denver. Der Herzog fand seinen jüngeren Bruder ziemlich degeneriert und nicht sehr geschmackvoll; er hatte eine Abneigung gegen sein Interesse an Polizeiberichten.

Der Brief war von Mr. Bunter.

110 A Piccadilly, W.1

Mylord,

ich schreibe Ihnen [Mr. Bunter war gut erzogen worden und wußte, daß nichts vulgärer ist, als einen Briefbeginn in der ersten Person Singular um jeden Preis zu vermeiden] wie gewünscht, um Eure Lordschaft über das Ergebnis meiner Ermittlungen zu informieren.

Es fiel mir nicht schwer, mit Sir Julian Frekes Diener eine

Bekanntschaft anzuknüpfen. Er ist Mitglied im selben Club wie der Diener des Ehrenwerten Frederick Arbuthnot, der ein Freund von mir ist und mich ihm gern vorstellte. Er hat mich gestern [Sonntag] abend mit in den Club genommen, und wir haben dort mit dem Mann, dessen Name John Cummings ist, gegessen, und hinterher habe ich Cummings auf ein Gläschen und eine Zigarre mit in die Wohnung genommen. Eure Lordschaft werden mir das verzeihen, da Sie ja wissen, daß dies nicht meine Gewohnheit ist, aber nach meiner Erfahrung gewinnt man das Vertrauen eines Dieners immer am besten, wenn man ihm das Gefühl gibt, man hintergehe seine Herrschaft.

[Ich hatte Bunter schon immer im Verdacht, die menschliche Natur gründlich studiert zu haben.]

Ich habe ihm vom besten alten Portwein angeboten [«Den Teufel hast du getan», sagte Lord Peter], nachdem ich Sie und Mr. Arbuthnot davon hatte reden hören. [«Hm!» machte Lord Peter.]

Die Wirkung entsprach ganz meinen Erwartungen hinsichtlich meines eigentlichen Vorhabens, aber ich bedaure sagen zu müssen, daß der Mann so wenig verstand, was ihm da angeboten wurde, daß er eine Zigarre dazu rauchte (eine von Eurer Lordschaft Villar y Villars). Eure Lordschaft werden verstehen, daß ich mich darob eines Kommentars enthielt, doch werden Eure Lordschaft sicher mit mir fühlen. Darf ich diese Gelegenheit benutzen, um meine dankbare Anerkennung für Eurer Lordschaft ausgezeichneten Geschmack in puncto Essen, Trinken und Kleidung zum Ausdruck zu bringen? Es ist, mit Verlaub gesagt, mehr als ein Vergnügen – es ist eine hervorragende Schule, in Eurer Lordschaft Diensten zu stehen.

Lord Peter neigte gemessen den Kopf.

«Kannst du mir mal sagen, was du da treibst, Peter?» fragte der Herzog, der plötzlich von einem Nickerchen erwachte. «Du sitzt da so herum und nickst und grinst vor dich hin wie sonst was. Schreibt dir jemand Nettigkeiten?»

«Bezaubernde Nettigkeiten», sagte Lord Peter.

Der Herzog musterte ihn skeptisch.

«Ich will nur hoffen, daß du nicht eines Tages hingehst und ein Ballettmädchen heiratest», brummelte er bei sich und wandte sich wieder seiner *Times* zu.

Während des Essens legte ich es darauf an, etwas über Cummings' Geschmack herauszubekommen, der, wie sich zeigte, in Richtung Varieté geht. Beim ersten Glas fühlte ich ihm in dieser Richtung auf den Zahn, da Eure Lordschaft mir ja freundlicherweise Gelegenheit gegeben haben, sämtliche Vorstellungen in London zu besuchen, und ich sprach offener, als ich es unter normalen Umständen für schicklich gehalten hätte, nur um mich ihm angenehm zu machen. Ich darf sagen, daß seine Ansichten über Frauen und die Bühne genauso waren, wie ich es bei einem Mann erwartet hätte, der zu Eurer Lordschaft Portwein raucht.

Beim zweiten Glas kam ich auf die Dinge zu sprechen, über die Eure Lordschaft gern Bescheid wüßten. Aus Gründen der Zeitersparnis werde ich unser Gespräch in Dialogform wiedergeben, möglichst so, wie es stattgefunden hat.

Cummings: Sie scheinen ja viel Gelegenheit zu haben, etwas vom Leben mitzubekommen, Mr. Bunter.

Bunter: Gelegenheit dazu findet man immer, wenn man nur weiß, wie.

Cummings: Ha, Sie haben gut reden, Mr. Bunter. Sie sind zum Beispiel nicht verheiratet.

Bunter: Ich weiß was Besseres, Mr. Cummings.

Cummings: Ich auch – *jetzt*, wo's zu spät ist. (Er seufzte schwer, und ich füllte sein Glas noch einmal nach.)

Bunter: Wohnt Ihre Frau bei Ihnen in Battersea?

Cummings: Ja, sie und ich führen zusammen den Haushalt für meine Herrschaft. Ist das ein Leben! Tagsüber kommt zwar noch eine Putzfrau, aber was ist schon eine Putzfrau? Ich kann Ihnen sagen, es ist ganz schön langweilig, so ganz für uns allein in diesem elenden Battersea zu hausen.

Bunter: Wenn man mal ins Varieté will, ist das natürlich nicht so praktisch.

Cummings: Das kann man wohl sagen. Für Sie hier in Piccadilly ist das schon was anderes, Sie sitzen sozusagen mittendrin. Und Ihre Herrschaft ist sicher oft die ganze Nacht fort.

Bunter: O ja, laufend, Mr. Cummings.

Cummings: Und Sie lassen sich die Gelegenheit wohl nicht entgehen, hin und wieder mal zu verschwinden, wie?

Bunter: Was glauben Sie denn sonst, Mr. Cummings?

Cummings: Na bitte, sehen Sie! Aber was soll ein Mann anfangen, wenn er eine nörgelnde Frau daheim hat und so einen vermaledeiten Wissenschaftler als Herrn, der die ganze Nacht auf ist und Leichen zerschneidet und mit Fröschen herumexperimentiert?

Bunter: Aber er geht doch sicher manchmal aus.

Cummings: Nicht oft. Und immer ist er vor zwölf zurück. Und was er für ein Theater macht, wenn er die Glocke läutet, und man ist nicht da! Ich *kann* Ihnen sagen, Mr. Bunter!

Bunter: Wird er grob?

Cummings: Nnnein – aber er guckt so häßlich durch einen hindurch, wie wenn er einen auf dem Tisch liegen hätte und aufschneiden wollte. Es ist eigentlich nichts, worüber man sich beklagen könnte, wenn Sie verstehen, Mr. Bunter – nur dieser gräßliche Blick. Damit will ich nicht sagen, daß er nicht äußerst korrekt ist. Entschuldigt sich immer, wenn er mal rücksichtslos war. Aber was nützt einem das noch, wenn er einem erst die Nachtruhe gestohlen hat?

Bunter: Wie macht er das? Sie meinen, er hält Sie lange auf den Beinen?

Cummings: Er nicht; ganz im Gegenteil. Um halb elf wird die Haustür abgeschlossen, und alles geht zu Bett. Das will er so haben. Natürlich bin ich meist froh, wegzukommen, weil alles so trostlos ist. Aber *wenn* ich zu Bett gehe, will ich auch *schlafen*.

Bunter: Was treibt er denn? Läuft er im Haus herum?

Cummings: Und ob! Die ganze Nacht. Und ständig raus und rein durch den Privateingang zum Krankenhaus.

Bunter: Wollen Sie etwa sagen, Mr. Cummings, daß ein großer Facharzt wie Sir Julian Freke im Krankenhaus Nachtdienst macht?

Cummings: Nein, nein – er macht da seine eigene Arbeit; Forschungen sozusagen. Schneidet Leute auf. Er soll ja darin sehr fix sein. Könnte Sie im Handumdrehen auseinanderschneiden und wieder zusammensetzen, Mr. Bunter.

Bunter: Schlafen Sie denn im Erdgeschoß, daß Sie ihn so gut hören?

Cummings: Nein, unser Schlafzimmer ist oben! Aber mein Gott, was nützt das schon! Er schlägt die Türen, daß man ihn im ganzen Haus hört.

Bunter: Ach ja, manchesmal habe ich auch Lord Peter schon darauf hinweisen müssen! Und dann die ganze Nacht hindurch reden. Und baden.

Cummings: Baden? Das kann man wohl sagen, Mr. Bunter. Baden! Meine Frau und ich schlafen gleich neben dem Raum, in dem der Wasserspeicher ist. Ein Lärm, der Tote aufwecken könnte! Zu jeder Tages- und Nachtzeit. Was glauben Sie, wann er erst letzten Montag nachts ein Bad genommen hat, Mr. Bunter?

Bunter: Also, ich habe so etwas schon um zwei Uhr nachts erlebt, Mr. Cummings.

Cummings: So, um zwei Uhr? Also, und das war um drei Uhr. Um drei Uhr morgens wurden wir aus dem Schlaf gerissen. Das können Sie mir aufs Wort glauben.

Bunter: Was Sie nicht sagen, Mr. Cummings.

Cummings: Sehen Sie, Mr. Bunter, er schneidet ja immer an Krankheiten herum, und dann will er nicht zu Bett gehen, ohne vorher die ganzen Bazillen abgewaschen zu haben, verstehen Sie? Das finde ich ja auch ganz natürlich. Ich meine auch nur, daß ein Herr sich nicht noch um Mitternacht mit Krankheiten beschäftigen sollte.

Bunter: Diese großen Herren haben eben alle ihre eigene Art.

Cummings: Na ja, da kann ich nur sagen, meine Art wäre das nicht.

(Das glaubte ich ihm aufs Wort, Mylord. Cummings hat wirklich nichts von einem großen Mann an sich, und seine Beinkleider sind auch nicht das, was ich bei einem Mann in seinem Beruf erwarten würde.)

Bunter: Ist er denn gewöhnlich so spät noch auf?

Cummings: Hm, nein, Mr. Bunter, gewöhnlich nicht, das will ich nicht sagen. Er hat sich auch morgens entschuldigt und gesagt, er will den Wasserspeicher mal nachsehen lassen – und dafür wird es meines Erachtens auch höchste Zeit, denn dauernd kommt Luft in die Leitungen, und das ist immer ein Quietschen und Gurgeln, daß man es nicht aushält. Wie der Niagarafall, wenn Sie verstehen, Mr. Bunter; da können Sie mich beim Wort nehmen.

Bunter: Na ja, das mag schon sein, Mr. Cummings. Aber man läßt sich schon einiges gefallen von einem Herrn, der wenigstens so anständig ist, sich zu entschuldigen. Und manchmal kann einer natürlich auch gar nichts dafür. Da kommt vielleicht mal unerwartet Besuch und hält ihn lange auf.

Cummings: Das stimmt schon, Mr. Bunter. Jetzt, da Sie's sagen, fällt mir ein, daß am Montagabend wirklich ein Herr da war. Er kam zwar nicht sehr spät, ist dann aber eine Stunde geblieben, und das hat Sir Julian vielleicht bei der Arbeit zurückgeworfen.

Bunter: Sehr gut möglich. Kann ich Ihnen noch ein Gläschen Portwein einschenken, Mr. Cummings, oder vielleicht etwas von Lord Peters altem Cognac?

Cummings: Ein Schlückchen Cognac, danke, Mr. Bunter. Sie haben hier anscheinend den Kellerschlüssel, wie? (Dabei zwinkerte er mir zu.)

«Darauf können Sie sich verlassen», sagte ich und holte den Napoléon. Ich kann Eurer Lordschaft versichern, daß es mir im Herzen weh tat, ihn so einem Menschen vorzusetzen. Aber da wir gerade beim richtigen Thema waren, fand ich, daß er nicht verschwendet war.

«Ich wünschte jedenfalls, es wären immer nur Herren, die nachts hierher zu Besuch kommen», sagte ich. (Eure Lordschaft werden diese Anzüglichkeit verzeihen.)

[«Lieber Gott», sagte Lord Peter, «könnte Bunter nicht ein bißchen weniger gründlich in seinen Methoden sein?»]

Cummings: Ach, so einer ist Seine Lordschaft, wie? (Er kicherte und stieß mich in die Rippen. Ich will einen Teil der Unterhaltung an dieser Stelle verschweigen, weil er für Eure Lordschaft ebenso kränkend sein müßte wie er für mich war. Er fuhr fort:) Nein, bei Sir Julian gibt es nichts dergleichen. Ganz wenige Besucher bei Nacht, und dann immer nur Herren. Und in aller Regel gehen sie auch früh wieder, wie der Herr, den ich vorhin erwähnte.

Bunter: Um so besser. Ich finde ja nichts lästiger, Mr. Cummings, als aufbleiben zu müssen, um den Besuch hinauszulassen.

Cummings: Oh, den brauchte ich nicht hinauszulassen. Das hat Sir Julian selbst getan, so gegen zehn Uhr. Ich habe ihn noch «Gute Nacht» rufen hören, dann war er weg.

Bunter: Tut Sir Julian das immer?

Cummings: Na ja, das kommt drauf an. Wenn er den Besuch unten empfängt, läßt er ihn auch selbst hinaus; wenn er ihn oben in der Bibliothek empfängt, läutet er nach mir.

Bunter: Dann hatte er diesen Besuch also unten?

Cummings: O ja. Sir Julian hat ihm sogar selbst die Tür geöffnet, wie mir jetzt einfällt. Er war zufällig unten in der Diele. Aber wenn ich jetzt zurückdenke, fällt mir ein, daß sie danach doch in die Bibliothek gegangen sind. Das ist komisch. Ich weiß, daß sie oben waren, denn als ich frische Kohlen in die Diele brachte, konnte ich sie oben hören. Außerdem hat Sir Julian mich ein paar Minuten später in die Bibliothek kommen lassen. Na ja, jedenfalls habe ich ihn um zehn Uhr fortgehen hören, vielleicht auch ein bißchen früher. Er war nur etwa eine Dreiviertelstunde da. Aber wie gesagt, danach ist Sir Julian die ganze Nacht türenschlagend durch den Privatzugang aus und ein gegangen, und dann um drei Uhr morgens das Bad und um acht wieder raus zum

Frühstück – das ist mir zu hoch. Wenn ich sein Geld hätte, würde ich was drauf pfeifen, mich mitten in der Nacht mit Toten abzugeben. Da wüßte ich mit meiner Zeit was Besseres anzufangen, was, Mr. Bunter –?

Ich brauche von dieser Unterhaltung nichts weiter wiederzugeben, denn sie wurde jetzt unerfreulich und zusammenhanglos, und ich konnte Mr. Cummings auch nicht mehr auf die Ereignisse des Montagabends zurückbringen. Ich wurde ihn dann erst um drei Uhr morgens los. Er fiel mir weinend um den Hals und sagte, ich sei ein feiner Kerl, und Eure Lordschaft wären der richtige Herr für ihn. Er sagte, Sir Julian werde sehr böse mit ihm sein, weil er so spät nach Hause komme, aber der Sonntagabend sei sein freier Abend, und wenn auch nur ein Wort falle, werde er kündigen. Ich glaube, damit wäre er schlecht beraten, denn an Sir Julian Frekes Stelle könnte ich diesen Mann nicht guten Gewissens weiterempfehlen. Ich sah noch, daß seine Schuhabsätze ein wenig schief waren.

Ich möchte noch zum Lob für Eurer Lordschaft Weinkeller anfügen, daß ich, obwohl ich doch eine beträchtliche Menge sowohl von dem 68er Cockburn als auch von dem 1800er Napoléon trinken mußte, heute morgen weder Kopfschmerzen noch andere üble Nachwirkungen verspürte.

In der Hoffnung, daß Eure Lordschaft sich in der Landluft wirklich gut erholen und daß die Informationen, die ich beschaffen konnte, zu Eurer Lordschaft Zufriedenheit ausgefallen sind, verbleibe ich mit einer respektvollen Empfehlung an die ganze Familie

Ihr gehorsamer Diener
Mervyn Bunter.

«Weißt du», sagte Lord Peter nachdenklich zu sich selbst, «manchmal habe ich das Gefühl, daß Mervyn Bunter mich auf den Arm nimmt. Was gibt es, Soames?»

«Ein Telegramm, Mylord.»

«Parker», sagte Lord Peter und riß das Telegramm auf. Es lautete:

Beschreibung im Armenhaus Chelsea wiedererkannt. Unbekannter Nichtseßhafter, Mittwoch vor einer Woche bei Verkehrsunfall verletzt. Montag im Armenhaus gestorben. Am selben Abend auf Frekes Anforderung an das St. Luke's geliefert. Ziemlich ratlos. PARKER.

«Hurra!» rief Lord Peter und strahlte plötzlich übers ganze Gesicht. «Freut mich, Parker einmal ratlos zu sehen. Das stärkt mein Selbstvertrauen. Ich fühle mich wie Sherlock Holmes. ‹Ganz einfach, Watson.› Aber hol's der Kuckuck, es ist eine ekelhafte Geschichte. Immerhin macht sie Parker ratlos.»

«Was gibt's?» fragte der Herzog, indem er sich gähnend erhob.

«Marschbefehl», antwortete Peter. «Zurück in die Stadt. Vielen Dank für die Gastfreundschaft, altes Haus – mir geht's schon sehr viel besser. Jetzt würde ich es ohne weiteres mit einem Professor Moriarty oder Leon Kestrel oder irgendeinem von der Sorte aufnehmen.»

«Ich wollte, du würdest die Finger von der Polizeiarbeit lassen», knurrte der Herzog. «Es ist manchmal richtig peinlich für mich, wenn mein Bruder solches Aufsehen von sich macht.»

«Tut mir leid, Gerald», erwiderte der andere. «Ich weiß, daß ich ein Schandfleck auf dem Familienwappen bin.»

«Könntest du nicht heiraten, seßhaft werden, ein ruhiges Leben führen und etwas Nützliches tun?» fragte der Herzog unversöhnt.

«Du weißt genau, daß ich damit schon mal eine Pleite erlebt habe», sagte Peter, «und außerdem», fuhr er gutgelaunt fort, «bin ich unendlich nützlich. Vielleicht brauchst du mich eines Tages sogar selbst; man kann nie wissen. Wenn dich einmal jemand erpressen sollte, Gerald, oder deine erste verlassene Frau kommt aus Westindien unerwartet hierher, dann wirst du feststellen, wie vorteilhaft es ist, einen Privatdetektiv in der Familie zu haben. ‹Heikle Privatangelegenheiten werden mit

Takt und Diskretion erledigt. Ermittlungen aller Art. Beweissicherung in Scheidungsfällen unsere Spezialität. Volle Garantie!› Laß schon gut sein.»

«Esel!» sagte Lord Denver und warf die Zeitung heftig auf seinen Sessel. «Wann willst du den Wagen haben?»

«Eigentlich sofort. Hör mal, Jerry, ich nehme übrigens Mutter mit.»

«Warum willst du sie da mit hineinziehen?»

«Weil ich ihre Hilfe brauche.»

«Ich nenne das sehr unpassend», sagte der Herzog.

Die Herzoginwitwe hingegen hatte keine Einwände.

«Ich kannte sie mal ganz gut», sagte sie. «Damals, als sie noch Christine Ford hieß. Warum, mein Lieber?»

«Weil man ihr», sagte Lord Peter, «eine schreckliche Nachricht über ihren Mann beibringen muß.»

«Ist er tot?»

«Ja. Und sie wird kommen und ihn identifizieren müssen.»

«Arme Christine.»

«Unter sehr widerwärtigen Umständen, Mutter.»

«Ich komme mit dir, Lieber.»

«Danke, Mutter, du bist großartig. Könntest du wohl jetzt gleich deine Sachen packen und mitkommen? Ich erzähle dir dann im Auto mehr davon.»

10. Kapitel

Mr. Parker, ein getreuer, wenn auch ungläubiger Thomas, hatte sich auftragsgemäß an seinen Medizinstudenten herangemacht: einen jungen Mann mit langen Gliedern wie ein zu groß geratener Welpe, Unschuldsaugen und sommersprossigem Gesicht. Er saß jetzt in Lord Peters Bibliothek auf dem Chesterfield-Sofa vor dem Kamin und war zu gleichen Teilen verwirrt ob seines Hierseins, seiner Umgebung und des köstlichen Trunks, den er zu sich nahm. Sein zwar ungeschulter, aber von Natur aus gut entwickelter Gaumen sagte ihm, daß es ein Sakrileg wäre, diesen Tropfen mit den Flüssigkeiten zu vergleichen, die er sonst zu trinken gewohnt war – billigem Whisky, Nachkriegsbier oder dubiosem Rotwein in den Restaurants von Soho; was er hier vor sich stehen hatte, lag außerhalb normaler Erfahrung: ein leibhaftiger Flaschengeist.

Dieser Mr. Parker, dem er gestern abend in einem Lokal an der Ecke Prince of Wales Road zufällig begegnet war, schien ja ein ganz netter Kerl zu sein. Er hatte unbedingt darauf bestanden, ihn hierher mitzubringen und seinem Freund vorzustellen, der hier so herrlich und in Freuden am Piccadilly lebte. Parker war ein Mensch wie du und ich; er schätzte ihn als Staatsdiener ein, vielleicht auch als einen Angestellten aus der City. Aber aus diesem Freund wurde man nicht schlau: Erstens war er nämlich ein Lord, und seine Kleidung war geradzu ein Vorwurf an die gesamte Menschheit. Gewiß, er redete den herrlichsten Unsinn, aber auch das auf eine beunruhigende Weise. Er ritt nicht so lange auf seinen Witzen herum, bis der letzte Tropfen Spaß herausgequetscht war, nein, er machte sie sozusagen im Vorübergehen und war schon längst wieder bei einem anderen Thema, bevor einem endlich eine Replik eingefallen war. Und er hatte einen wahrhaft furchterregenden

Diener – einen von der Sorte, die man in Büchern beschrieben fand –, dessen stumme Kritik einem das Mark in den Knochen gefrieren ließ. Parker schien dieser Tortur ja ganz gut gewachsen zu sein, und das ließ Parker noch ein Stückchen höher in der Achtung steigen; er mußte doch mehr in den Kreisen der Großen verkehren, als man ihm vom Aussehen her zugetraut hätte. Man fragte sich, was dieser Teppich wohl gekostet haben mochte, auf den Parker so achtlos seine Zigarrenasche fallen ließ. Wenn man einen Dekorateur zum Vater hatte – Mr. Piggott von der Firma Piggott & Piggott in Liverpool –, verstand man immerhin genug von Teppichen, um zu wissen, daß es hier sinnlos war, den Preis auch nur erraten zu wollen. Und wenn man auf dem dicken Seidenkissen in der Ecke dieses Sofas den Kopf bewegte, wünschte man unwillkürlich, man hätte sich öfter und sorgfältiger rasiert. Das Sofa war ein Monstrum – und trotzdem schien es kaum groß genug zu sein, um einen aufzunehmen. Dieser Lord Peter war nicht groß – eigentlich war er sogar eher klein, aber er wirkte nicht wie ein Zwerg. Er wirkte gerade richtig und gab einem das Gefühl, mit den eigenen einsneunzig geradezu vulgär und anmaßend zu sein; man kam sich vor wie Mutters neue Wohnzimmervorhänge – lauter große, dicke Kleckse. Aber alle waren hier sehr nett zu einem, keiner sagte etwas, was man nicht verstand, und keiner grinste über einen. Auf den Regalen ringsum stand eine Reihe erschreckend tiefschürfend aussehender Bücher, und man hatte einen Blick auf einen herrlichen Dante-Folioband tun können – aber der Gastgeber sprach ganz normal und vernünftig über die Bücher, die man selbst gern las, tolle Liebesromane und Detektivgeschichten. Davon hatte man eine Menge gelesen, da konnte man mitreden, und die anderen hörten zu, was man zu sagen hatte, obschon Lord Peter auch wieder so eine merkwürdige Art hatte, über Bücher zu reden, als ob sich ihm der Autor im vorhinein anvertraut und ihm gesagt hätte, wie der Roman aufgebaut war und welchen Teil er zuerst geschrieben hatte. Man fühlte sich daran erinnert, wie der alte Freke eine Leiche auseinandernahm.

«Was mich bei Detektivgeschichten immer stört», sagte Mr.

Piggott, «ist, wie sich die Leute immer an jede lächerliche Kleinigkeit erinnern, die sie in den letzten sechs Monaten erlebt haben. Sie haben immer die genaue Tageszeit parat und wissen genau, ob es geregnet hat oder nicht und was sie an dem und dem Tag gemacht haben. Das rasseln sie alles herunter wie ein Gedicht. Aber im wirklichen Leben ist das doch nicht so, was meinen Sie, Lord Peter?» Lord Peter lächelte, und der junge Mr. Piggott wurde prompt verlegen und wandte sich hilfesuchend an seinen früheren Bekannten. «Sie wissen, was ich meine, Mr. Parker. Also, ein Tag ist doch so sehr wie der andere, da könnte ich mich jedenfalls nicht erinnern – na schön, ich würde mich vielleicht noch an gestern erinnern, aber ich könnte Ihnen niemals mit Sicherheit sagen, was ich vorige Woche gemacht habe, und wenn ich dafür erschossen würde.»

«Nein», sagte Parker, «und die Aussagen, die später in den Polizeiberichten wiedergegeben werden, klingen ebenso unmöglich. Aber so kommt man da auch eigentlich nicht heran. Ich meine, da kommt nicht einer her und sagt: ‹Vorigen Freitag bin ich um 10 Uhr aus dem Haus gegangen, um ein Hammelkotelett zu kaufen. Als ich in die Mortimer Street einbog, sah ich ein Mädchen von etwa 22 Jahren mit schwarzen Haaren, grünem Pullover und kariertem Rock, das mit etwa 15 Stundenkilometern auf einem Fahrrad Royal Sunbeam auf der falschen Straßenseite um die Ecke bei der Kirche St. Simon und St. Jude fuhr.› Darauf läuft es letzten Endes hinaus, aber es wird ihm natürlich erst durch eine Reihe von Fragen aus der Nase gezogen.»

«Und in Kurzgeschichten», sagte Lord Peter, «wird so etwas als zusammenhängende Aussage wiedergegeben, weil das eigentliche Gespräch zu lang und weitschweifig und mühsam wäre und niemand die Geduld hätte, das zu lesen. Schriftsteller müssen auch an ihre Leser denken.»

«Schon», sagte Mr. Piggott, «aber ich wette mit Ihnen, daß die meisten Menschen ganz schöne Schwierigkeiten hätten, sich zu erinnern, selbst wenn man ihnen Fragen stellt. Mir fiele das jedenfalls schwer – natürlich, ich weiß, ich bin auch ziemlich dumm, aber das sind schließlich die meisten Menschen, oder? Sie wissen, was ich meine. Zeugen sind eben keine Detektive, sondern ganz normale Tröpfe wie Sie und ich.»

«Richtig», sagte Lord Peter und mußte lächeln, als dem armen Tropf aufging, was er da eben von sich gegeben hatte. «Sie meinen, wenn ich Sie so allgemein fragte, was Sie – sagen wir heute vor einer Woche gemacht haben, könnten Sie mir aus sich heraus überhaupt nichts sagen?»

«Nein – das könnte ich sicher nicht.» Er überlegte. «Nein. Ich war wohl wie gewöhnlich im Krankenhaus, und weil Dienstag war, hat wohl auch irgendeine Lehrveranstaltung stattgefunden – aber hol mich der Kuckuck, wenn ich noch weiß, was das war –, und abends bin ich mit Tommy Pringle ausgegangen – nein, das muß Montag gewesen sein – oder Mittwoch? Ich sage Ihnen ja, ich könnte nichts beschwören.»

«Da tun Sie sich selbst unrecht», antwortete Lord Peter gemessen. «Ich bin zum Beispiel sicher, daß Sie sich noch erinnern können, was Sie an diesem Tag im Seziersaal gemacht haben.»

«Himmel, nein! Jedenfalls nicht mit Bestimmtheit. Ich meine, es könnte mir vielleicht wieder einfallen, wenn ich Zeit zum Nachdenken hätte, aber ich würde es vor Gericht nie beschwören.»

«Ich wette mit Ihnen um eine halbe Krone gegen einen Sixpence, daß Sie sich in fünf Minuten erinnern werden.»

«Bestimmt nicht.»

«Wir werden ja sehen. Führen Sie eigentlich Buch über Ihre Arbeit, wenn Sie sezieren? Fertigen Sie Zeichnungen an und dergleichen?»

«Aber ja.»

«Dann denken Sie einmal daran. Was war das letzte, was Sie da eingetragen haben?»

«Das ist leicht, weil ich es erst heute morgen gemacht habe. Beinmuskeln.»

«Aha. Wer war die Leiche?»

«Irgendeine alte Frau. An Lungenentzündung gestorben.»

«Aha. Dann blättern Sie jetzt einmal im Geiste in Ihrem Notizbuch zurück. Was kam vor den Beinmuskeln?»

«Ach, irgendwelche Tiere – auch Beine; ich mache zur Zeit Bewegungsmuskulatur. Ja. Das war Cunninghams Vorlesung über vergleichende Anatomie. Ich habe da ganz gut an einem Hasenbein gearbeitet und Froschbeinen, und an den rudimentären Beinen einer Schlange.»

«So. An welchem Tag hält Mr. Cunningham Vorlesung?»

«Freitags.»

«Freitags, so. Gehen Sie weiter zurück. Was kam davor?»

Mr. Piggott schüttelte den Kopf.

«Beginnen Ihre Beinzeichnungen auf einer rechten oder einer linken Seite in Ihrem Buch? Können Sie sich die erste Zeichnung vorstellen?»

«Ja – ja, ich sehe sogar das Datum darüber. Es ist ein Stück Hinterbein von einem Frosch, auf der rechten Seite.»

«Gut. Nun stellen Sie sich einmal das aufgeschlagene Heft vor. Was ist auf der anderen Seite?»

Das erforderte eine gewisse geistige Konzentration.

«Etwas Rundes – Buntes – ach ja – eine Hand.»

«Gut, dann sind Sie also von Hand- und Armmuskeln weitergegangen zu Bein- und Fußmuskeln?»

«Ja, stimmt. Ich habe Zeichnungen von Armen.»

«So. Haben Sie die am Donnerstag gemacht?»

«Nein, donnerstags bin ich nie im Seziersaal.»

«Dann vielleicht am Mittwoch?»

«Ja, ich muß sie wohl am Mittwoch gemacht haben. O ja, stimmt. Ich bin hingegangen, nachdem wir uns morgens diese Tetanuspatienten angesehen hatten. Das habe ich am Mittwochnachmittag gemacht. Ich weiß noch, daß ich hingegangen bin, um sie fertig zu machen. Ich habe ziemlich fleißig gearbeitet – für meine Verhältnisse. Darum kann ich mich daran erinnern.»

«Sie sind also hingegangen, um eine Arbeit fertig zu machen. Wann hatten Sie denn damit angefangen?»

«Nun, am Tag davor.»

«Am Tag davor. Also am Dienstag, nicht?»

«Ich habe nicht mehr mitgezählt – ja, am Tag vor Mittwoch – eben, am Dienstag.»

«Eben. Waren es die Arme eines Mannes oder einer Frau?»

«Oh, eines Mannes.»

«Aha. Dann waren Sie also am Dienstag, das heißt heute vor einer Woche, im Seziersaal und haben die Arme eines Mannes seziert. Einen Sixpence, bitte.»

«Himmel!»

«Moment noch. Sie wissen noch viel mehr darüber als nur das. Sie haben gar keine Ahnung, was Sie alles wissen. Sie wissen zum Beispiel, was das für ein Mann war.»

«Oh, ich habe ihn nie vollständig gesehen. Ich weiß noch, daß ich an dem Tag ein bißchen spät hingekommen war. Ich hatte eigens um einen Arm gebeten, weil ich in Armen ein bißchen schwach bin, und Watts – das ist der Saalaufseher – hatte versprochen, mir einen aufzuheben.»

«So. Sie sind also zu spät gekommen, und da wartete Ihr Arm schon auf Sie. Sie sezierten ihn – nahmen Ihre Schere und schlitzten die Haut auf und zogen sie zurück. War es junge, helle Haut?»

«O nein – nein. Normale Haut, glaube ich, mit dunklen Härchen – ja, so war es.»

«Schön. Vielleicht ein trainierter, sehniger Arm, ohne überflüssiges Fett?»

«O nein – darüber habe ich mich noch ein bißchen geärgert. Ich hatte einen schönen, muskulösen Arm haben wollen, aber der, den ich bekam, war schlecht entwickelt, und dauernd kam mir das Fett in die Quere.»

«So. Also ein Mann mit sitzender Tätigkeit, der nicht viel mit den Händen zu arbeiten hatte.»

«Stimmt.»

«Schön. Nun haben Sie zum Beispiel die Hand seziert und eine Zeichnung davon gemacht. Wären Ihnen irgendwelche Schwielen aufgefallen?»

«Also davon konnte gar keine Rede sein.»

«Also nicht. Aber Sie würden sagen, es war der Arm eines jungen Mannes? Festes junges Fleisch und geschmeidige Gelenke?»

«Nein – nein.»

«Nein? Also vielleicht alt und sehnig?»

«Nein, mittleres Alter – mit Rheumatismus. Ich meine, da waren ein paar Kalkablagerungen in den Gelenken und die Finger waren ein bißchen geschwollen.»

«Also ein Mann von etwa fünfzig Jahren?»

«Ungefähr.»

«Aha. Nun haben auch noch andere Studenten an derselben Leiche gearbeitet, nicht?»

«O ja.»

«Eben. Und sie haben so die üblichen Witze gemacht.»

«Anzunehmen – o ja!»

«An einige davon können Sie sich noch erinnern. Wer ist denn bei Ihnen sozusagen der Spaßmacher vom Dienst?»

«Tommy Pringle.»

«Woran hat Tommy Pringle gearbeitet?»

«Daran kann ich mich nicht erinnern.»

« *Wo* hat denn Tommy Pringle gearbeitet?»

«Beim Instrumentenschrank – neben Becken C.»

«Schön. Versuchen Sie sich jetzt einmal Tommy Pringles Gesicht vorzustellen.»

Piggott begann zu lachen. «Jetzt fällt es mir wieder ein. Tommy hat gesagt, der alte Itzig –»

«Warum nannte er ihn so?»

«Das weiß ich nicht. Aber ich weiß, daß er es gesagt hat.»

«Vielleicht sah er so aus. Haben Sie den Kopf gesehen?»

«Nein.»

«Wer hatte den Kopf?»

«Ich weiß nicht – oh, doch, ich weiß. Der alte Freke hat sich den Kopf selbst geschnappt, und der kleine Binns war darüber ziemlich wütend, weil man ihm einen Kopf versprochen hatte, den er mit Scrooger machen wollte.»

«Verstehe. Und was wollte Sir Julian mit dem Kopf?»

«Er hat uns zusammengerufen und uns was von Rückenmarksblutungen und Nervenverletzungen erzählt.»

«Aha. Nun zurück zu Tommy Pringle.»

Tommy Pringles Witz wurde wiederholt, nicht ohne eine gewisse Peinlichkeit.

«Aha. War das alles?»

«Nein. Der andere, der mit Tommy gearbeitet hat, meinte, so was komme vom zu guten Essen.»

«Ich schließe daraus, daß Tommys Partner am Verdauungstrakt interessiert war.»

«Ja, und Tommy sagte, wenn er wüßte, daß man im Armenhaus so gut gefüttert wird, würde er selbst hineingehen.»

«Dann war der Mann also ein Armenhäusler?»

«Hm, muß er wohl.»

«Sind Armenhäusler gewöhnlich fett und wohlgenährt?»

«Hm, nein – wenn ich mir's überlege, in der Regel nicht.»

«Jedenfalls fanden Tommy Pringle und sein Freund, daß da etwas für einen Armenhäusler ziemlich ungewöhnlich war?»

«Ja.»

«Und wenn der Verdauungstrakt für diese Herren so unterhaltsam war, könnte ich mir vorstellen, daß Ihr Arbeitsobjekt kurz nach einer vollen Mahlzeit zu Tode gekommen sein muß.»

«Hm, ja – doch, muß er wohl, nicht?»

«Nun, *ich* weiß das nicht», sagte Lord Peter, «das liegt mehr auf Ihrem Gebiet. Würden Sie das also aus dem, was die beiden sagten, schließen?»

«Ja – zweifellos.»

«Aha. Sie würden also mit einer solchen Bemerkung nicht rechnen, wenn der Patient längere Zeit krank gewesen wäre und von Wassersuppe gelebt hätte?»

«Natürlich nicht.»

«Na bitte, Sie wissen doch wirklich eine ganze Menge. Dienstag vor einer Woche haben Sie also die Armmuskulatur eines rheumatischen, etwa fünfzigjährigen Juden von sitzenden Lebensgewohnheiten seziert, der kurz nach einer guten Mahlzeit an irgendeiner Verletzung gestorben war, die zu Rückenmarksblutungen und Nervenschädigungen geführt hatte und so weiter. Und der Mann kam angeblich aus dem Armenhaus. Richtig?»

«Ja.»

«Und das könnten Sie nötigenfalls beschwören?»

«Hm, wenn Sie es so ausdrücken – ich glaube, ja.»

«Natürlich könnten Sie.»

Mr. Piggott saß eine Weile in Betrachtungen versunken da.

«Hören Sie mal», sagte er endlich, «ich habe das doch alles gewußt, nicht?»

«O ja, Sie wußten es durchaus – wie Sokrates' Sklave.»

«Wer ist das?»

«Eine Figur aus einem Buch, das ich als Junge gelesen habe.»

«Oh – kommt er in *Die letzten Tage von Pompeji* vor?»

«Nein, in einem anderen Buch – ich würde sagen, es ist Ihnen erspart geblieben. Ziemlich langweilig.»

«Ich habe nie viel gelesen, außer Henty und Fenimore Cooper in der Schule . . . Aber – habe ich denn nun eigentlich ein besonders gutes Gedächtnis?»

«Sie haben ein besseres Gedächtnis, als Sie sich selbst zutrauen.»

«Warum kann ich mir dann dieses ganze medizinische Zeug nicht merken? Das geht alles aus meinem Kopf wieder heraus wie durch ein Sieb.»

«Hm, ja, warum wohl?» meinte Lord Peter, der auf dem Kaminvorleger stand und auf seinen Gast hinunterlächelte.

«Tja», machte der junge Mann, «die Leute, die einen prüfen, stellen einem eben nicht solche Fragen wie Sie.»

«Nein?»

«Nein – da muß man sich an alles ganz allein erinnern. Und das ist elend schwer. Nichts, woran man sich festhaken kann, verstehen Sie? Aber sagen Sie mal – woher wußten Sie, daß Tommy Pringle unser Witzbold vom Dienst ist und –»

«Das wußte ich nicht, bevor Sie es mir sagten.»

«Ja, ich weiß. Aber woher wußten Sie, daß er dasein würde, wenn Sie danach fragten? Ich meine – sehen Sie», sagte Mr. Piggott, der sich allmählich durch gewisse Einflüsse, die ihrerseits auch wieder etwas mit dem Verdauungstrakt zu tun hatten, etwas wohler zu fühlen begann – «Hören Sie, sind Sie nun eigentlich besonders schlau, oder bin ich besonders dumm?»

«Nein, nein», sagte Lord Peter, «das bin ich. Ich stelle immer

«Na bitte...»

... Erinnerung ist eben doch abrufbar, wie Lord Peter behauptet. Vorausgesetzt, es werden die richtigen Fragen gestellt.

Wenn sich Ihnen also demnächst mal die wichtige Frage der richtigen Geldanlage stellt, dann sollten Sie sich an diese Anzeige erinnern ...

Pfandbrief und Kommunalobligation

Meistgekaufte deutsche Wertpapiere - hoher Zinsertrag - schon ab 100 DM bei allen Banken und Sparkassen

Verbriefte Sicherheit

so dumme Fragen, daß jeder glaubt, es müsse etwas dahinterstecken.»

Das war für Mr. Piggott zu kompliziert.

«Denken Sie sich nichts dabei», sagte Parker tröstend, «so ist er immer. Sie dürfen das gar nicht zur Kenntnis nehmen. Er kann nichts dafür. Das ist vorzeitiger Altersverfall, wie man ihn oft bei alten Herrschergeschlechtern beobachtet. Geh, Wimsey, spiel uns die *Dreigroschenoper* vor oder so was.»

«Das dürfte reichen, wie?» meinte Lord Peter, nachdem man den seligen Mr. Piggott nach einem wirklich ergötzlichen Abend nach Hause entlassen hatte.

«Ich fürchte, ja», sagte Parker. «Aber es kommt mir fast unglaublich vor.»

«In der Natur des Menschen ist nichts unglaublich», sagte Lord Peter, «zumindest in der Natur des gebildeten Menschen nicht. Hast du die Exhumierungsanordnung?»

«Ich bekomme sie morgen. Ich wollte das mit der Armenhausverwaltung für morgen nachmittag ansetzen. Zuerst muß ich noch hin und mit ihnen reden.»

«Da hast du recht. Ich sage meiner Mutter Bescheid.»

«Mir geht es allmählich wie dir, Wimsey. Mir gefällt diese Aufgabe nicht.»

«Mir gefällt sie jetzt schon viel besser als vorher.»

«Und du bist wirklich ganz sicher, daß wir keinen Fehler begehen?»

Lord Peter war zum Fenster geschlendert. Der Vorhang war nicht ganz zugezogen, und er stand vor dem Spalt und sah hinaus auf den erhellten Piccadilly. Bei dieser Frage drehte er sich um.

«Wenn wir im Irrtum sind», sagte er, «werden wir es morgen wissen, und dann ist niemandem geschadet. Aber ich glaube fast, du wirst auf dem Heimweg schon eine gewisse Bestätigung erfahren. Hör mal zu, Parker – wenn ich du wäre, würde ich heute nacht hierbleiben. Wir haben ein Zimmer frei; ich kann dich ohne weiteres unterbringen.»

Parker sah ihn groß an.

«Du meinst – ich muß mit einem Überfall rechnen?»

«Das halte ich wirklich für sehr wahrscheinlich.»

«Treibt sich dort jemand auf der Straße herum?»

«Im Moment nicht; aber vor einer halben Stunde.»

«Als Piggott ging?»

«Ja.»

«Menschenskind – hoffentlich ist der Junge nicht in Gefahr!»

«Das wollte ich ja sehen, darum bin ich mit hinuntergegangen. Ich glaube nicht. Überhaupt glaube ich nicht, daß jemand annimmt, wir hätten den Jungen ins Vertrauen gezogen. Aber ich glaube, du und ich sind in Gefahr. Bleibst du?»

«Den Teufel werde ich tun, Wimsey. Warum sollte ich weglaufen?»

«Quatsch!» sagte Peter. «Du würdest ohne weiteres weglaufen, wenn du mir glaubtest. Warum auch nicht? Aber du glaubst mir eben nicht. Du bist überhaupt noch nicht sicher, daß ich auf der richtigen Fährte bin. Geh hin in Frieden, aber sag nicht, ich hätte dich nicht gewarnt.»

«Keine Bange; ich werde mit dem letzten Atemzug eine Mitteilung an dich diktieren, daß ich jetzt überzeugt bin.»

«Na, aber geh wenigstens nicht zu Fuß – nimm ein Taxi.»

«Na schön, das tue ich.»

«Und laß niemanden zusteigen.»

«Nein.»

Es war ein kalter, unfreundlicher Abend. Ein Taxi setzte eine Ladung Theaterheimkehrer vor dem Wohnblock nebenan ab, und Parker nahm es gleich in Beschlag. Er nannte dem Fahrer gerade seine Adresse, da kam ein Mann atemlos aus einer Seitenstraße angerannt. Er war in Abendanzug und Mantel und kam wild fuchtelnd angeschossen.

«Sir – Sir! – Ach Gott, das ist ja Mr. Parker! Was für ein Glück! Wenn Sie so freundlich wären – ich bin aus dem Club gerufen worden – ein kranker Freund – kann kein Taxi finden – alles ist auf dem Heimweg vom Theater – könnte ich das Taxi mit Ihnen teilen? Sie sind auf dem Heimweg nach Bloomsbury? Ich will zum Russell Square – wenn ich so frei sein darf – es geht auf Leben und Tod.»

Er sprach in kurzen Stößen, als ob er schnell und weit gelaufen wäre. Parker stieg prompt aus dem Taxi.

«Es ist mir eine Freude, Ihnen zu Diensten zu sein, Sir Julian», sagte er. «Nehmen Sie mein Taxi. Ich selbst will zur Craven Street, aber ich bin nicht in Eile. Bitte, nehmen Sie mein Taxi.»

«Das ist ungemein freundlich von Ihnen», sagte der Arzt. «Ich bin richtig beschämt –»

«Schon gut», sagte Parker gutgelaunt. «Ich kann warten.» Er half Freke ins Taxi. «Welche Nummer? Russell Square 24, Fahrer, und legen Sie einen Zahn zu.»

Das Taxi fuhr davon. Parker stieg wieder die Treppe hinauf und läutete an Lord Peters Wohnungstür.

«Danke, altes Haus», sagte er. «Ich bleibe doch heute nacht hier.»

«Komm rein», sagte Wimsey.

«Hast du das gesehen?» fragte Parker.

«Ich habe etwas gesehen. Was ist genau passiert?»

Parker erzählte seine Geschichte. «Ehrlich», sagte er, «ich hatte dich für ein bißchen verrückt gehalten, aber jetzt bin ich da nicht mehr so sicher.»

Peter lachte.

«Selig die nicht sehen und doch glauben. Bunter, Mr. Parker bleibt heute nacht hier.»

«Paß mal auf, Wimsey, sehen wir uns diese Geschichte noch einmal an. Wo ist dieser Brief?»

Lord Peter brachte Bunters Dialog-Essay zum Vorschein. Parker studierte ihn eine Weile stumm.

«Weißt du, Wimsey, ich habe ja noch so viele Einwände gegen diese Theorie wie ein Hund Flöhe.»

«Ich auch, alter Freund. Darum möchte ich unseren Armenhäusler von Chelsea ja ausgraben lassen. Aber laß deine Einwände ruhig hören.»

«Also –»

«Hör zu, ich gebe ja gar nicht vor, alle Lücken schon füllen zu können. Aber wir haben hier zwei mysteriöse Ereignisse in einer Nacht und eine komplette Kette, die beide über eine bestimmte Person miteinander verbindet. Es ist teuflisch, aber nicht unvorstellbar.»

«Ja, das weiß ich alles. Aber es gibt da auch noch ein paar unübersehbare Stolpersteine.»

«Das weiß ich selbst. Aber sieh mal. Auf der einen Seite verschwindet Levy, nachdem er zuletzt gesehen wurde, wie er abends um neun Uhr nach der Prince of Wales Road Ausschau hielt. Am nächsten Morgen wird um acht ein Toter, der ihm oberflächlich nicht unähnlich sieht, in einem Bad in den Queen Caroline Mansions gefunden. Levy war laut Frekes eigener Einlassung bei Freke gewesen. Wir haben also Levy sozusagen mit einer Vergangenheit, aber ohne Zukunft, und einen unbekannten Landstreicher mit einer Zukunft (auf dem Friedhof), aber ohne Vergangenheit, und Freke steht genau zwischen ihrer Zukunft und ihrer Vergangenheit.»

«Das sieht ja soweit ganz richtig aus –»

«Eben. Nun weiter: Freke hat ein Motiv, Levy aus dem Weg zu räumen – eine alte Eifersucht.»

«Eine sehr alte – und das ist kein besonderes Motiv.»

«So etwas hat es schon gegeben.* Du glaubst, jemand schleppe eine alte Eifersucht nicht zwanzig Jahre lang mit sich herum? Vielleicht nicht. Jedenfalls nicht die primitive, rohe Eifersucht – die wäre mit einem Wort und einem Schlag

---

* Lord Peter hatte diese Behauptung nicht aus der Luft gegriffen: «Hinsichtlich des behaupteten Motivs ist es von großer Bedeutung, zu sehen, ob es ein Motiv für die Begehung eines solchen Verbrechens gab oder nicht, oder ob eine so große Unwahrscheinlichkeit gegen seine Begehung spricht, daß diese nicht durch positive Beweise entkräftet werden kann. *Wenn es aber irgendein Motiv gibt, das hier zur Geltung kommen kann, muß ich Ihnen sagen, daß die Unzulänglichkeit dieses Motivs von sehr geringer Bedeutung ist.* Wir wissen aus der Erfahrung der Strafgerichtsbarkeit, daß schon abscheuliche Verbrechen dieser Art aus sehr geringen Motiven begangen wurden; *nicht nur aus Bosheit oder Rache,* sondern auch um eines kleinen finanziellen Vorteils willen oder um drückenden Problemen vorübergehend aus dem Weg zu gehen.» L. C. J. Campbell, Zusammenfassung im Fall *Regina versus Palmer,* Stenogramm S. 308, Gerichtsumlauf Mai 1856, Sitzungsprotokoll Absatz 5. (Hervorhebungen von mir. D. L. S.)

abgetan. Nein, aber was wirklich wurmt ist die verletzte Eitelkeit. Die hält lange vor. Demütigung. Wir haben alle irgendwo eine wunde Stelle, an die wir nicht rühren lassen wollen. Ich habe sie. Du hast sie. Irgendwer hat einmal gesagt, die Hölle kennt nicht solche Wut wie eine verschmähte Frau. Da hat man's wieder den Frauen angehängt, den armen Ludern. Die Sexualität ist auch bei jedem Mann der Dollpunkt – da brauchst du gar nicht das Gesicht zu verziehen, du weißt genau, daß es stimmt –, eine Enttäuschung nimmt er hin, aber keine Demütigung. Ich habe mal einen Mann gekannt, der von dem Mädchen, mit dem er verlobt war, den Laufpaß bekam, und nicht gerade auf die feine Art. Er sprach sehr anständig über sie. Ich fragte, was aus ihr geworden sei. ‹Ach ja›, sagte er, ‹sie hat einen anderen geheiratet.› Und dann brach es aus ihm heraus; er hatte sich nicht mehr in der Gewalt. ‹Mein Gott, ja!› schrie er. ‹Das muß man sich vorstellen – sitzengelassen wegen einem Schotten!› Ich weiß nicht, was er gegen die Schotten hatte, aber das hatte ihn genau am wunden Punkt getroffen. Nun sieh dir Freke an. Ich habe seine Bücher gelesen. Seine Angriffe auf seine Widersacher sind einfach wüst. Dabei ist er Wissenschaftler. Aber er kann keinen Widerspruch ertragen, nicht einmal auf seinem Arbeitsgebiet, wo jeder wirklich erstklassige Mann vernünftig und aufgeschlossen ist. Würdest du ihm da zutrauen, daß er sich auf einem Nebengebiet einem anderen geschlagen geben würde? Auf dem empfindlichsten Nebengebiet, das ein Mann hat? Gerade auf ihren Nebengebieten sind die Menschen am überheblichsten. Ich sehe rot, wenn jemand mein Urteil über ein Buch in Frage stellt. Und Levy – der vor zwanzig Jahren noch ein Niemand war – kommt daher und schnappt Freke sein Mädchen vor der Nase weg. Es ist nicht das Mädchen an sich, weswegen Freke sich grämt – sondern daß ein kleiner jüdischer Niemand ihm eins auf die aristokratische Nase gegeben hat.

Und noch etwas. Freke hat noch ein Nebengebiet. Er liebt Verbrechen. In seinem Buch über Kriminologie schwärmt er förmlich für den hartgesottenen Mörder. Ich habe das Buch gelesen und jedesmal seine Bewunderung zwischen den Zeilen durchfunkeln sehen, wenn er über einen skrupellosen, erfolgreichen Verbrecher schrieb. Seine ganze Verachtung sparte er sich für die Opfer, die Reumütigen oder die Kopflosen auf, die sich erwischen ließen. Seine Helden sind Edmond de la Pommerais, der seine Geliebte zur Beihilfe bei ihrer eigenen Ermordung überredete, und der für seine Bräute im Bad berühmte George Joseph Smith, der seine Frau in der Nacht noch leidenschaftlich umarmen und am Morgen den Mordplan an ihr in die Tat umsetzen konnte. Schließlich ist das Gewissen für Freke nur so eine Art Wurmfortsatz. Weg damit, und man fühlt sich um so wohler. Die üblichen Gewissensbisse plagen Freke nicht. Siehe seine eigenen Einlassungen in seinen Büchern. Und weiter: Der Mann, der an Levys Stelle das Haus betrat, kannte sich in diesem Haus aus: Freke kannte sich in dem Haus aus; er war rothaarig, kleiner als Levy, aber nicht viel kleiner, denn er konnte seine Sachen tragen, ohne lächerlich darin zu wirken: Du hast Freke gesehen – du kennst seine Körpermaße, etwa einsachtzig, schätze ich, und seine rotbraune Mähne; er trug wahrscheinlich die Gummihandschuhe eines Chirurgen: Freke ist Chirurg; er war ein methodischer und wagemutiger Mensch: Chirurgen müssen beides sein. Nun nimm die andere Seite. Der Mann, der sich die Leiche von Battersea verschaffte, mußte irgendwie an Leichen herankommen können: Freke kam offensichtlich an Leichen heran. Er mußte kaltblütig, schnell und gefühllos im Umgang mit Leichen sein: Auf Chirurgen trifft das alles zu. Er mußte ein kräftiger Mann sein, um den Toten über die Dächer tragen und durchs Fenster in Thipps' Badezimmer abladen zu können: Freke ist ein kräftiger Mann und Mitglied eines Alpinistenvereins. Er trug wahrscheinlich Gummihandschuhe und ließ die Leiche mittels eines elastischen Verbandes vom Dach herunter: Das weist wieder auf einen Arzt hin. Er wohnte mit Sicherheit in der Nachbarschaft: Freke wohnt gleich nebenan. Das Hausmädchen, das du ausgefragt hast, hatte einen dumpfen Schlag auf dem Dach des Endhauses gehört: Das Haus liegt gleich neben dem von Freke. Jedesmal, wenn wir uns Freke ansehen, führt er uns irgendwohin weiter, während

Milligan, Thipps, Crimplesham und alle die anderen, die wir schon mit unserem Verdacht beehrt haben, uns nirgendwohin führen.»

«Schon. Aber so einfach, wie du es darstellst, ist es doch nicht. Was hatte zum Beispiel Levy am Montagabend so heimlich bei Freke zu suchen?»

«Nun, du hast doch Frekes Erklärung gehört.»

«Ach was. Du hast selbst gesagt, daß die nicht sticht.»

«Ausgezeichnet. Sie sticht nicht. Also hat Freke gelogen. Warum sollte er nun aber lügen, wenn er keinen bestimmten Grund hatte, die Wahrheit vor dir zu verbergen?»

«Na schön, aber warum hat er es überhaupt erwähnt?»

«Weil Levy entgegen allen Erwartungen an der Straßenecke gesehen worden war. Das war für Freke ein ärgerliches Mißgeschick. Da hielt er es für das beste, uns mit einer Erklärung zuvorzukommen – einer mehr schechten als rechten. Er rechnete natürlich fest damit, daß niemand auf die Idee kommen würde, Levy mit der Sache vom Battersea Park in Verbindung zu bringen.»

«Gut, aber damit kommen wir auf die erste Frage zurück: Warum war Levy dort?»

«Ich weiß es nicht, aber er wurde irgendwie hingelockt. Warum hat Freke alle diese peruanischen Ölaktien gekauft?»

«Weiß ich nicht», mußte Parker nun seinerseits zugeben.

«Jedenfalls», fuhr Wimsey fort, «hatte Freke ihn erwartet und dafür gesorgt, daß er ihn selbst zur Tür hereinließ, damit Cummings nicht sah, wer der Besucher war.»

«Aber der Besucher ist um zehn wieder gegangen.»

«O Charles! Das hätte ich nun von dir nicht erwartet. Das ist die reinste Suggerei! Wer hat ihn denn weggehen sehen? Jemand hat ‹Gute Nacht!› gerufen und ist die Straße hinuntergegangen. Und du glaubst, das war Levy, nur weil Freke nicht ausdrücklich gesagt hat, daß er es nicht war.»

«Willst du etwa sagen, Freke sei fröhlich aus dem Haus spaziert und zum Park Lane gegangen und habe Levy – tot oder lebendig – zurückgelassen, damit Cummings ihn finden konnte?»

«Wir haben Cummings' Wort, daß er nichts dergleichen getan hat. Wenige Minuten, nachdem die Schritte sich vom Haus entfernt hatten, läutete Freke aus der Bibliothek nach Cummings und wies ihn an, für die Nacht abzuschließen.»

«Dann –»

«Nun – das Haus wird doch einen Seiteneingang haben. Du weißt sogar, daß es einen hat – Cummings hat es gesagt –, durchs Krankenhaus.»

«Ja – nun, und wo war Levy?»

«Levy ist in die Bibliothek hinaufgegangen und nie mehr heruntergekommen. Du warst in Frekes Bibliothek. Wo hättest du ihn versteckt?»

«Im Schlafzimmer nebenan.»

«Dann hat er ihn da versteckt.»

«Aber wenn da nun der Diener hineingegangen wäre, um die Tagesdecke vom Bett zu nehmen?»

«Tagesdecken werden von der Haushälterin vom Bett genommen, und zwar *vor* zehn Uhr.»

«Ja . . . Aber Cummings hat Freke die ganze Nacht im Haus gehört.»

«Er hat ihn ein paarmal kommen und gehen hören. Das hatte er sowieso zu hören erwartet.»

«Willst du sagen, Freke hat das alles vor drei Uhr morgens erledigt?»

«Warum nicht?»

«Dann müßte er aber schnell gearbeitet haben.»

«Nenn es meinetwegen schnelle Arbeit. Warum außerdem bis drei Uhr? Cummings hat ihn erst wiedergesehen, als er sich um acht Uhr das Frühstück bringen ließ.»

«Aber er hat um drei Uhr ein Bad genommen.»

«Ich sage ja nicht, daß er nicht vor drei Uhr vom Park Lane zurück war. Aber ich glaube nicht, daß Cummings hingegangen ist und durchs Schlüsselloch ins Badezimmer geschaut hat, ob Freke auch darin war.»

Parker überlegte wieder.

«Was ist mit Crimpleshams Kneifer?» fragte er.

«Das ist ein bißchen mysteriös», räumte Lord Peter ein.

«Und warum das Badezimmer von Mr. Thipps?»

«Ja, warum? Wahrscheinlich purer Zufall – oder pure Teufelei.»

«Meinst du, dieser ganze ausgeklügelte Plan könnte in einer einzigen Nacht ersonnen und ausgeführt worden sein?»

«Weit gefehlt. Der Plan wurde geboren, als dieser Mann, der eine oberflächliche Ähnlichkeit mit Levy aufwies, ins Armenhaus eingeliefert wurde. Freke hatte mehrere Tage Zeit.»

«Aha.»

«Freke hat sich bei der Untersuchungsverhandlung verraten. Er und Grimbold waren sich nicht einig, wie lange der Mann krank gewesen war. Wenn ein (vergleichsweise) kleines Licht wie Grimbold es wagt, einem Mann wie Freke zu widersprechen, ist er seiner Sache sicher.»

«Dann hat Freke – wenn deine Theorie stimmt – einen Fehler gemacht.»

«Ja. Einen ganz kleinen. Er wollte mit unnötiger Vorsicht der Gefahr vorbeugen, daß jemand – zum Beispiel der Armenhausarzt – zusammenhängend zu denken anfing. Bis dahin hatte er darauf gebaut, daß die Leute nie mehr an etwas (eine Leiche zum Beispiel) zu denken pflegen, wenn es für sie erst erledigt ist.»

«Was hat ihn plötzlich kopfscheu gemacht?»

«Eine Kette unvorhergesehener Zufälle. Levy war erkannt worden – meiner Mutter Sohn hatte unvorsichtigerweise in der *Times* annonciert, daß er mit dem geheimnisvollen Fall von Battersea zu tun hatte – ein Inspektor Parker (dessen Konterfei in letzter Zeit ein bißchen häufig in der illustrierten Presse erscheint) wurde bei der Untersuchungsverhandlung gleich neben der Herzogin von Denver sitzend gesehen. Frekes ganzes Bestreben war es, zu verhindern, daß die beiden Enden des Falles irgendwie miteinander in Verbindung kamen. Und da saßen nun zwei der Bindeglieder buchstäblich Seite an Seite. So mancher Verbrecher liefert sich durch übergroße Vorsicht ans Messer.»

Parker schwieg.

11. Kapitel

«Mein Gott, ist das eine Erbsensuppe!» sagte Lord Peter.

Parker knurrte etwas und kämpfte sich gereizt in seinen Mantel.

«Es erfüllt mich, wenn ich so sagen darf, mit der größten Befriedigung», fuhr der edle Lord fort, «daß in einer Zusammenarbeit wie der unseren alle uninteressanten und unangenehmen Routinearbeiten von dir erledigt werden.»

Parker knurrte wieder.

«Rechnest du mit Schwierigkeiten wegen des Haftbefehls?» fragte Lord Peter.

Parker knurrte zum drittenmal.

«Ich nehme an, du hast dafür gesorgt, daß die ganze Geschichte still über die Bühne geht?»

«Natürlich.»

«Du hast die Leute vom Armenhaus zum Schweigen verpflichtet?»

«Natürlich.»

«Und die Polizei?»

«Ja.»

«Wenn nicht, dürfte es nämlich niemanden mehr zu verhaften geben.»

«Mein lieber Wimsey, hältst du mich für dumm?»

«Dergleichen Hoffnungen hatte ich nicht.»

Parker knurrte ein letztes Mal und verabschiedete sich.

Lord Peter setzte sich hin, um in seinem Dante zu blättern, aber er fand keinen Trost darin. Das größte Hindernis für Lord Peters Karriere als Privatdetektiv war seine Privatschulerziehung. Trotz Parkers ständiger Ermahnungen konnte er sie doch nicht immer abstreifen. Sein Weltbild war in seiner Jugend durch «Raffles» und «Sherlock Holmes» beziehungsweise die Gesinnungen, für die sie stehen, verzerrt worden. Er entstammte einer Familie, die nie einen Fuchs mit dem Gewehr zur Strecke gebracht hatte.

«Ich bin ein Amateur», sagte Lord Peter.

Dennoch traf er, während er sich mit Dante auseinandersetzte, seine Entscheidung.

Am Nachmittag fand er sich in der Harley Street ein. Sir Julian Freke hielt in seiner Nervenpraxis jeweils dienstags und freitags von zwei bis vier Sprechstunde. Lord Peter läutete.

«Sind Sie angemeldet, Sir?» fragte der Diener, der ihm öffnete.

«Nein», antwortete Lord Peter, «aber könnten Sie Sir Julian bitte meine Karte geben? Ich halte es für möglich, daß er mich auch ohne Anmeldung empfängt.»

Er nahm in dem schönen Zimmer Platz, in dem Sir Julians Patienten auf seinen heilenden Rat warteten. Es war voll. Zwei oder drei modisch gekleidete Damen unterhielten sich über Läden und Dienstboten und spielten mit einem Schoßhündchen. Ein großer, besorgt dreinblickender Mann, der für sich allein in einer Ecke saß, schaute zwanzigmal in der Minute auf die Uhr. Wimsey kannte ihn vom Sehen. Es war Wintrington, ein Millionär, der sich vor ein paar Monaten das Leben zu nehmen versucht hatte. Er kontrollierte die Finanzen von fünf Ländern, aber seine eigenen Nerven hatte er nicht unter Kontrolle. Die Finanzen von fünf Ländern lagen jetzt in Sir Julian Frekes tüchtigen Händen. Beim Kamin saß ein soldatisch aussehender junger Mann, etwa in Lord Peters Alter. Sein Gesicht war vorzeitig zerfurcht und abgehärmt; er saß kerzengerade, und seine ruhelosen Augen huschten, jedem Geräusch folgend, hierhin und dorthin. Auf dem Sofa saß eine ältere Frau von bescheidenem Äußeren mit einem jungen Mädchen. Das Mädchen wirkte lustlos und unglücklich; der Blick der Frau verriet tiefe Zuneigung und Besorgnis, gemildert durch zaghafte Hoffnung. Gleich neben Lord Peter saß noch eine jüngere Frau mit einem kleinen Mädchen, und Lord Peter fielen an beiden die vorstehenden Wangenknochen und die schönen grauen, etwas schräggestellten Augen der slawischen Rasse auf. Das Kind zappelte unruhig herum und trat Lord Peter auf die Lackschuhe, und die Mutter schalt es auf französisch, bevor sie sich an Lord Peter wandte und sich entschuldigte.

«*Mais je vous en prie, Madame*», sagte der junge Mann. «Das macht doch nichts.»

«Sie ist so nervös, *pauvre petite*», sagte die junge Frau.

«Sind Sie ihretwegen hier?»

«Ja. Er ist wunderbar, der Herr Doktor. Stellen Sie sich vor, Monsieur, das arme Kind kann einfach die schrecklichen Dinge nicht vergessen, die es gesehen hat.» Sie beugte sich näher zu ihm her, damit das Kind sie nicht hörte. «Wir sind geflüchtet – aus dem verhungernden Rußland –, vor einem halben Jahr. Ich darf es Ihnen gar nicht sagen – sie hat so gute Ohren, und dann die Schreie, das Zittern, die Krämpfe – das beginnt dann alles wieder von vorn. Wir waren Skelette, als wir hier ankamen – *mon Dieu!* –, aber das ist jetzt besser. Sehen Sie, sie ist noch mager, aber sie ist nicht verhungert. Sie wäre schon viel dicker, aber ihre Nerven lassen sie nicht essen. Wir Älteren, wir vergessen – *enfin, on apprend à ne pas y penser* –, aber diese Kinder! Wenn man jung ist, Monsieur, *tout ça impressionne trop.*»

Lord Peter entledigte sich der Fesseln britischer Umgangsformen und antwortete in der Sprache, in der Anteilnahme nicht zur Stummheit verurteilt ist.

«Aber es geht ihr schon viel besser, viel besser», erklärte die Mutter stolz. «Der große Herr Doktor, er wirkt Wunder.»

«*C'est un homme précieux*», sagte Lord Peter.

«*Ah, Monsieur, c'est un saint qui opère des miracles! Nous prions pour lui, Natasha et moi, tous les jours. N'est-ce pas, chérie?* Und bedenken Sie, Monsieur, daß er das alles unentgeltlich macht, *ce grand homme, cet homme illustre!* Als wir hier ankamen, hatten wir nicht einmal Kleider auf dem Leib – wir waren ruiniert, verhungert. *Et avec ça que nous sommes de bonne famille – mais hélas, Monsieur, en Russie, comme vous savez, ça ne vous vaut que des insultes – des atrocités. Enfin,* der große Sir

Julian sieht uns, er sagt: ‹Madame, Ihr kleines Mädchen interessiert mich sehr. Sagen Sie nichts weiter, ich mache sie gesund, umsonst – *pour ses beaux yeux*›, a-t-il ajouté en riant. *Ah, Monsieur, c'est un saint, un véritable saint!* Und Natascha geht es schon viel, viel besser.»

«*Madame, je vous en félicite.*»

«Und Sie, Monsieur? Sie sind noch jung, gesund, stark – leiden Sie auch? Ist es vielleicht noch immer der Krieg?»

«Kleine Überbleibsel von einer Bombenneurose», sagte Lord Peter.

«Ah, ja! So viele gute, tapfere junge Männer –»

«Sir Julian kann ein paar Minuten für Sie erübrigen, Mylord, wenn Sie jetzt mit hereinkommen», sagte der Diener.

Lord Peter nickte seiner Nachbarin feierlich zu und durchquerte das Wartezimmer. Als die Tür des Sprechzimmers sich hinter ihm schloß, erinnerte er sich, wie er einmal verkleidet ins Dienstzimmer eines deutschen Offiziers getreten war. Er hatte jetzt dasselbe Gefühl – das Gefühl, in eine Falle getreten zu sein, und eine Mischung aus Verwegenheit und Scham.

Er hatte Sir Julian Freke schon einige Male von weitem gesehen, aber noch nie aus der Nähe. Während er jetzt gewissenhaft und vollkommen wahrheitsgemäß die Umstände seines jüngsten Nervenanfalls schilderte, betrachtete er eingehend den Mann vor ihm. Dieser war größer als er, hatte enorm breite Schultern und wunderbare Hände. Sein Gesicht war schön, feurig und unmenschlich; er hatte fanatische, zwingende Augen von einem strahlenden Blau inmitten des rotbraunen Gestrüpps von Kopf- und Barthaar. Es waren nicht die ruhigen, freundlichen Augen eines Hausarztes, es waren die grübelnden Augen des begnadeten Wissenschaftlers, und sie erforschten einen durch und durch.

Na ja, dachte Lord Peter, dann brauche ich wenigstens nicht allzu deutlich zu werden.

«Ja», sagte Sir Julian, «ja. Sie haben zuviel gearbeitet. Ihren Kopf zu sehr belastet. Vielleicht sogar mehr – sollen wir sagen, Ihren Kopf zermartert?»

«Ich stand vor einer sehr erschreckenden Situation.»

«Aha. Unerwartet womöglich?»

«Sehr unerwartet, allerdings.»

«Aha. Und das nach einer Zeit großer körperlicher und geistiger Anstrengungen?»

«Hm – vielleicht. Nichts Ungewöhnliches eigentlich.»

«So. Diese unerwartete Situation – hatte sie mit Ihnen persönlich zu tun?»

«Sie erforderte eine unverzügliche Entscheidung über mein Handeln – doch, in diesem Sinne hatte sie gewiß mit mir persönlich zu tun.»

«Ganz recht. Sicher mußten Sie irgendeine Verantwortung übernehmen.»

«Eine sehr schwere Verantwortung.»

«Von der außer Ihnen auch andere betroffen waren?»

«*Eine* andere Person in sehr einschneidender Weise und eine große Zahl anderer indirekt.»

«Aha. Und es war Nacht, und Sie saßen im Dunkeln?»

«Zunächst nicht. Ich glaube, ich habe das Licht erst hinterher ausgemacht.»

«Ganz recht – diese Handlungsweise drängte sich Ihnen ganz natürlich auf. War Ihnen warm?»

«Ich glaube, das Feuer war heruntergebrannt. Mein Diener sagt, ich hätte mit den Zähnen geklappert, als ich zu ihm kam.»

«So. Sie wohnen am Piccadilly?»

«Ja.»

«Dort geht wohl in der Nacht auch einiger Schwerverkehr durch?»

«O ja, oft.»

«Hm. Nun zu dieser Entscheidung, von der Sie sprachen – Sie hatten diese Entscheidung schon getroffen?»

«Ja.»

«Sie waren sich also schon klargeworden?»

«Ja.»

«Sie hatten beschlossen, das, worum es auch immer ging, zu tun?»

«Ja.»

«Vielleicht beinhaltete das eine Phase der Untätigkeit?»

«Vergleichsweiser Untätigkeit, ja.»

«Und Spannung - kann man das sagen?»

«O ja – Spannung gewiß.»

«Möglicherweise auch eine gewisse Gefahr?»

«Ich glaube nicht, daß ich zu der Zeit bewußt daran gedacht habe.»

«Nein, es handelte sich um einen Fall, in dem Sie nicht gut an sich selbst denken konnten.»

«Wenn Sie es so ausdrücken.»

«Aha. So. 1918 hatten Sie diese Anfälle häufig?»

«Ja – ich war ein paar Monate sehr krank.»

«Eben. Seitdem sind sie seltener wiedergekehrt?»

«Sehr viel seltener.»

«Aha. Wann hatten Sie den letzten?»

«Vor etwa neun Monaten.»

«Unter was für Umständen?»

«Ich war beunruhigt wegen bestimmter Familienangelegenheiten. Es ging um irgendwelche Investitionen, und ich trug weitgehend die Verantwortung.»

«Aha. Sie waren, soviel ich weiß, letztes Jahr an irgendeinem Kriminalfall beteiligt?»

«Ja – an der Wiederauffindung von Lord Attenburys Smaragdhalsband.»

«Erforderte das starke geistige Anstrengungen?»

«Vermutlich ja. Aber es hat mir großen Spaß gemacht.»

«Gut. Hatten die Anstrengungen bei der Lösung dieses Falles irgendwelche unerfreulichen physischen Folgen?»

«Keineswegs.»

«So. Der Fall hat Sie also interessiert, aber nicht mitgenommen?»

«So ist es.»

«Aha. Sie waren dann auch noch an anderen Ermittlungen dieser Art beteiligt?»

«Ja. An ein paar kleinen.»

«Mit nachteiligen Folgen für Ihre Gesundheit?»

«Nicht im mindesten. Im Gegenteil. Diese Fälle waren für

mich mehr eine Art Ablenkung. Ich hatte gleich nach dem Krieg etwas ziemlich Böses erlebt, was es mir sozusagen nicht gerade leichter gemacht hat.»

«Oh! Sie sind nicht verheiratet?»

«Nein.»

«Na schön. Gestatten Sie, daß ich Sie kurz untersuche? Kommen Sie mal ein bißchen näher ans Licht. Ich möchte Ihre Augen sehen. Von wem haben Sie sich bisher beraten lassen?»

«Von Sir James Hodges.»

«Ah, ja – ein trauriger Verlust für die Medizin. Ein wirklich großer Mann – ein echter Wissenschaftler. Ja. Danke. Jetzt möchte ich einmal gern diese kleine Erfindung hier an Ihnen ausprobieren.»

«Wozu ist sie gut?»

«Nun – sie sagt mir einiges über die Reaktionen Ihrer Nerven. Setzen Sie sich hierher.»

Die nun folgende Untersuchung war rein medizinischer Art. Als sie beendet war, sagte Sir Julian:

«Also, Lord Peter, nun will ich Ihnen mit ganz unwissen-schaftlichen Worten –»

«Danke», sagte Peter, «das ist sehr nett von Ihnen. Ich stelle mich bei langen Wörtern immer furchtbar dumm an.»

«So, so. Haben Sie etwas fürs Theaterspielen übrig, Lord Peter?»

«Nicht viel», antwortete Peter ehrlich überrascht. «Ich finde es meist schrecklich langweilig. Warum?»

«Ich dachte es nur», sagte der Facharzt trocken. «Also gut. Sie wissen recht genau, daß diese Beanspruchungen, die Sie Ihren Nerven im Krieg zugemutet haben, ihre Spuren an Ihnen hinterlassen haben. Sie haben sozusagen kleine Wunden in Ihrem Gehirn hinterlassen. Empfindungen, die Ihre Nervenen-den empfingen, schickten Botschaften an Ihr Gehirn und erzeugten dort winzige physische Veränderungen – Verände-rungen, die wir erst jetzt allmählich zu entdecken beginnen können, selbst mit den empfindlichsten Instrumenten. Diese Veränderungen lösten ihrerseits wieder Empfindungen aus; oder ich sollte der Genauigkeit halber lieber sagen, daß Empfindungen nur die Namen sind, die wir diesen Gewebeveränderungen geben, wenn wir sie wahrnehmen. Wir nennen sie Schrecken, Angst, Verantwortungsgefühl und so weiter.»

«Ich kann Ihnen folgen.»

«Sehr schön. Wenn Sie jetzt diese beschädigten Stellen in Ihrem Gehirn stimulieren, laufen Sie Gefahr, die alten Wunden wieder aufzureißen. Ich meine, wenn Ihre Nerven Empfindungen empfangen, die solche Reaktionen hervorrufen, die wir Schrecken, Angst, Verantwortungsgefühl und so weiter nennen, können sie entlang den alten Bahnen Störungen bewirken und ihrerseits physische Veränderungen hervorrufen, denen Sie dann die Namen geben, mit denen Sie sie in Verbindung zu bringen gewohnt sind – Angst vor deutschen Minen, Verantwortung für das Leben Ihrer Leute, überanstrengte Aufmerksamkeit und das Unvermögen, im alles übertönenden Donner der Kanonen kleinere Geräusche wahrzunehmen.»

«Verstehe.»

«Diese Wirkung wird noch gesteigert durch äußere Umstände, die andere bekannte physische Empfindungen hervorrufen – Nacht, Kälte oder lauter Verkehrslärm zum Beispiel.»

«Aha.»

«Also, die alten Wunden sind fast verheilt, aber noch nicht ganz. Eine normale Beanspruchung Ihrer geistigen Fähigkeiten hat keine bösen Folgen. Die treten nur ein, wenn Sie die verletzten Stellen in Ihrem Gehirn erregen.»

«Ja, das verstehe ich.»

«Gut. Sie müssen solchen Situationen also aus dem Weg gehen. Sie müssen lernen, verantwortungslos zu sein, Lord Peter.»

«Meine Freunde sagen, ich sei schon jetzt allzu verantwortungslos.»

«Sehr gut möglich. Ein empfindliches nervöses Temperament erweckt oft diesen Eindruck dank seiner geistigen Behendigkeit.»

«Oh!»

193

«O ja. Diese Verantwortung, von der Sie sprachen, lastet sie immer noch auf Ihnen?»

«Ja.»

«Sie haben die Handlung, zu der Sie sich entschlossen haben, noch nicht beendet?»

«Nicht ganz.»

«Sie fühlen sich verpflichtet, sie bis zu Ende durchzuführen?»

«O ja – ich kann jetzt gar nicht mehr zurück.»

«So. Und Sie rechnen mit weiteren Belastungen?»

«Mit einigen, ja.»

«Rechnen Sie damit, daß diese Sache noch lange dauert?»

«Jetzt nicht mehr sehr lange.»

«Aha! Ihre Nerven sind nicht gerade, was sie sein sollten.»

«Nein?»

«Nein. Nichts Besorgniserregendes, aber Sie sollten vorsichtig sein, solange Sie unter dieser Anspannung leben, und hinterher sollten Sie einmal völlig ausspannen. Wie wär's mit einer Reise ans Mittelmeer oder in die Südsee oder sonstwohin?»

«Danke, ich werde es mir überlegen.»

«Inzwischen gebe ich Ihnen etwas zur Stärkung der Nerven, um Sie zunächst über Ihre gegenwärtigen Schwierigkeiten hinwegzubringen. Sie müssen wissen, daß Ihnen das nicht auf Dauer helfen wird, aber es wird Sie in der schlimmen Zeit über Wasser halten. Außerdem werde ich Ihnen etwas verschreiben.»

«Danke.»

Sir Julian stand auf und ging in ein kleines Behandlungszimmer nebenan. Lord Peter sah ihn hin und her gehen – er brachte irgend etwas zum Kochen und schrieb. Nach einer Weile kam er mit einem Rezept und einer Spritze zurück.

«Hier ist das Rezept. Und wenn Sie jetzt kurz Ihren Ärmel hochrollen, werde ich der Notwendigkeit des Augenblicks Genüge tun.»

Lord Peter rollte gehorsam den Ärmel hoch. Sir Julian Freke wählte eine Stelle am Unterarm aus und rieb sie mit Jod ein.

«Was wollen Sie da in mich hineinpumpen – Bazillen?»

Der Arzt lachte.

«Nicht direkt», antwortete er. Er drückte ein Stück Muskel zwischen Daumen und Zeigefinger zusammen. «So etwas haben Sie wahrscheinlich schon früher bekommen.»

«O ja», sagte Lord Peter. Er beobachtete fasziniert die ruhigen Finger, die stetig näher kommende Nadel. «Ja – das habe ich schon bekommen – und wissen Sie was? – Ich mag es nicht besonders.»

Seine rechte Hand war nach oben gefahren und umklammerte das Handgelenk des Arztes wie ein Schraubstock.

Die Stille war wie ein Schock. Die blauen Augen zuckten nicht; sie brannten fest auf die schweren weißen Lider unter ihnen herab. Dann hoben diese sich langsam; die grauen Augen begegneten den blauen – kalt, fest – und hielten ihrem Blick stand.

Wenn Liebende sich umarmen, ist es, als ob kein Laut mehr auf der Welt existierte als nur ihr Atem. So atmeten jetzt diese beiden Männer von Angesicht zu Angesicht.

«Natürlich, ganz wie Sie wünschen, Lord Peter», sagte Sir Julian höflich.

«Ich fürchte, ich bin ein ziemlicher Esel», sagte Lord Peter, «aber diese Dinger konnte ich noch nie leiden. Ich habe einmal eine Spritze bekommen, die danebenging, und danach ist es mir ganz schön schlecht ergangen. Spritzen machen mich ein bißchen nervös.»

«In diesem Falle», antwortete Sir Julian, «ist es sicher besser, Ihnen keine zu geben. Sie könnte in Ihnen genau die Empfindungen wecken, die wir ja gerade vermeiden wollen. Nehmen Sie also das Rezept und tun Sie alles, um die gegenwärtige Anspannung soweit wie möglich zu verringern.»

«O ja – ich werde es nicht mehr so schwer nehmen, danke», sagte Lord Peter. Er rollte seinen Ärmel wieder ordentlich hinunter. «Ich bin Ihnen sehr verbunden. Wenn ich weitere Schwierigkeiten habe, komme ich wieder vorbei.»

«Gewiß – tun Sie das», sagte Sir Julian gutgelaunt. «Aber melden Sie sich das nächste Mal bitte an. Ich werde dieser Tage ziemlich stark in Anspruch genommen. Darf ich hoffen, daß es Ihrer Frau Mutter gutgeht? Neulich habe ich sie bei der Untersuchungsverhandlung zu dieser Battersea-Geschichte gesehen. Sie hätten dabeisein sollen. Es hätte Sie gewiß interessiert.»

12. Kapitel

Der häßliche, rauhe Nebel kratzte einem im Hals und tat in den Augen weh. Man sah die eigenen Füße nicht. Man stolperte auf seinem Weg über die Armengräber.

Es war tröstlich, Parkers alten Regenmantel unter den Fingern zu fühlen. Man hatte ihn schon an schlimmeren Orten gefühlt. Jetzt klammerte man sich daran. Die undeutlichen Gestalten vor einem bewegten sich wie Gespenster.

«Vorsicht, meine Herren», sagte eine tonlose Stimme aus der gelben Finsternis, «hier in der Nähe ist ein offenes Grab.»

Man drückte sich ein wenig nach rechts und stolperte über einen Haufen frisch ausgeworfenen Lehms.

«Gib acht, Junge», sagte Parker.

«Wo ist Lady Levy?»

«In der Leichenhalle. Die Herzogin von Denver ist bei ihr. Deine Mutter ist großartig, Peter.»

«Ja, nicht?» antwortete Lord Peter.

Ein trübes blaues Licht, das jemand vor ihnen hertrug, schwankte und stand still.

«Da sind wir», sagte eine Stimme.

Zwei dantische Gestalten mit Mistgabeln tauchten drohend auf.

«Sind Sie fertig?» fragte jemand.

«Fast, Sir.» Die Dämonen machten sich wieder an die Arbeit mit ihren Mistgabeln – nein, Spaten.

Jemand nieste. Parker ortete den Nieser und stellte ihn vor.

«Mr. Levett vertritt das Innenministerium. Lord Peter Wimsey. Tut uns leid, Mr. Levett, daß wir Sie an so einem Tag hierherschleppen müssen.»

«Das gehört zum Beruf», sagte Mr. Levett heiser. Er war bis zu den Augen vermummt.

Noch etliche Minuten Spatengeräusche. Der eherne Klang hinuntergestoßenen Werkzeugs. Sich bückende und streckende Dämonen.

Ein schwarzbärtiges Gespenst gleich neben einem. Wurde vorgestellt. Es war der Direktor des Armenhauses.

«Eine schmerzliche Geschichte, Lord Peter. Sie werden verzeihen, wenn ich hoffe, daß Sie und Mr. Parker unrecht haben.»

«Das möchte ich selbst hoffen können.»

Etwas wurde unter Keuchen und Ächzen aus dem Boden gewuchtet.

«Langsam, Leute. Hier entlang. Könnt ihr sehen? Gebt auf die Gräber acht – die sind hier ziemlich dicht beieinander. Fertig?»

«Alles klar, Sir. Gehen Sie nur mit der Laterne voran, wir kommen schon nach.»

Schwerfällige Schritte. Man greift wieder nach Parkers Regenmantel. «Bist du das, altes Haus? Oh, Verzeihung, Mr. Levett – ich hatte Sie für Parker gehalten.»

«Hallo, Wimsey – ah, da bist du ja.»

Noch mehr Gräber. Ein Grabstein ragt schräg in den Weg. Ein Fuß stößt gegen eine Graskante. Unter den Schuhen knirscht Kies.

«Hier entlang, meine Herren, achten Sie auf die Stufe.»

Die Leichenhalle. Rohe rote Ziegelwände und zischende Gasdüsen. Zwei Frauen in Schwarz und Dr. Grimbold. Der Sarg wird mit lautem Gepolter auf einen Tisch gestellt.

«Hast du den Schraubenzieher, Bill? Danke. Sei vorsichtig jetzt mit dem Stemmeisen. Ist nicht viel dran an diesen Brettern, Sir.»

Ein mehrmaliges langgezogenes Knarren. Ein Schluchzen. Die Stimme der Herzogin, freundlich, aber befehlend:

«Still, Christine. Sie dürfen nicht weinen.»

Stimmengemurmel. Die dantischen Dämonen treten schlurfend ab – nette, ordentliche Dämonen in Kordanzügen.

Dr. Grimbolds Stimme – kühl und unpersönlich wie im Sprechzimmer.

«So – haben Sie die Lampe, Mr. Wingate? Danke. Ja, hierher auf den Tisch, bitte. Geben Sie acht, daß Sie sich mit dem Ellbogen nicht im Kabel verheddern, Mr. Levett. Ich glaube, Sie kommen besser auf diese Seite. Ja – ja – danke. So ist es ausgezeichnet.»

Plötzlich ein strahlender Lichtkegel von einer elektrischen Lampe über dem Tisch. Dr. Grimbolds Bart und Brille. Mr. Levett schneuzt sich die Nase. Parker beugt sich näher über den Tisch. Der Direktor des Armenhauses guckt ihm über die Schulter. Der übrige Raum liegt in der jetzt noch verstärkten Düsternis der Gaslampen und des Nebels.

Wieder Dr. Grimbold – jenseits des Lichtkegels.

«Wir möchten Sie nicht unnötig quälen, Lady Levy. Wenn Sie uns nur sagen, wonach wir sehen sollen – der –? Ja, ja, gewiß – und – ja – mit Goldplombe? Ja – am Unterkiefer, vorletzter rechts? Ja – keine Zähne fehlen – nein – ja? Was für ein Muttermal? Aha – direkt über der linken Brustwarze? O Verzeihung, gleich darunter – ja – Blinddarmnarbe? Ja – eine lange – ja – in der Mitte? Ja, ich verstehe vollkommen – eine Narbe am Arm? Hm, ich weiß nicht, ob wir die finden werden – ja – irgendein Gebrechen, das vielleicht –? O ja – Arthritis – ja – danke, Lady Levy, das war sehr klar. Kommen Sie nicht her, bevor ich es Ihnen sage. Also, Wingate.»

Pause. Gemurmel. «Gezogen? Nachdem er tot war, meinen Sie – ich auch. Wo ist Dr. Colegrove? Sie haben diesen Mann im Armenhaus behandelt? Ja. Erinnern Sie sich –? Nein? Sind Sie ganz sicher? Ja – uns darf hier kein Irrtum unterlaufen, verstehen Sie? Ja, aber es gibt Gründe, warum Sir Julian nicht hier dabei sein kann; ich frage *Sie*, Dr. Colegrove. Also, Sie sind sicher – das wollte ich nur wissen. Ziehen Sie bitte mal das Licht etwas näher heran, Mr. Wingate. Diese miserablen Innensärge lassen die Nässe so schnell herein. Ah! Was halten Sie davon? Ja – o ja, das ist ziemlich unverkennbar, nicht? Wer hat den Kopf gemacht? Oh, Freke – natürlich. Ich wollte schon sagen, am St. Luke's wird gut gearbeitet. Schön, nicht wahr, Dr. Colegrove? Ein wunderbarer Chirurg – ich habe ihn gesehen, als er noch am Guy's war. O nein, schon vor Jahren

aufgegeben. Aber in Übung zu bleiben, zahlt sich aus. Ah, ja –
das ist es, unzweifelhaft. Haben Sie ein Tuch zur Hand, Sir?
Danke. Über den Kopf, bitte – ich denke, wir legen auch noch
eines hierher. Nun, Lady Levy – ich möchte Sie jetzt bitten,
sich die Narbe anzusehen, ob Sie sie erkennen. Sie können uns
bestimmt sehr helfen, wenn Sie jetzt stark bleiben. Lassen Sie
sich Zeit – Sie werden nur soviel sehen wie unbedingt nötig.»

«Lucy, lassen Sie mich nicht allein.»

«Aber nein, meine Liebe.»

Am Tisch wurde Platz gemacht. Die Lampe schien auf das
weiße Haar der Herzogin.

«Oh! Ja – o ja! Nein, nein – ich kann mich nicht irren. Da ist
dieser komische kleine Knick darin. Ich habe ihn hundertmal
gesehen. O Lucy – Reuben!»

«Nur noch einen Augenblick, Lady Levy. Das Muttermal –»

«Ich – ich glaube – o ja, das ist genau die Stelle.»

«Aha. Und die Narbe – war sie dreieckförmig, direkt über
dem Ellbogen?»

«Ja, o ja.»

«Ist sie das?»

«Ja – ja –»

«Ich muß Sie jetzt klipp und klar fragen, Lady Levy –
können Sie an Hand dieser drei Merkmale den Toten als Ihren
Mann erkennen?»

«Oh! Das muß ich wohl, ja? Sonst könnte wohl niemand
genau dieselben haben und an denselben Stellen? Es ist mein
Mann. Es ist Reuben! Oh –»

«Danke, Lady Levy. Sie waren sehr tapfer und haben uns
sehr geholfen.»

«Aber – ich verstehe das noch immer nicht. Wie kommt er
hierher? Wer hat so etwas Schreckliches getan?»

«Still, Liebes», sagte die Herzogin. «Der Mann wird seine
Strafe bekommen.»

«Aber – so etwas Grausames! Armer Reuben! Wer konnte
ihm nur etwas zuleide tun wollen? Kann ich sein Gesicht
sehen?»

«Nein, Liebes», sagte die Herzogin. «Das geht nicht. Kommen Sie fort – Sie dürfen die Ärzte und die anderen jetzt nicht aufregen.»

«Nein – nein – sie waren alle so nett. O Lucy!»

«Wir fahren nach Hause, mein Liebes. Sie brauchen uns doch nicht mehr, Dr. Grimbold?»

«Nein, Herzogin, Danke. Wir sind Ihnen und Lady Levy sehr dankbar, daß Sie gekommen sind.»

Es trat eine Pause ein, während die beiden Frauen hinausgingen und Parker sie, gefaßt und hilfsbereit, zu ihrem wartenden Wagen begleitete. Dann wieder Dr. Grimbold:

«Ich glaube, Lord Peter sollte – die Richtigkeit seiner Folgerungen bestätigt sehen – Lord Peter – sehr schmerzlich – Sie möchten vielleicht sehen – Ja, mir war bei der Untersuchungsverhandlung gar nicht wohl – ja – Lady Levy – bemerkenswert klare Aussage – ja – schreckliche Geschichte – ah, da ist Mr. Parker auch wieder – Sie und Lord Peter Wimsey sind voll bestätigt – habe ich wirklich richtig verstanden –? Wirklich? Ich kann es nicht glauben – so ein hervorragender Mann – wie Sie sagen, wenn ein großer Geist sich auf Verbrechen verlegt – ja – sehen Sie her! Großartige Arbeit – großartig – inzwischen natürlich nicht mehr so zu erkennen – aber die wunderschönsten Schnitte hier – sehen Sie, die linke Hemisphäre – und hier – durch das *corpus striatum* – hier wieder – genau dem Rand der Verletzung durch den Schlag folgend – wunderbar – hat er geraten – sah gleich, welche Wirkung der Schlag gehabt hatte, als er darauf stieß – o ja, ich würde gern einmal *sein* Gehirn sehen, Mr. Parker – und sich vorzustellen, daß – du lieber Himmel, Lord Peter, Sie wissen ja gar nicht, was für einen Schlag Sie dem ganzen Stand versetzt haben – der ganzen zivilisierten Menschheit! Aber mein Bester! Können Sie mich das fragen? Natürlich sind meine Lippen versiegelt – unser aller Lippen sind versiegelt.»

Der Weg zurück über den Friedhof. Wieder Nebel und das Knirschen von feuchtem Kies.

«Sind deine Leute bereit, Charles?»

«Sie sind schon weg. Ich habe sie gleich losgeschickt, als ich Lady Levy zum Wagen begleitete.»

«Wer ist dabei?»

«Sugg.»

«Sugg?»

«Ja, doch – der arme Teufel. Man hat ihn im Präsidium zur Schnecke gemacht, weil er den Fall so verpfuscht hat. Alles, was Thipps über diesen Nachtclub gesagt hat, ist nämlich bestätigt worden. Dieses Mädchen, dem er den Gin spendiert hat, ist gefunden worden und hat ihn identifiziert, und da haben sie wohl gesehen, daß sie auf dem Holzweg waren, und haben Thipps und die kleine Horrocks laufenlassen. Dann haben sie Sugg gesagt, daß er seine Befugnisse überschritten hat und sorgfältiger hätte vorgehen sollen. Stimmt ja auch, aber er kann doch nichts dafür, daß er ein Trottel ist. Er tat mir leid. Vielleicht tut es ihm gut, wenn er beim Abschluß dabei ist. Immerhin waren wir beide ja auch im Vorteil, Peter.»

«Schon. Na ja, macht nichts. Egal wer dabei ist, sie kommen sowieso nicht rechtzeitig hin. Da darf es auch ruhig Sugg sein.»

Aber Sugg war – ein seltenes Ereignis in seiner Karriere – diesmal rechtzeitig.

Parker und Lord Peter saßen in Wimseys Wohnung. Lord Peter spielte Bach, und Parker las Origenes, als Sugg gemeldet wurde.

«Wir haben unseren Mann, Sir», sagte er.

«Großer Gott!» rief Peter. «Lebend?»

«Wir kamen gerade im rechten Augenblick, Mylord. Wir haben geläutet und sind an seinem Diener vorbei direkt in die Bibliothek gegangen. Da saß er und schrieb. Als wir eintraten, wollte er sich schnell eine Spritze schnappen, Mylord, aber wir waren zu flink für ihn. Nachdem wir einmal soweit waren, wollten wir ihn uns nicht noch durch die Finger schlüpfen lassen. Wir haben ihn gründlich durchsucht und abgeführt.»

«Dann sitzt er also jetzt tatsächlich hinter Gittern?»

«Ja – und gut aufgehoben –, mit zwei Wärtern, damit er sich nicht schnell noch umbringt.»

«Sie überraschen mich, Inspektor. Darf ich Ihnen etwas zu trinken anbieten?»

«Danke, Mylord. Ich darf sagen, daß ich Ihnen sehr dankbar bin – dieser Fall wurde für mich langsam zum Alptraum. Wenn ich einmal grob zu Eurer Lordschaft war –»

«Oh, das ist schon vergessen, Inspektor», sagte Lord Peter rasch. «Ich wüßte auch gar nicht, wie Sie darauf hätten kommen sollen. Immerhin hatte ich das Glück, aus anderen Quellen das eine oder andere darüber zu wissen.»

«Das sagt auch Freke.» Für den Inspektor war der große Chirurg bereits zu einem gewöhnlichen Kriminellen geworden – nur noch ein Nachname. «Er schrieb gerade ein umfassendes Geständnis, als wir ihn uns schnappten – an Eure Lordschaft gerichtet. Die Polizei wird es natürlich brauchen, aber da es an Sie adressiert ist, habe ich es mitgebracht, damit Sie es zuerst sehen. Hier ist es.»

Er reichte Lord Peter ein umfangreiches Schriftstück.

«Danke», sagte Peter. «Möchtest du es hören, Charles?»

«Gern.»

Also las Lord Peter laut vor.

13. Kapitel

Sehr geehrter Lord Peter!

Als junger Mann pflegte ich mit einem alten Freund meines Vaters Schach zu spielen. Er war ein sehr schlechter und langsamer Spieler, der nie sah, wann ein Matt unvermeidlich war, und jede Partie bis zum letzten Zug zu Ende spielen mußte. Da ich für so ein Verhalten noch nie etwas übrig hatte, gebe ich jetzt freimütig zu, daß Sie das Spiel gewonnen haben. Ich muß entweder hierbleiben und mich aufhängen lassen oder ins Ausland fliehen und in Untätigkeit und Verborgenheit weiterleben. Ich ziehe es vor, meine Niederlage einzugestehen.

Wenn Sie mein Buch über *Kriminelle Geistesgestörtheit* gelesen haben, werden Sie sich erinnern, daß ich darin geschrieben habe: «In der Mehrzahl der Fälle verrät der Verbrecher sich selbst durch eine Anomalie, die auf eben diesem pathologischen Zustand seines Nervengewebes beruht. Seine geistige Instabilität zeigt sich in verschiedenen Formen: übersteigerte Eitelkeit, die ihn dazu bringt, mit seiner Leistung zu prahlen; eine unangemessene Bewertung der Schwere der Tat, herrührend aus einem religiösen Wahn, was ihn zum Geständnis treibt; Egomanie, die ein Gefühl des Erschreckens oder der Sündigkeit hervorruft und ihn zu kopfloser Flucht veranlaßt, ohne seine Spuren zu verwischen; leichtfertige Vertrauensseligkeit, die dazu führt, daß er die gewöhnlichsten Vorsichtsmaßregeln außer acht läßt, wie im Falle Henry Wainwright, der die sterblichen Reste der ermordeten Frau in der Obhut eines Jungen zurückließ, während er ein Taxi rufen ging; oder nervöses Mißtrauen gegenüber Wahrnehmungen der Vergangenheit, das ihn veranlaßt, an den Tatort zurückzukehren und sich zu vergewissern, daß alle Spuren wirklich so gründlich beseitigt sind, *wie er aus eigener Anschauung noch ganz genau weiß.* Ich stehe nicht an, zu behaupten, daß ein geistig völlig normaler Mensch, den weder religiöse noch andere Wahnvorstellungen ängstigen, sich jederzeit seiner Entdeckung entziehen könnte, vorausgesetzt natürlich, er hat das Verbrechen vorher genügend bedacht, stand nicht unter Zeitdruck und seine Berechnungen wurden nicht von puren Zufällen durchkreuzt.»

Sie wissen so gut wie ich, wie weitgehend ich diese Behauptung in die Praxis umgesetzt habe. Die beiden Zufälle, die mich zu Fall brachten, hätte ich unmöglich vorhersehen können. Der erste war, daß Levy von diesem Mädchen in der Battersea Park Road erkannt worden war, was erstmals den Gedanken an einen etwaigen Zusammenhang zwischen den beiden Fällen aufkommen ließ. Der zweite Zufall war, daß Thipps am Dienstagmorgen nach Denver fahren wollte, wodurch Ihre Mutter Gelegenheit bekam, Sie von dem Vorfall zu benachrichtigen, bevor die Leiche von der Polizei abgeholt wurde, und daß sie in Kenntnis meiner persönlichen Vergangenheit mit einem Motiv für den Mord aufwarten konnte. Wenn ich diese beiden zufällig geschmiedeten Glieder der Verbindungskette hätte zerschlagen können, möchte ich behaupten, daß Sie nicht einmal einen Verdacht gegen mich gefaßt hätten, viel weniger die Beweise hätten sammeln können, um mich zu überführen.

Von allen menschlichen Regungen, außer vielleicht solchen wie Hunger oder Angst, ruft die Sexualität die heftigsten, unter gewissen Umständen auch die hartnäckigsten Reaktionen hervor; ich glaube jedoch mit Recht sagen zu können, daß zu der Zeit, als ich mein Buch schrieb, mein erster triebhafter Drang, Sir Reuben Levy zu töten, bereits durch meine Denkgewohnheiten grundlegend abgewandelt worden war. Zu der animalischen Lust, ihn zu töten, und dem primitiven menschlichen Verlangen nach Rache war die rationale Absicht gekommen, meine eigene Theorie vor mir selbst und der Welt zu bestätigen. Wenn alles so abgelaufen wäre, wie es von mir geplant war, hätte ich eine versiegelte Schilderung meines Experiments bei der Bank von England hinterlegt und meine

Testamentsvollstrecker angewiesen, sie nach meinem Tode zu veröffentlichen. Nun, da der Zufall die Vollständigkeit meiner Demonstration verhindert hat, vertraue ich sie Ihren Händen an, denn sie wird Sie auf jeden Fall interessieren, und ich knüpfe daran die Bitte, sie eingedenk meines beruflichen Ansehens den Männern der Wissenschaft zugänglich zu machen.

Die wirklich entscheidenden Erfolgsfaktoren bei jeder Unternehmung sind Geld und Gelegenheit, und in aller Regel kann, wer ersteres hat, die letztere herbeiführen. Am Anfang meiner Karriere hatte ich, obschon ich einigermaßen wohlhabend war, nicht die völlige Gewalt über meine Lebensumstände. Folglich widmete ich mich ganz meinem Beruf und begnügte mich damit, eine freundschaftliche Verbindung mit Reuben Levy und seiner Familie aufrechtzuerhalten. Das machte es mir möglich, mich über seine Lebensumstände und Interessen auf dem laufenden zu halten, so daß ich, wenn der Augenblick zum Handeln käme, wissen würde, welche Waffen ich benutzen müßte.

Inzwischen trieb ich ein sorgfältiges Studium der Kriminologie in Literatur und Wirklichkeit – meine Arbeit über *Kriminelle Geistesgestörtheit* ist ein Nebenprodukt dieser Tätigkeit – und sah, daß bei jedem Mord der eigentliche Kern des Problems darin besteht, die Leiche zu beseitigen. Als Arzt hatte ich die Werkzeuge des Todes jederzeit zur Hand, und diesbezüglich erwartete ich keine Fehler zu machen. Auch würde ich mich wohl nicht auf Grund irgendeines illusionären Unrechtsbewußtseins verraten. Die einzige Schwierigkeit würde darin bestehen, jede Verbindung zwischen meiner Person und der des Toten auszuräumen. Sie werden sich erinnern, daß Michael Finsbury in Stevensons unterhaltsamem Roman einmal bemerkt: «Was die Leute an den Galgen bringt, ist der unglückliche Umstand ihrer Schuld.» Mir wurde klar, daß das bloße Vorhandensein einer überzähligen Leiche niemanden an den Galgen bringen würde, sofern niemand *in Verbindung mit ebendieser Leiche* eine Schuld auf sich geladen hatte. Das brachte mich schon früh auf die Idee, die eine Leiche gegen eine andere zu vertauschen, obwohl ich erst, nachdem ich die praktische Leitung des St. Luke's-Krankenhauses anvertraut bekommen hatte, mit Leichen vollkommen frei schalten und walten konnte. Von da an sah ich mir alles Material, das uns zum Sezieren angeliefert wurde, genau an.

Die Gelegenheit bot sich mir erst eine Woche vor Sir Reubens Verschwinden, als der Arzt des Armenhauses von Chelsea mich benachrichtigte, daß ein unbekannter Landstreicher an diesem Morgen durch ein heruntergestürztes Gerüstteil schwer verletzt worden sei und einige hochinteressante Reaktionen des Nerven- und Zentralnervensystems aufweise. Ich fuhr hin, um ihn mir anzusehen, und war sogleich überrascht von der starken oberflächlichen Ähnlichkeit dieses Mannes mit Sir Reuben. Er hatte einen harten Schlag ins Genick bekommen, der den vierten und fünften Nackenwirbel luxierte und das Rückenmark schwer verletzte. Es erschien höchst unwahrscheinlich, daß er je wieder genesen würde, geistig wie körperlich, und ich hielt es ohnehin für sinnlos, ein so unnützes Leben auch noch auf unbestimmte Zeit zu verlängern. Der Mann war augenscheinlich bis vor kurzem in der Lage gewesen, für seinen Lebensunterhalt zu sorgen, denn er war einigermaßen wohlgenährt, aber der Zustand seiner Füße und Kleidung zeigte, daß er arbeitslos war, und unter den herrschenden Umständen würde er dies auch bleiben. Ich fand also, daß er für meine Zwecke bestens geeignet war, und nahm sofort eine Serie von Transaktionen in der City in Angriff, die ich schon lange vorher geplant hatte. Im übrigen waren die Reaktionen, von denen der Armenhausarzt gesprochen hatte, wirklich sehr interessant, und ich studierte sie genau und traf alle Vorkehrungen dafür, daß die Leiche an das Krankenhaus geliefert würde, sowie meine Vorbereitungen abgeschlossen wären.

Am Donnerstag und Freitag dieser Woche gab ich ein paar Maklern den vertraulichen Auftrag, Aktien von bestimmten peruanischen Ölfeldern zu kaufen, die fast nur noch den Wert von Altpapier hatten. Dieser Teil meines Experiments kostete mich nicht viel, aber ich konnte beträchtliche Neugier damit wecken, sogar eine gewisse Hektik erzeugen. Zu diesem Zeitpunkt achtete ich natürlich sorgsam darauf, daß mein Name nicht laut wurde. Daß der Samstag und Sonntag dazwischenkamen, bereitete mir große Sorgen, denn am Ende konnte mein Mann doch noch sterben, bevor ich soweit war, aber ich vermochte ihn mit Salzlösungsinjektionen am Leben zu erhalten, und am späten Sonntagabend zeigte er sogar beunruhigende Symptome einer zumindest teilweisen Besserung.

Am Montagmorgen wurden die peruanischen Ölaktien lebhaft gehandelt. Offenbar waren Gerüchte laut geworden, daß jemand etwas wisse, und an diesem Tag war ich nicht mehr der einzige Käufer am Markt. Ich kaufte noch ein paar weitere hundert Aktien auf meinen eigenen Namen und überließ die weitere Entwicklung sich selbst. Um die Mittagszeit richtete ich es so ein, daß ich beim Mansion House zufällig Levy begegnete. Er zeigte sich (wie ich erwartet hatte) erstaunt darüber, mich in diesem Teil Londons zu treffen. Ich täuschte eine gewisse Verlegenheit vor und meinte, wir sollten zusammen zu Mittag essen. Ich schleppte ihn in ein Lokal etwas abseits der üblichen Gefilde, bestellte einen guten Wein und trank soviel davon, wie ihm zur Erzeugung einer vertrauensseligen Stimmung ausreichend erscheinen mußte. Ich fragte ihn, wie die Dinge an der Börse stünden. Er sagte: «Ach, ganz gut», schien aber ein wenig skeptisch zu sein und fragte, ob ich mich auf diesem Gebiet etwa betätige. Ich sagte, ich spekulierte hin und wieder ein bißchen und sei in der Tat jetzt auf eine gute Sache aufmerksam geworden. An dieser Stelle sah ich mich ängstlich um und rückte meinen Stuhl näher an den seinen heran.

«Sie wissen wohl nichts über peruanisches Öl?» fragte er.

Ich erschrak und sah mich wieder um, dann beugte ich mich zu ihm hinüber und sagte mit Flüsterstimme:

«Ehrlich gesagt, ja, aber ich möchte nicht, daß es sich herumspricht. Ich rechne da mit einem schönen Profit.»

«Aber ich dachte, die Geschichte sei nur ein Windei», antwortete er. «Die Gesellschaft zahlt seit -zig Jahren keine Dividende.»

«Das nicht», sagte ich, «aber sie wird. Ich habe vertrauliche Informationen.» Er blickte noch immer ein wenig skeptisch drein, und ich leerte mein Glas und rückte jetzt ganz an sein Ohr heran.

«Hören Sie», sagte ich, «das erzähle ich wirklich nicht jedem, aber Ihnen und Christine will ich schon ganz gern mal etwas Gutes tun. Sie wissen ja, daß ich seit damals immer noch ein warmes Plätzchen für sie im Herzen frei habe. Sie sind mir seinerzeit zuvorgekommen, und jetzt ist es an mir, Sie beide mit glühenden Kohlen einzudecken.»

Ich war inzwischen ein wenig erregt, und er hielt mich für betrunken.

«Das ist ja sehr nett von Ihnen», sagte er, «aber ich bin ein vorsichtiger Mensch, müssen Sie wissen – schon seit eh und je. Ich würde ganz gern ein paar Beweise sehen.»

Er hob die Schultern und machte ein Gesicht wie ein Pfandleiher.

«Die zeige ich Ihnen», sagte ich, «aber hier ist das zu unsicher. Kommen Sie heute abend nach dem Essen zu mir, dann zeige ich Ihnen den Bericht.»

«Wie sind Sie darangekommen?» fragte er.

«Das erzähle ich Ihnen heute abend», sagte ich. «Kommen Sie nach dem Abendessen – sagen wir irgendwann nach neun.»

«In die Harley Street?» fragte er, und ich sah ihm an, daß er kommen wollte.

«Nein», sagte ich, «nach Battersea – Prince of Wales Road. Ich habe noch im Krankenhaus zu tun. Und hören Sie», sagte ich, «erzählen Sie keiner Menschenseele, daß Sie kommen. Ich habe heute ein paar hundert Aktien gekauft, auf meinen eigenen Namen, und das werden die Leute bestimmt erfahren. Wenn man nun weiß, daß wir beide die Köpfe zusammenstecken, wird irgend jemand etwas riechen. Es ist überhaupt schon ein Risiko, hier über so etwas zu reden.»

«Na schön», sagte er, «ich werde zu niemandem ein Wort sagen. Ich komme gegen neun Uhr. Sind Sie sicher, daß an der Sache etwas dran ist?»

«Da kann gar nichts schiefgehen», versicherte ich ihm. Und das meinte ich ernst.

Wir trennten uns danach, und ich begab mich zum Armenhaus. Mein Mann war gegen 11 Uhr gestorben. Ich hatte ihn kurz nach dem Frühstück erst gesehen und war nicht überrascht. Ich erledigte die üblichen Formalitäten bei der Armenhausverwaltung und arrangierte seine Auslieferung ans Krankenhaus für etwa sieben Uhr.

Am Nachmittag besuchte ich, da ich an diesem Tag keine Sprechstunde in der Harley Street abzuhalten brauchte, einen alten Freund von mir, der beim Hyde Park wohnt, und stellte fest, daß er gerade in irgendwelchen Geschäften nach Brighton fahren wollte. Ich trank noch Tee mit ihm und begleitete ihn zu seinem Zug um 17 Uhr 35 ab Victoria-Bahnhof. Als ich vom Bahnsteig kam, hatte ich die Idee, mir noch rasch eine Abendzeitung zu kaufen, und wandte mich gedankenlos zu den Kiosken. Die übliche Menschenmenge drängte zu den Vorortzügen nach Hause, und beim Weggehen fand ich mich plötzlich in einer Gegenströmung von Leuten wieder, die alle von der U-Bahn kamen oder aus allen Richtungen zu dem Zug um 17 Uhr 45 nach Battersea Park und Wandsworth Common strömten. Ich konnte mich nach kurzem Kampf daraus befreien und fuhr mit einem Taxi nach Hause; und erst als ich sicher und geborgen im Taxi saß, bemerkte ich, daß sich irgend jemandes goldener Kneifer im Astrachanpelz meines Mantelkragens verfangen hatte. Die Zeit von 18 Uhr 15 bis 19 Uhr verwandte ich darauf, etwas für Sir Reuben zusammenzustellen, was nach einem fingierten Bericht aussah.

Um 19 Uhr ging ich ins Krankenhaus, wo gerade ein Wagen der Armenhausverwaltung mein Objekt am Nebeneingang ablieferte. Ich ließ den Toten geradewegs in den Seziersaal bringen und sagte zu Watts, dem Aufseher, daß ich dort den ganzen Abend zu arbeiten gedächte. Ich sagte ihm, ich würde die Leiche selbst präparieren – die Injektion eines Konservierungsmittels wäre eine sehr peinliche Komplikation gewesen. Ich schickte ihn also seiner Wege und ging zum Essen nach Hause. Meinem Diener sagte ich, daß ich an diesem Abend noch im Krankenhaus arbeiten wolle, und er solle um halb elf wie gewohnt zu Bett gehen, da ich ihm nicht sagen könne, ob ich spät zurückkommen würde oder nicht. Er ist an meine

Unberechenbarkeiten gewöhnt. Ich halte mir in dem Haus in Battersea nur zwei Dienstboten, nämlich den Diener und seine Frau, die gleichzeitig kocht. Die gröbere Hausarbeit wird von einer Putzfrau erledigt, die außer Haus wohnt. Das Schlafzimmer des Dienerehepaars liegt oben im Haus, mit Blick auf die Prince of Wales Road.

Sowie ich gegessen hatte, setzte ich mich mit ein paar Papieren in die Diele. Mein Diener hatte um 20 Uhr 15 den Tisch abgeräumt, und ich bat ihn, mir den Getränkewagen zu bringen; dann schickte ich ihn nach unten. Um 21 Uhr 20 läutete Levy, und ich ging ihm selbst die Tür öffnen. Mein Diener erschien von der anderen Seite der Diele, aber als ich ihm zurief, es sei schon alles in Ordnung, ging er wieder. Levy trug einen Mantel über dem Abendanzug und hatte einen Schirm bei sich. «Nanu, Sie sind ja ganz naß!» rief ich. «Wie sind Sie hergekommen?» – «Mit dem Bus», sagte er, «und dieser dämliche Schaffner hat vergessen, mich am Ende der Straße abzusetzen. Es gießt wie aus Eimern und ist stockdunkel – ich konnte gar nicht sehen, wo ich war.» Ich war froh, daß er kein Taxi genommen hatte, aber eigentlich hatte ich damit auch gar nicht gerechnet. «Ihre Sparsamkeit ist noch einmal Ihr Tod», sagte ich. Da hatte ich recht, aber ich hatte nicht erwartet, daß sie auch mein Tod sein würde. Ich sage noch einmal, das war nicht vorauszusehen.

Ich hieß ihn beim Feuer Platz nehmen und bot ihm einen Whisky an. Er war bester Laune wegen irgendeiner Transaktion mit argentinischen Aktien, die er am nächsten Tag vorzunehmen gedachte. Wir redeten eine Viertelstunde über Geld, dann fragte er:

«Nun, und was ist mit diesem peruanischen Windei?»

«Es ist kein Windei», sagte ich. «Kommen Sie mal mit und sehen Sie es sich an.»

Ich führte ihn nach oben in die Bibliothek und knipste die Deckenlampe und die Leselampe auf dem Schreibtisch an. Ich rückte ihm einen Stuhl an den Tisch, mit dem Rücken zum Kamin, und holte die gefälschten Unterlagen aus dem Safe. Er nahm sie und begann zu lesen, die Nase in seiner kurzsichtigen

Art fast auf dem Papier, und ich kümmerte mich ums Feuer. Sowie ich seinen Kopf in einer günstigen Position sah, gab ich ihm mit dem Schürhaken einen kräftigen Schlag ins Genick, direkt über dem vierten Nackenwirbel. Es war ziemlich knifflig, genau die richtige Kraft in den Schlag zu legen, so daß er ihn tötete, ohne die Haut zu verletzen, aber da kam mir meine berufliche Erfahrung zu Hilfe. Er stöhnte einmal laut auf und kippte dann stumm vornüber auf den Tisch. Ich legte den Schürhaken fort und untersuchte Levy. Sein Genick war gebrochen, und er war mausetot. Ich trug ihn in mein Schlafzimmer und entkleidete ihn. Es war etwa zehn Minuten vor zehn, als ich damit fertig war. Ich versteckte ihn unterm Bett, das schon für die Nacht zurückgeschlagen war, und beseitigte die Papiere in der Bibliothek. Dann ging ich nach unten, nahm Levys Schirm und verließ das Haus durch die Dielentür, wobei ich laut «Gute Nacht!» rief, so daß es im Untergeschoß zu hören war, falls die Dienstboten lauschten. Ich entfernte mich rasch die Straße hinunter, ging durch den Seiteneingang ins Krankenhaus und kam lautlos über den Privatdurchgang wieder ins Haus zurück. Es wäre peinlich gewesen, wenn mich jetzt jemand gesehen hätte, doch als ich mich über die hintere Treppe beugte, hörte ich die Köchin und ihren Mann noch in der Küche miteinander reden. Ich schlich in die Diele, stellte den Schirm wieder in den Ständer, räumte dort ebenfalls meine Papiere fort, ging in die Bibliothek und läutete. Als der Diener kam, sagte ich ihm, er solle überall abschließen, nur nicht den Privateingang zum Krankenhaus. Dann wartete ich in der Bibliothek, bis er fertig war, und gegen halb elf hörte ich das Paar zu Bett gehen. Ich wartete noch eine Viertelstunde, dann ging ich in den Seziersaal. Ich rollte eine der Bahren durch den Privatgang zur Haustür, dann ging ich Levy holen. Es war lästig, ihn die Treppe hinuntertragen zu müssen, aber ich hatte ihn nicht in einem der unteren Zimmer umbringen wollen, falls es dem Diener eingefallen wäre, in der kurzen Zeit, in der ich aus dem Haus war, oder beim Abschließen dort hineinzuschauen. Außerdem war das alles noch ein Zuckerlecken gegen das, was ich später würde tun müssen. Ich legte Levy auf die

Bahre, schob ihn ins Krankenhaus und vertauschte ihn dort gegen meinen interessanten Armenhäusler. Es tat mir leid, darauf verzichten zu müssen, einen Blick in dessen Gehirn zu tun, aber ich konnte es mir nicht leisten, Verdacht aufkommen zu lassen. Da es noch ziemlich früh war, beschäftigte ich mich noch ein paar Minuten damit, Levy zum Sezieren vorzubereiten. Dann legte ich meinen Armenhäusler auf die Bahre und rollte ihn zum Haus zurück. Es war jetzt fünf nach elf, und ich glaubte annehmen zu dürfen, daß die Dienstboten im Bett waren. Ich trug den Toten in mein Schlafzimmer. Er war ziemlich schwer, aber nicht ganz so schwer wie Levy, und meine Bergsteigererfahrung hatte mich gelehrt, mit dem Gewicht eines Menschen umzugehen. Dabei kommt es nämlich mehr auf Geschicklichkeit als auf Kraft an, und ich bin für meine Größe ohnehin ziemlich kräftig. Ich legte die Leiche ins Bett – nicht daß ich damit gerechnet hätte, jemand würde während meiner Abwesenheit ins Schlafzimmer schauen, aber im Falle eines Falles hätte der Betreffende mich dann scheinbar schlafend im Bett gesehen. Ich zog ihm die Decken ein wenig über den Kopf, zog mich aus und legte Levys Kleider an, die mir zum Glück rundherum ein wenig zu groß waren, und vergaß auch seine Brille, Uhr und die anderen Kleinigkeiten nicht an mich zu nehmen. Kurz vor halb zwölf stand ich dann auf der Straße und hielt Ausschau nach einem Taxi. Um diese Zeit kamen die Leute gerade aus dem Theater nach Hause, und es war ein leichtes, gleich an der Ecke Prince of Wales Road ein Taxi zu erwischen. Ich ließ mich zur Hyde Park Corner fahren. Dort stieg ich aus, gab dem Mann ein schönes Trinkgeld und bat ihn, mich in einer Stunde wieder an derselben Stelle abzuholen. Er versprach es mir mit verständnisinnigem Grinsen, und ich ging den Park Lane hinauf. Meine eigenen Kleider hatte ich in einem Koffer bei mir, und ich trug meinen eigenen Mantel und Levys Schirm bei mir. Als ich zur Nummer 9 A kam, brannte irgendwo in einem der oberen Fenster noch Licht. Ich war fast zu früh, was daher kam, daß Levy seine Dienstboten ins Theater geschickt hatte. Also wartete ich ein paar Minuten, bis es Viertel nach zwölf schlug.

Kurz darauf wurde das Licht gelöscht, und ich schloß mit Levys Schlüssel auf und ging ins Haus.

Als ich meinen Mordplan erwog, hatte ich ursprünglich beabsichtigt, Levy aus dem Eßzimmer oder der Bibliothek verschwinden und nur ein Häuflein Kleider auf dem Ständer vor dem Kamin hängen zu lassen. Der Zufall, daß ich für Lady Levys Abwesenheit aus London hatte sorgen können, ermöglichte mir jedoch eine noch irreführendere Lösung, wenngleich sie nicht ganz so schön phantastisch war. Ich schaltete das Licht in der Diele ein, hängte Levys nassen Mantel an die Garderobe und steckte seinen Schirm in den Ständer. Dann ging ich mit lauten, schweren Schritten zum Schlafzimmer hinauf und löschte das Licht an dem Doppelschalter auf dem Treppenabsatz. Ich kannte das Haus natürlich gut genug. Eine Gefahr, dem Diener über den Weg zu laufen, bestand nicht. Levy war ein einfacher Mensch, der sich ganz gern selbst versorgte. Er verursachte seinem Diener wenig Arbeit und nahm seine Dienste nie bei Nacht in Anspruch. Im Schlafzimmer zog ich Levys Handschuhe aus und meine Gummihandschuhe an, um keine verräterischen Fingerabdrücke zu hinterlassen. Da ich den Eindruck erwecken wollte, Levy sei ganz wie gewohnt zu Bett gegangen, legte ich mich ins Bett. Die sicherste und einfachste Methode, etwas überzeugend vorzutäuschen, besteht darin, es zu tun. Ein Bett, das man nur mit den Händen zerwühlt, sieht zum Beispiel nie so aus, als ob darin geschlafen worden wäre. Levys Haarbürste wagte ich natürlich nicht zu benutzen, da meine Haare nicht von derselben Farbe sind wie die seinen, aber alles andere tat ich. Ich dachte mir, daß ein rücksichtsvoller Zeitgenosse wie Levy seine Schuhe für den Diener griffbereit hinstellen würde, und ich hätte mir auch denken können, daß er seine Kleider zusammenlegen würde. Das war ein Fehler, aber kein schwerwiegender. Eingedenk Mr. Bentleys wohldurchdachten Werks hatte ich Levys Mund bereits nach falschen Zähnen durchsucht, aber keine gefunden. Ich vergaß jedoch nicht, seine Zahnbürste anzufeuchten.

Um ein Uhr stand ich auf und zog mir im Schein einer

mitgebrachten Taschenlampe meine eigenen Sachen an. Die Schlafzimmerlampe wagte ich nicht anzuknipsen, weil die Fenster nur ganz dünne Jalousien hatten. Ich zog meine eigenen Schuhe und draußen vor der Tür ein altes Paar Überschuhe an. Auf der Treppe und in der Diele lag ein dicker Orientteppich, und ich fürchtete nicht, darauf Fußabdrücke zu hinterlassen. Ich überlegte kurz, ob ich es wagen sollte, die Haustür zuzuschlagen, fand es dann aber doch sicherer, den Schlüssel zu benutzen. (Er liegt jetzt in der Themse. Ich habe ihn am nächsten Tag von der Battersea Bridge hineingeworfen.) Ich schlich also nach unten und lauschte ein paar Minuten mit dem Ohr am Briefschlitz. Ich hörte einen Polizisten vorbeimarschieren. Sowie seine Schritte in der Ferne verklungen waren, trat ich hinaus und zog die Tür behutsam zu. Sie ließ sich fast geräuschlos schließen, und ich ging zu der Stelle zurück, wo mein Taxi warten sollte. Ich hatte einen Mantel von ungefähr demselben Muster wie Levys und war so umsichtig gewesen, einen Zylinder in meinen Koffer zu packen. Ich hoffte, der Fahrer würde nicht merken, daß ich diesmal keinen Schirm bei mir hatte. Zum Glück hatte der Regen im Augenblick etwas nachgelassen, es nieselte nur noch, und falls der Mann etwas gemerkt haben sollte, hat er jedenfalls nichts davon gesagt. Ich ließ ihn an den Overstrand Mansions Nr. 50 anhalten, bezahlte und blieb unter dem Torbogen stehen, bis er weggefahren war. Dann lief ich schnell zu meinem Nebeneingang und schloß auf. Es war Viertel vor zwei, und der schwerste Teil meiner Aufgabe lag noch vor mir.

Meine erste Handlung mußte sein, das Aussehen meines Objekts so zu verändern, daß auf den ersten Blick niemand an Levy oder den Armenhäusler dachte. Eine nur oberflächliche Verwandlung erschien mir dazu ausreichend, da nach dem Armenhäusler sicher kein Hahn krähen würde. Seine Leiche war ja abgebucht, und ein Stellvertreter für ihn war auch da. Falls andererseits herauskäme, daß Levy bei mir gewesen war, würde es mir nicht schwerfallen, zu beweisen, daß die fragliche Leiche natürlich nicht die seine war. Eine glatte Rasur, ein bißchen Haarcreme und eine kleine Maniküre sollten wohl

215

genügen, um meinem stummen Komplicen ein etwas vornehmeres Aussehen zu verleihen. Seine Hände waren schon im Krankenhaus gut gewaschen worden; sie hatten zwar Schwielen, waren aber nicht verdreckt. Ich konnte alle diese Arbeiten nicht so gründlich machen, wie ich es gern getan hätte, weil die Zeit knapp wurde. Ich wußte nicht genau, wie lange ich brauchen würde, ihn loszuwerden, und außerdem fürchtete ich das Einsetzen der Totenstarre, die mir meine Aufgabe sehr erschwert hätte. Nachdem ich ihn also zu meiner Zufriedenheit zurechtgemacht hatte, holte ich ein langes Leintuch und ein paar elastische Verbände und packte ihn gut ein, wobei ich ihn an den Stellen, an denen die Verbände ihm ins Fleisch schneiden oder Druckstellen hinterlassen könnten, schön mit Watte polsterte.

Jetzt kam der wirklich knifflige Teil. Ich hatte mir bereits überlegt, daß ich ihn nur übers Dach aus dem Haus schaffen konnte. Bei diesem nassen Wetter durch den Garten hinterm Haus zu gehen hätte verheerende Spuren hinterlassen. Und einen Toten mitten in der Nacht durch die Vorortstraßen zu schleppen, erschien mir nicht ratsam. Auf dem Dach aber war der Regen, der mich am Boden verraten hätte, mein Freund.

Um aufs Dach zu gelangen, mußte ich mein Bündel zuerst durchs Haus tragen, am Zimmer der Dienstboten vorbei, und es durch die Falltür der Rumpelkammer hinausheben. Wäre es nur darum gegangen, selbst so leise wie möglich nach oben zu kommen, hätte ich nicht zu fürchten brauchen, das Personal zu wecken, aber unter einer schweren Last war das nicht so einfach. Möglich war es schon, vorausgesetzt, mein Diener und seine Frau lagen im tiefen Schlaf, andernfalls aber wären die schweren Schritte auf der schmalen Treppe und das Öffnen der Falltür nur allzu deutlich hörbar gewesen. Ich schlich also leise die Treppe hinauf und lauschte an ihrer Tür. Zu meinem Widerwillen hörte ich den Mann jedoch einen Grunzer von sich geben und etwas brummeln, während er sich im Bett umdrehte.

Ich sah auf die Uhr. Meine Vorbereitungen hatten insgesamt fast eine Stunde in Anspruch genommen, und ich wagte nicht,

zu spät aufs Dach zu kommen. Also beschloß ich, einen küh-
nen Schritt zu wagen und mir gewissermaßen mit einem Bluff
ein Alibi zu verschaffen. Ich ging also, des Lärms nicht
achtend, ins Badezimmer, drehte den Heiß- und Kaltwasser-
hahn voll auf und zog den Stöpsel heraus.

Mein Hauspersonal hatte schon öfter Anlaß gehabt, sich
über meine Baderei zu allen Nachtstunden zu beklagen. Schon
das normale Wasserrauschen hätte jeden im Haus aufgeweckt,
der auf der Seite zur Prince of Wales Road schlief; aber mein
Warmwasserkessel ist außerdem defekt und gurgelt und
quietscht, was das Zeug hält, wozu die Leitungen noch ver-
nehmlich ächzen. Zu meiner Freude war der Wasserkessel
gerade in dieser Nacht in Hochform und tutete, pfiff und
rumpelte wie ein ganzer Güterbahnhof. Ich gab dem Höllen-
lärm fünf Minuten Vorsprung, und nachdem ich damit rechnen konnte, daß die Schläfer das Fluchen aufgegeben und die
Köpfe unter die Decken gesteckt hatten, um nichts mehr zu
hören, drehte ich den Wasserstrahl kleiner und verließ das
Badezimmer, ohne zu vergessen, das Licht brennen zu lassen
und die Tür hinter mir abzuschließen. Dann holte ich meinen
Armenhäusler und trug ihn so leise wie möglich nach oben.

Die Rumpelkammer ist ein kleiner Speicher gegenüber dem
Zimmer der Dienstboten und dem Kesselraum und hat eine
Falltür zum Dach, die man über eine kurze Holzleiter erreicht.
Ich stellte die Leiter an, wuchtete meinen Armenhäusler hinauf
und stieg ihm nach. Noch immer lief das Wasser in den Kessel,
der darob einen Lärm machte, als müßte er eine Eisenkette
verdauen, und der kleingedrehte Wasserstrahl ließ das Stöh-
nen der Leitungen fast zum Gebrüll anschwellen. Ich brauchte
wirklich nicht zu fürchten, jemand könne bei diesem Lärm
noch etwas anderes hören. Ich zog die Leiter hinter mir aufs
Dach.

Zwischen meinem Haus und dem Endhaus der Queen Caroline Mansions ist nur ein sehr schmaler Zwischenraum. Ich
glaube, als die Queen Caroline Mansions gebaut wurden, hat
es sogar irgendwelchen Krach wegen verbauter Fenster gegeben, aber die Parteien haben sich dann wohl irgendwie ge-

einigt. Jedenfalls reichte meine zwei Meter lange Leiter ohne weiteres hinüber. Ich band die Leiche darauf fest und schob sie hinüber, bis das andere Ende der Leiter auf der Brüstung des gegenüberliegenden Hauses ruhte. Dann nahm ich einen kurzen Anlauf über Kesselraum und Rumpelkammer hinweg und landete sicher auf der anderen Seite, denn die Brüstung ist zum Glück ebenso niedrig wie schmal.

Der Rest war einfach. Ich trug meinen Armenhäusler über die flachen Dächer, um ihn wie den Bucklichen im Märchen irgend jemandem auf die Treppe zu legen oder durch einen Schornstein hinabzulassen. Etwa auf halbem Wege aber dachte ich auf einmal: Nanu, hier muß doch der kleine Thipps wohnen, und dabei fiel mir sein dummes Gesicht und sein dummes Geschwätz über die Vivisektion ein. Ich stellte es mir einfach vergnüglich vor, mein Paket bei ihm abzuladen und zu sehen, was er damit anfing. Also legte ich mich aufs Dach und sah an der Rückwand des Hauses hinunter. Es war stockfinster, und es regnete inzwischen wieder stark, und ich wagte es, meine Taschenlampe zu benutzen. Es war die einzige Unvorsichtigkeit, die ich beging, aber die Gefahr, daß man mich von den gegenüberliegenden Häusern aus sehen könnte, war sehr gering. In einem kurzen Aufblitzen des Lichtstrahls sah ich, was ich kaum zu hoffen gewagt hatte: ein offenes Fenster unmittelbar unter mir.

Ich kannte diese Wohnungen gut genug, um zu wissen, daß es entweder das Badezimmer- oder das Küchenfenster sein mußte. Ich machte eine Schlinge in einen dritten Verband, den ich bei mir hatte, und schlang sie dem Toten unter die Arme. Ich verzwirnte den Verband zu einem Doppelseil und band das andere Ende an der Eisenrunge eines Schornsteinkastens fest. Dann ließ ich unseren Freund über die Dachkante hinunter. Ich selbst kletterte ihm an einem Regenrohr nach, und kurz darauf konnte ich ihn durch Mr. Thipps' Badezimmerfenster ins Haus ziehen.

Inzwischen war ich schon etwas übermütig geworden, und so opferte ich noch ein paar Minuten, um ihn schön zurechtzulegen und präsentabel zu machen. Plötzlich fiel mir ein, wie es wäre, wenn ich ihm auch noch den Kneifer aufsetzte, der mir am Victoria-Bahnhof zufällig in die Hände geraten war. Ich fand ihn in meiner Tasche, als ich nach dem Messer kramte, um einen Knoten durchzuschneiden, und als ich sah, welch würdevolles Aussehen er dem Toten geben würde, von der zusätzlichen Irreführung abgesehen, setzte ich ihm das Ding auf die Nase, beseitigte alle Spuren meiner Anwesenheit, so gut es ging, und verschwand auf demselben Wege, auf dem ich gekommen war. Mit Hilfe von Regenrinne und Seil gelangte ich mit Leichtigkeit wieder aufs Dach.

Ich ging ruhig zurück, übersprang den Zwischenraum und trug Leiter und Laken wieder ins Haus. Mein diskreter Komplice begrüßte mich mit vertrautem Gurgeln und Pfeifen. Lautlos stieg ich die Treppe hinunter. Als ich sah, daß ich nun schon seit einer Dreiviertelstunde badete, stellte ich das Wasser ab und ermöglichte meinen verdienten Domestiken ein wenig Schlaf. Ich selbst konnte mittlerweile auch welchen brauchen.

Zuerst aber mußte ich noch einmal ins Krankenhaus und dort für Ordnung sorgen. Ich trennte Levys Kopf ab und schnitt sein Gesicht auf. Nach zwanzig Minuten hätte seine eigene Frau ihn nicht wiedererkannt. Dann ging ich zurück und ließ meine nassen Überschuhe und den Regenmantel an der Gartentür. Meine Hose trocknete ich an der Gasheizung im Schlafzimmer und bürstete allen Schmutz und Ziegelstaub heraus. Den Bart meines Armenhäuslers verbrannte ich in der Bibliothek.

Ich schlief zwei Stunden von fünf bis sieben, dann kam mich mein Diener wie gewohnt wecken. Ich entschuldigte mich dafür, daß ich das Wasser noch so spät und so lange hatte laufen lassen, und fügte hinzu, daß ich wohl doch einmal den Wasserkessel nachsehen lassen müsse.

Ich stellte mit Interesse fest, daß ich beim Frühstück ganz besonders hungrig war; es zeigte, daß meine Nachtarbeit doch recht kräftezehrend gewesen war. Danach ging ich ins Krankenhaus, um die Sezierarbeit fortzusetzen. Im Laufe des Vormittags kam ein besonders begriffsstutziger Polizeiinspektor, um sich zu erkundigen, ob eine Leiche aus dem Krankenhaus entlaufen sei. Ich ließ ihn zu mir in den Seziersaal führen und hatte das Vergnügen, ihm zu zeigen, was ich gerade mit Sir Reubens Kopf anstellte. Hinterher ging ich mit ihm in Thipps' Wohnung und sah zu meiner Befriedigung, daß mein Armenhäusler sehr überzeugend wirkte.

Sowie die Börse öffnete, rief ich meine verschiedenen Makler an, und es gelang mir, behutsam den größten Teil meiner peruanischen Ölaktien auf einem lebhaften Markt abzustoßen. Gegen Ende des Tages wurden die Käufer dann jedoch infolge von Levys Verschwinden ein wenig unruhig, und am Ende hatte ich an der Transaktion nur ein paar hundert Pfund verdient.

In der Hoffnung, hiermit alle die Punkte erhellt zu haben, die Ihnen vielleicht noch unklar waren, sowie mit einer herzlichen Gratulation zu Ihrem Glück und Scharfblick, mit denen Sie mich besiegt haben, verbleibe ich mit der Bitte um Empfehlung bei Ihrer Frau Mutter

Ihr sehr ergebener
Julian Freke

PS: Mein Testament ist gemacht. Ich vermache darin mein ganzes Vermögen dem St. Luke's-Krankenhaus und übereigne meine Leiche derselben Institution zum Zwecke anatomischer Studien. Ich bin überzeugt, daß mein Gehirn für die Wissenschaft sehr interessant sein wird. Da ich von eigener Hand sterben werde, rechne ich in diesem Punkte allerdings mit Schwierigkeiten. Würden Sie mir, wenn Sie können, bitte den Gefallen erweisen, die mit der Untersuchung befaßten Personen aufzusuchen und dafür zu sorgen, daß mein Gehirn bei der Obduktion nicht von einem ungeschickten Quacksalber beschädigt wird und daß man mit meinem Körper meinem Wunsch gemäß verfährt?

Es mag für Sie übrigens von Interesse sein, daß ich die Absicht Ihres Besuchs vom heutigen Nachmittag durchaus erkannt habe. Er sollte eine Warnung beinhalten, und ich befolge sie. Trotz der katastrophalen Folgen für mich war es mir eine Freude, zu sehen, daß Sie meine Nervenstärke und Intelligenz nicht unterschätzten und die Injektion verweigerten. Hätten Sie sich die Spritze geben lassen, so wären Sie natürlich nicht lebend nach Hause gekommen. In Ihrem Körper wäre keine Spur von dieser Injektion übriggeblieben, die aus einem harmlosen Strychninpräparat bestand, gemischt mit einem nahezu unbekannten Gift, für das es bisher keinen bekannten Nachweis gibt, nämlich eine konzentrierte Lösung von S–

An dieser Stelle brach das Manuskript ab.

«Nun, das läßt ja an Deutlichkeit nichts zu wünschen übrig», sagte Parker.

«Ist das nicht merkwürdig?» meinte Lord Peter. «Soviel Kaltblütigkeit und Intelligenz, und dann konnte er es sich nicht verkneifen, ein Geständnis zu schreiben, um uns zu zeigen, wie schlau er war, nicht einmal um seinen Kopf aus der Schlinge zu halten.»

«Ein Glück für uns», sagte Inspektor Sugg. «Bei Gott, Sir, diese Verbrecher sind doch alle gleich.»

«Frekes Grabinschrift», sagte Parker, nachdem der Inspektor gegangen war. «Was nun weiter, Peter?»

«Ich werde ein Essen geben», sagte Lord Peter, «und zwar für Mr. John P. Milligan und seinen Sekretär sowie die Herren Crimplesham und Wicks. Ich finde, sie haben es dafür verdient, daß sie Levy nicht ermordet haben.»

«Nun, dann vergiß aber die beiden Thipps' nicht», meinte Parker.

«Um keinen Preis», erwiderte Lord Peter, «würde ich mir das Vergnügen von Mrs. Thipps' Gesellschaft entgehen lassen. Bunter!»

«Ja, Mylord?»

«Den Napoléon.»

Dorothy L. Sayers

Der Mann mit den Kupferfingern
«Lord Peter Views the Body» (5647)

Der Glocken Schlag
«The Nine Tailors» (4547)

Fünf falsche Fährten
«The Five Red Herrings» (4614)

Keines natürlichen Todes
«Unnatural Death» (4703)

Diskrete Zeugen
«Clouds of Witness» (4783)

Mord braucht Reklame
«Murder must Advertise» (4895)

Starkes Gift
«Strong Poison» (4962)

Zur fraglichen Stunde
«Have His Carcase» (5077)

Ärger im Bellona-Club
«The Unpleasantness at the Bellona Club» (5179)

Aufruhr in Oxford
«Goudy Night» (5271)

Die Akte Harrison
«The Documents in the Case» (5418)

Ein Toter zu wenig
«Whose Body?» (5496)

Hochzeit kommt vor dem Fall
«Busman's Honeymoon» (5599)

Das Bild im Spiegel
und andere überraschende Geschichten (5783)

Figaros Eingebung (5840)

ro
ro
ro

C 1070/7